U0817454

又见繁华

YOU
JIAN
FANHUA

苏士澍 题

苏州传

刘传铭 著

海南出版社
·海口·

图书在版编目（CIP）数据

又见繁华：苏州传 / 刘传铭著. -- 海口：海南出版社，2022.7（2024.1 重印）
（一带一路，万水千山 / 刘传铭主编）
ISBN 978-7-5730-0569-4

Ⅰ. ①又… Ⅱ. ①刘… Ⅲ. ①散文－中国－当代 Ⅳ. ① I267

中国版本图书馆 CIP 数据核字 (2022) 第 099035 号

又见繁华：苏州传

YOU JIAN FANHUA: SUZHOU ZHUAN

作　　者：刘传铭
出 品 人：王景霞
策　　划：彭明哲
责任编辑：闫　妮
特约编辑：杨佳黎
插图摄影：祁金平
封面设计：任　佳
责任印制：杨　程
印刷装订：北京雅图新世纪印刷科技有限公司
读者服务：唐雪飞
出版发行：海南出版社
总社地址：海口市金盘开发区建设三横路 2 号　　邮编：570216
北京地址：北京市朝阳区黄厂路 3 号院 7 号楼 102 室
电　　话：0898-66812392　　010-87336670
投稿邮箱：hnbook@263.net
经　　销：全国新华书店
版　　次：2022 年 7 月第 1 版
印　　次：2024 年 1 月第 2 次印刷
开　　本：787 mm×1 092 mm　1/16
印　　张：21.5
字　　数：258 千字
书　　号：ISBN 978-7-5730-0569-4
定　　价：128.00 元

【版权所有，请勿翻印、转载，违者必究】

如有缺页、破损、倒装等印装质量问题，请寄回本社更换。

七里山塘

虎丘塔

剑池

娄门

苏州古典园林之一——环秀山庄假山

北寺塔鸟瞰

今日金鸡湖

今日观前街

前言

PREFACE

苏州是一部大书，一部旧书。是一部泛黄的，蚀孔斑斑的，用甲骨文、石鼓文、金文、秦篆、汉隶在竹帛、唐草、缣丝上写出上卷和在澄心堂纸、浮玉山石上用西泠刻刀写出中卷的古书；同时又是一部由俞曲园、叶圣陶、胡适之、郁达夫、林语堂、朱自清、钱穆、陈从周、王蒙、陆文夫等接棒书写，并由无数后学青年继续书写“未完成的交响乐”般的下卷的新书。

人们将许多“苏州史书”（包括苏州历史典籍资料、地方志和近年苏州大学出版社出版的《苏州文化丛书》等）捧在手上的时候，也许能看见这个城市有些模糊却还算完整的轮廓。但是当一部好的《苏州传》被翻开之后，相信每一个想读懂这个城市的人便会沉溺其间，犹如游弋于八百里烟波浩渺太湖中的一条小鱼，备感愉悦舒畅竟忘了自己身在何方甚至也忘了自己，并且会用素心人才能听到的声音和看到的文字吐写出对它的痴情与眷恋，似乎自己也变成了书的一页，和那些夹在书中的吴侬软语的吟唱、风正帆扬的渔歌、隔墙跳跃的欢笑、穿透岁月的夜半钟声一起，幻化成这个城市的历史与传奇，变身成“苏州人”。一个人地理上的归属不仅是指他的故乡，更是他对心之沉醉的生活空间的认同和热爱。

一部好的“城市传”无疑是解码一座城市的钥匙，能揭示这个城市的伟大和平凡；其更高的境界是使读者调动自己全部知识储备并激活敏感的温情，和作者一起用眼睛看，用耳朵听，用鼻子嗅，用舌尖品，用手掌抚，用脚步量……真正地全面感知这座城市。读者只有沉溺于自己的独特体验，阅读的时候才能走进城市，合上书本的时候才会看见这座城市的前世今生，看见它的天际线风景，盛衰之变，风物淳美，躁动与激情的人文精彩，以及它对内动力发掘外的开拓，展望它的魅惑与绝世风华。

《苏州传》是文字意义上的城市“考古”，更可以延伸成对当代生活层面的“考现”。所谓“不薄今人爱古人”才是正心正信正行正道，才是对一个城市历史隐秘和现实呈现的关联观察与剖析，“考现”也就自然而然地衍化成眺望未来……

希望这部既“考古”又“考现”的《苏州传》能完成设定的任务。

“樱桃饱满过姑苏”，不知道这一句算不算诗。我在无数次乘坐沪宁线的火车经过苏州时，都不自觉地吟出这似诗非诗的七个字。内中道不清说不明的情愫便是对苏州朦朦胧胧的欢喜和寄望。

二十世纪七八十年代，也就是“文革”噩梦将醒、新世纪曙光渐亮的那几年，我这个少不更事、长于江淮小城未见过世面的青年，虽然接受启蒙教育时读到“姑苏城外寒山寺，夜半钟声到客船”的诗句曾浮想联翩，然终究纸上得来，没有什么深刻印象，对于苏州的爱与哀愁也只是浅浅地一笑而过。随着年齿渐长，知道了那句脍炙人口的“上有天堂，下有苏杭”，于是便开始认认真真地向往天堂的模样。岂料美好总是追之愈急、离之越远，后来又读到现代文学中郁达夫、徐志摩、林语堂、胡适之等人关于苏州的散文，越发被勾起了渴望……

向往久了便会造梦，有时候我真觉得自己在登虎丘山，逛观前街，漫步七里山塘，泛舟无涯太湖……只是情之深沉不能替代境之真切，对苏州的认识依然停留在夜泊小舟的摇晃模糊之中。直到有一天我偶然间看到了一本陈从周先生写的《苏州园林》和配文的黑白照片才稍稍明白“庭院深深深几许”“小有亭台亦耐看”，这样的“人间天堂”就是苏州。“上有天堂，下有苏杭”并非一句虚言。尤其是陈从周于“网师园”“拙政园”“留园”“沧浪亭”等处盘桓忘归的情致令我感受到这种兴味无穷的优雅是那样具有魔力，当然“千家养女先教曲，十里栽花算种田”的江南风流对一个懵懂少年的诱惑更令我堕入“情网”。可以毫不夸张地说，未到苏州时我便已爱上了这座城市。相对于故乡合肥而言，这样去爱上一个不熟悉的异乡，无疑是精神早已出轨了。

一晃半个多世纪过去了，我已记不清其间多少次踏访过苏州。寒山、网师、拙政、沧浪、盘门、葑门、山塘、周庄、角直，当然还有近年来常去的工业园、金鸡湖、独墅湖、大学城、科技园、创业园、高新区、保税区，零零碎碎地追古访今，在经意与不经意间我总是想拼凑起一个完整的苏州印象：一幅既有城市天际线起伏勾勒，又有街巷格局变化转折的图画；一座前世已然凝固成雕像，如今脉搏依然在跳动，能嗅到雨巷花香、看见月桥树影的苏州。然而，一次次兴味葱茏的造访、一次次莫名的失落又总是在提醒我，浮光掠影般的赏玩无法见到海洋底部的贝壳，梦中人不得不承认自己是梦游人，只有理性的沉思才能清醒地造梦。

我开始寻觅一把解码“天堂”的钥匙，去揭开一座伟大而又美丽的城市的奥秘。今天，我想把一个人的独特体验，变成全体“苏州人”，即生于斯长于斯、游于斯乐于斯、知于斯忘于斯以及想来未来、来了还要来、不来就要来、来了不想走的所有“苏州人”之全息感知，将其梳理出来并记录下来，留给这个世界留给未来。

人们会在《苏州传》的最后一页看见苏州的同时也看见江南，看见中国，看见自己。

据说，苏州是世界上唯一一座2500年来没有迁移挪动过的城市。

苏州城历史悠远旷渺，命运波澜壮阔，风物饶余丰富，故事跌宕起伏……关于苏州，“东方威尼斯”一类蹩脚的比喻和“上有天堂，下有苏杭”的泛泛而谈，一直无法满足人们对它的真爱与追问。

苏州的历史堪比长安和罗马，这可不是据说。然而它终究没有变成长安、罗马那样的宗教圣地、经济枢纽、军事要塞、政治中心合而为一的超级大都市和一个国家的首善之都。原因何在？到底是为什么？

梳理苏州宗脉、描画苏州风韵、探索苏州精神，不妨就从“何为苏州？”设问开始。

一个问题的解决往往意味着一连串新问题的产生和纠结的开始。在专注地查阅文献资料和实地调查补课后，我很快就发现：原来苏州故事已几乎被人说尽了、说绝了、说死了，同时也让听的人听烦了、听厌了、听得不想再听了。

从《越绝书》中“上溯夏禹，下迄两汉”，到《左传》里的“季札挂剑”，“吴越春秋”，到《史记·吴王濞列传》，到《三国志》中的吴主孙权“招延俊秀，聘求名士”以振兴江南，到白乐天、范仲淹、苏舜钦、苏东坡、倪云林、文徵明、唐伯虎一干人物宦游踏访、托物尝梦、一诗一画、寄情笔墨，再到近世王世贞、俞曲园、叶圣陶、胡适之、郁达夫、林语堂、钱锺书诸人的一记一叹一咏一歌，好像凡居、游、访、饮于苏州有些瓜葛的人，若无一诗一文则不可称文人，不可言到过姑苏。于是，一千个人的笔下就会有苏州之千般滋味、万斛喜忧。这些林林总总或平淡或精彩的叙述纵使是吉光片羽、绚烂耀目，抑或是诗思隽永、令人神往，然并未从总体上回答“何为苏州？”这个简单的设问。于是，苏州便成了人人口上有、个个心中无的支离破碎的苏州，一个淹没在概念之水、浮泛于似是而非认知的苏州。如今，生于斯长于斯的老苏州人似乎已经不完全了解自己生活的城市，而来自天南地北的无数踏访者更无法找到期望中的天堂。古之苏州以园林胜，以文化胜，今之苏州又添加了科技胜、教育胜、制造胜……今天，作为现代城市的苏州前程似锦，繁华更甚，体量更大，体魄更强。苏州有足够的资本笑傲群城。

人们也许不知道，作为一方独特文明圣土的苏州即将沉没或许已经沉没。这一切首先要拜历史上征战兵火、水旱瘟疫所赐，苏州城数建数毁，面目多变。半个多世纪以来，近似疯狂的大拆大建一时功过难定，虽然有古城保护的若干措施庇佑那些断垣残壁，但也仅是小补而无大用。城市日新月异，人们欢呼雀跃；城市阵痛不已，人们迷茫彷徨。加上一些所谓的保护与美化犹如是在美人脸上做整容手术，结果总是适得其反。对于古城而言，我们很难避免当代城市发展的悖论：建就是弃、拆即是毁。对于大多数中国古城来说，我们错过了修复和保护的最佳时机，一错百年。这还仅仅是指一个城市的物理空间，而城市精神的梳理解读，阙如罔闻。一九二七年，钱宾四赴苏州省立中学教席时即有慨叹：

> 苏州自吴阖闾、夫差以来，两千五六百年，为中国历史最悠久一城市。城内远近名山胜迹，园林古刹，美不胜收，到处皆是。余在苏中三年，游历探讨，赏览无遗。惜为本书体例所限，未能详述。窃意此城，自余当时所见，倘能一一善加保护，其破旧者则略为修葺，宋元明清近千年之历史文物，生活艺术，远自宋代之致和塘沧浪亭起，直迄清末如俞荫甫之曲园，吴大瀓之窸斋，依稀仿佛，一一如在目前。举世古城市，当无一堪与伦比。惜乎近代中国破旧开新，其抽象方面之学术思想犹尚有图书馆所藏古籍，可资搜寻，其具体方面实际人生，则毁弃更易，追究无从。此实一大堪惋惜之事也。

由于时代久远、王朝更迭等复杂原因，我们无法像德国人在第二次世界大战之后马上重建德累斯顿那样，让一个城市“复活”。尽管如此，也不必将遗憾定格成绝望。每一个时代都有它自己的责任。尤其是在“苟日新、日日新、又日新”的今天，慎终追远的传统让我们至少知道，今天苏州比以往任何时候都需要一个完整故事，来激活这个怀玉抱璞之地的热情与反思。这样的使命如果由一部“城市传”来开启的话，这本书就绝非仅仅叙述它昨日的辉煌，也不是只收拾那些飘在风中的支离破碎的往事与逸闻，更不是一部风光纪录片的解说词或者旅游指南。“城市传”应该是对存亡续绝历史的沉思和让人认识未来的精神平台。

这本《苏州传》首先是一个外乡人在叙说苏州。一方面有隔靴搔痒、抓不到痛处之嫌，一方面又何尝不是“远观得全面，入境感觉新”呢？包罗万象的前尘往事早已斑驳模糊，甚至无迹可寻。那些小桥流水、枕河人家、古刹钟声、玲珑园林勾勒的城市风景只会是人们以今测古的镜像和幻觉，那些虚掷繁华、沉醉风雅、浮在表面的故事更令后人离真切的姑苏愈行愈远。在误读的语境中时间久了，苏州也就天堂路遥。其情如释绍昙延续寒山之叹“十年归不得，忘却来时道”，何况已然百年千年！对于年轻一代苏州人来说，没有记忆，何来忘却？唯祈望这本《苏州传》能找回历史上那个结结实实存在的姑苏，和现实中真真切切矗立于新时代面前这个古老而年轻、模糊而清晰、陈旧而鲜活的苏州。

苏州于我早已不是他乡而是故乡，是一个家。

它是一个草木芬芳、杯盏温热、脉动安详、幸福在握的宜居之地，一方繁华照眼、丝管悠长、书香弥散、衣锦食美的热土。

这也许就是天堂的模样，一个让所有人都乐于迷失在其中的城市。

然而在乡镇城市化、城市都市化、都市同质化的时代发展中，苏州又正在“消亡”。如何存亡续绝，如何革故鼎新，“何为苏州？”已经不是一个城市之问，而是时代之问，文明之问。

若你不了解苏州，那就是不了解历史，不了解中国。

目　录

中古看桥

今古看园

吴不同苏

肝胆楚越与吴楚一家

编年史以时间为经，从头开始，这种叙事方式已被传记文学沿用了近三千年。几乎所有人都相信并遵循“每一个好故事都应该从头开始”这条定律。只是我坚持认为这条定律不适用于苏州，因为苏州的故事靡不知其有初，殆不知其有终。同时我还坚信，一部优秀的、完整的城市传，绝非城市编年史似的“流水账”，更非一部城市名人政要巨细无遗的“起居注”。它不仅首先是一本书和一个好故事，还需要有人爱、有人看、有人说、有人听，更需要读者能据此指认追溯，并且自己去厘清这个城市构建的来龙去脉，进而在心中重建这个城市。

苏州山灵水秀，沃野千里，人文荟萃，风雅无边，除了文献所载，还有先辈们在此留下的丰厚遗产。一水一门，一街一巷，一镇一园，以至丝绸、刺绣、玉雕、漆画，加上昆曲、苏剧、评弹、绘画等门类齐全的艺术和由之衍化出的姿彩万千的生活，哪一个不好，哪一个不美，哪一个不摇曳生姿，哪一个不滋味无穷？每一个都在述说着

“天堂”的故事。可相对于城市史而言，苏州终究还是缺少一部城市传，一个完完整整的好故事。

一般的城市史书（地方志）价值有限，大多不堪卒读也是事实。语言乏味的文本样式，免不了像以前那样“从头说起”，未能清晰勾勒出这座2500年城市的地平线、天际线、风景线、动力线，让人以为苏州城原来如此，一直如此……忘记了一座城市的沧桑之变和生命律动是不可或缺的城市精神构成的。将苏州城这部厚重大书锁定在某一章、某一节、某一页，显然是琐碎与琐碎叠加的以偏概全。现今的“城市史记”类文献叙述大多就有这种糟糕的“存时序、乱经纬、无主脑”特点，使人越读越糊涂。对于苏州这座城市而言，造成这种错觉的“祸首”第一个便是“苏吴不分”“苏宁不分”“吴越不分”的认知混乱。

现今市面上有代表性的“苏州城市史”文献，往往就是“苏吴不分”这本糊涂账的始作俑者。

早在1万年以前，先民们就已生活、劳动在这块北纬31度、东经120度，带有原始气息的土地上。在六七千年前的新石器时代，他们已经创造出内涵丰富、富有特色的原始文化，水稻的种植、纺织技术的发明以及四五千年前技术高超的制玉工艺的出现，无不透露出重要的信息：这里是我国水稻种植的发祥地之一，是比狩猎游牧更先进的文明高地。生活在这块土地上的先民曾经创造出足可与中原文化媲美的辉煌的原始文明。

《苏州史纪》是如此溯源的：

……

1985 年，吴县三山岛哺乳动物化石和旧石器的发现，第一次揭示了太湖地区 1 万年以前旧石器时代文化的面貌，也揭开了苏州历史文化发展的帷幕。

在三山岛古文化遗址被发现之后，由于接下来几千年文明线索的缺失，苏州人就明确将 6000 年前的以草鞋山文化遗址为代表的“吴文化”门槛，设限在距今五六千年前的以良渚为代表的越文化边缘。这种地域概念的“存时序”其实往往会造成文化叙述上的“失时序”。

吴越本属一体，是一个共同的文化生态话语圈。此类中心和边缘的“观点”不仅是重越轻吴、越先吴后的草率结论，甚至是罔顾史实的无稽之谈。诚然，近年来良渚遗址考古取得重大发现，如台城和等级森严的墓葬群以及“国家级”水利工程系统的发现认定，遂使中华文明历史已有五千年得到了权威确认，成了中华文明寻源工程的重大成果和热议话题。然而在吴越故事的“新编”中，20 世纪 80 年代在苏州城中心区被发现的拥有六千年历史的草鞋山文化遗址，在学界却一直被“珍藏”，社会上关注的人更少，遂使同为“天堂”的苏、杭二城的影响力逐渐拉开了距离。奇怪的是“吴人”（苏州人）对此并无多少异议，其表现出的淡然，不知是麻木还是大度。如此一来，吴越文明之轻重长短就犹如被置放在一个倾斜的天平上来衡量。是耶非耶、轻耶重耶，结果不言自明。

梳理吴苏关系前，先把肝胆楚越内部的“吴越春秋”和外部的

“吴头楚尾”的纠缠关系理清楚，再来区分吴、苏，则会事半功倍。这也是对“苏州城市史”进行时空界定要做的前期案头工作。

商代末年，周王朝的奠基人古公亶父有三个儿子：太伯、仲雍、季历。季历之子姬昌自小聪明伶俐，深受古公喜爱，故古公欲传位于季历，以至于姬昌。太伯、仲雍领会到古公的这个意图后，便远离故土、相率出奔，来到了俗称“荆蛮之地”的江南地区。或许因为他们拥有先进的文化，受到了当地居民的拥戴，被立为君长，建立吴国，也称“勾吴”，这就是史书所载的吴国起源，人们往往也认为吴文化、太湖文化、江南文化即起源于此。

太伯、仲雍向江南居民传授了北方先进的生产技术，领导人民努力生产，结果数年之间，民人殷富。他们为了保卫个人生命财产的安全，还就地起城，城周3里200步，外郭则达300余里（或谓30里之误）。在物质财富增加的同时，太伯还试图用周族先进的礼乐文化来改造当地文化，遭到了当地居民的顽强抵抗。因此，仲雍在位期间，不得不暂时放弃努力，转而遵从当地居民的习俗，“文身断发”，从而创造了颇具特色的吴国文化。这种历史判断体现了中华文明一源说和典型的“中原中心论”。

春秋时期，吴国曾经有过一个文明发展高潮，它从一个被中原人鄙视的“蛮夷之邦”，经过历代吴王的发愤图强，后来西破强楚、南服越人、北威齐晋，一度成为号令诸侯的霸主。

这段“政治叙述”的本意虽是要提振吴文化的底气，但历史要从政治叙述的“茧壳”束缚里摆脱出来，才能化蛹成蝶，才能鲜活地呈现文明本色。以刘刚、李冬君为代表的年轻一代历史学家强调的就是，要把中国历史（当然包括苏州历史）“放到江山中读，不要放在王朝里读，不要用‘资治’的眼光读，以诗性之眼、文化之眼、文明之眼，能读取文化的江山，用‘资治’的眼光，只能围绕王朝打转，把历史读成阴谋诡计和打来打去。”北人南来是江南发展的诱因，但江南“基因”中的价值被低估才是认识历史的致命伤。

“春风又绿江南岸，明月何时照我还”，王安石用诗性的眼读取江南，诗中有“我”，“我”选择离开庙堂，拥抱江南——诗的江山。陈寅恪“以诗文证史”，亦是诗性的，一部《柳如是别传》，以其文化的个体性，向我们展示了一座文化的江山，展示了江南——“独立之精神，自由之思想”的江南。

诗性的眼光，本身就含有“独立之精神，自由之思想”，以之观史，王朝中国或黯然失色，而文化中国则大放光芒。诗之史观打开了我们读江南、读吴越、读苏州的新视野。

古吴国包括今天安徽、江苏两省的长江以南地区以及浙江省北部的环太湖区域。吴国国都前期位于梅里（今无锡梅村），后期东移于今天苏州。这就是说，今天的苏州城和古吴国太伯所建之城并不是“合二为一”关系。如果将之视为苏州史的开端就十分勉强，而且会造成“苏吴不分”等一系列认知上的混乱。

公元前585年，吴地的中兴之主寿梦继承了吴国的王位。寿梦是一个胸怀大志、富有远见的国君，他不愿蜗居江南一隅，永远被人鄙视为“蛮夷”之邦，因而积极采取措施，改变吴国在诸侯心目中的形象，进而在中原政治舞台上登台亮相，完成了由侯而王的霸业初成。

寿梦继承吴国王位后所做的第一件事是朝见周天子。自西周中期以后，吴国与周王室的联系越来越少。为了加深周天子和诸侯的印象，加强吴国与中原地区的联系，寿梦专程前往中原朝见天下共主周简王。一路上，他注意考察诸侯国的礼乐文化。所谓“礼”是当时社会各个阶层的行为准则，“乐”是祭祀、朝会、行军时的音乐和舞蹈。通过考察，寿梦为博大精深的中原礼乐文化所倾倒，明显地感觉到了吴国与中原诸侯国之间在文化方面的差距，不禁大发感慨，说：“孤在蛮夷，徒以椎髻为俗，岂有斯之服哉！”

以上两小段均为《苏州史纪》定见，就是将南方吴楚视为蛮夷，将北方中原视为高地。由于史料的限制，我们无法知道吴王寿梦回国以后究竟采取了哪些措施来吸收先进文化，改革落后风气，但从他的儿子季札身上大致可以推知。季札精通中原礼乐文化，在出使中原诸侯国期间，评论中原歌舞，见微知著，表现出高深的文化素养，因而受到中原人士的推崇，连孔子也极口称赞：“延陵季子，吴之习于礼者也。”

孔子认为文明的本质不在地域而在礼仪，文明中国的标准就是懂礼。那句著名的文化中国历史观“夷狄之有君，不如诸夏之亡也”强调的就是这个思想。无论是“黄河龙”（北方）还是“长江凤”（南方）都是可作等量齐观的中华文明。先进与落后不以南北分而以文明分。

司马迁的《史记》显然忽略了孔子史观的本质。这也是后世编年史史家们的通病，即以地域之南北和时间之先后区分高下。《史记·孔子世家》记有“孔子问礼于老子”的洛阳会，孔子称赞老子为“龙”就是一种文化认同，司马迁据此区分文化高下，后世学者亦为

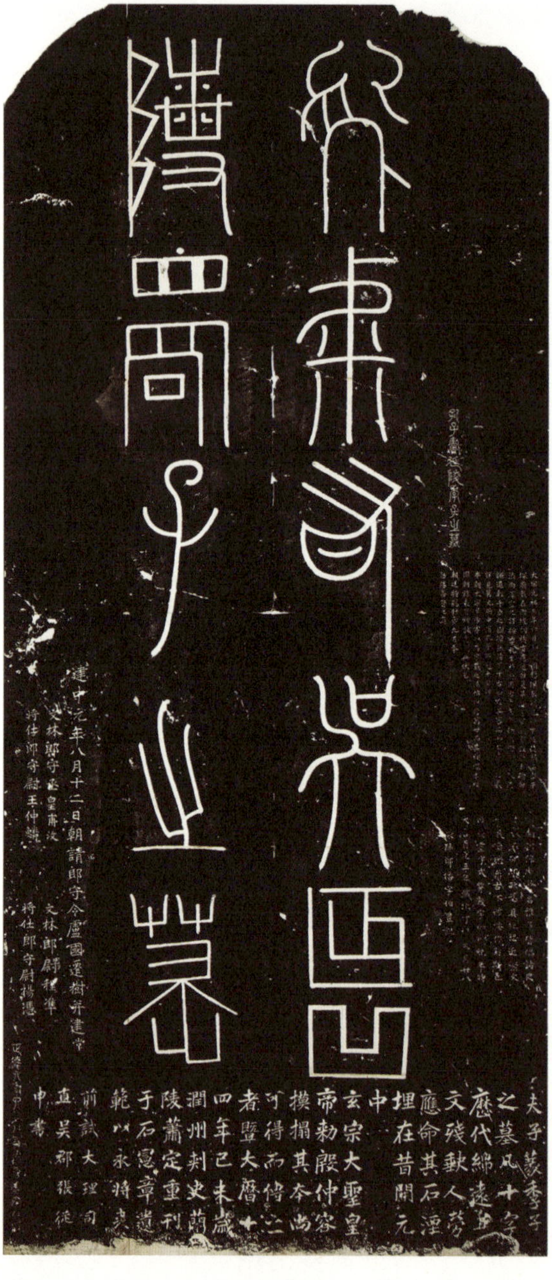

唐拓孔子为季札墓书十字碑

此纷争不休。如此来看，孔子之评季札为“吴之习于礼者也”，意义非同凡响。

孔子比季札小25岁，曾为丹阳季札墓书：“呜呼有吴延陵季子之墓”。此十字碑文乃唐碑拓片，虽经千载风雨沧桑，却未掩孔子褒奖之情。从这个意义上说，十字碑既是季子的功德碑，也是孔子的缅怀碑。旧石湮灭，唐玄宗曾命殷仲容摹拓以传。现此碑为唐大历十四年（779）润州刺史萧定摹开元殷仲容拓本重刻，十字碑背面有唐代书法家张从申书写的碑文。

寿梦有四子，依次为诸樊、余祭、余（一作夷）眛、季札。寿梦有意将王位传于季札，但是季札认为这样做不合礼法，坚决拒绝。寿梦临终前与诸子约定，王位兄终弟及，这样就使季札可以继承王位而没有拒绝的理由。随着诸樊、余祭、余眛的相继去世，照理应由季札继承王位，但季札再次拒绝，并回到自己的封邑。对于季札个人而言这是尚古辞让的美德，在国家则是不以“父死子继”传袭政权的文明证明。

季札（前576—前484）是春秋时期吴王四子中最贤明的一位。季札三次礼让王位，处处为国家着想，与邻国交好，真正做到了立德、修身、齐家、治国、平天下。季札三让王位后，原欲隐居延陵，后又曾两度奉命历访中原各国，留下“聘鲁闻乐、脱难齐婴、徐墓挂剑、守礼葬子”等动人故事。季札与孔子（前551—前479）同为春秋名人，并称为“南季北孔”。司马迁也赞延陵季子“见微而知清浊”。

被孔子称为“君子”的季札对于吴国来说确是位了不起的人物。“季札挂剑”的典故更是体现了其为文质彬彬、笃信守义的真君子。他是真正意义上的吴文化奠基人。

延陵季子佩带着象征国使的宝剑，奉命向西出使晋国。途经徐国，便去拜访国君。徐君观赏季子的宝剑时没有说话，却流露出喜爱的神色。延陵季子因为身负出使上国的任务不能当时就把宝剑献给徐君，但心里已暗自许诺归来时赠剑于他。

季子完成了出使任务返回时，徐君已经死在楚国。于是季子解下宝剑要交给徐国新君，却被拒绝这是吴国的宝物，不是用来作赠礼的。延陵季子说："我不是送给你的。先前我经过这里，徐国国君观赏我的宝剑，脸上流露出想要这把宝剑的表情，我因为有出使任务而没有献给他，但我心里已经答应给他了。如今他死了，我就不再进献宝剑，这样的话就是在欺骗自己的良心，品行方正者不会这样做。"于是，他解下宝剑交给徐国新君。新君说："先君没有留下遗命，我不敢接受您的宝剑。"面对再次拒绝，季子将宝剑解下，挂在了徐君墓边的树上……

徐国人因此赞美延陵季子："延陵季子啊不忘故旧，脱下千金剑啊挂丘墓。"

季札挂剑故事中包含的远古信息是丰富的。至少在古吴国时，江南一带的文明程度与黄河流域已不分轩轾，甚至互相倾慕。"礼乐之治、仁信之教"在这时候乃世风之所尚。文明的传播与创造有先后之分、无高下之别，是双向的无腿行走。这一点是文明源流关系的辩证认识，也是伟大的丝路文明之精神本质。近年的考古新发现，更证明春秋之际甚至更早时候长江文明与黄河文明是遥相呼应的中国"两河文明"。

旧史书对吴王寿梦认知的错误，无外乎是一些"正统"史家鹦鹉学舌，重复中华文明起源于黄河。这当然会影响人们对吴文化悠久历史的认识。近半个世纪史学发展的长足进步，是以大量田野考古和文化遗址发掘为支撑的。尤其是近几十年“凌家滩遗址”“三星堆”“金沙遗址”“良渚遗址”等南国文化遗址的大规模发掘和研究，对长江文明价值的重新认识起到了至关重要的作用。我们原先执念于黄河文明“一源说”之观点；经过中华文明起源“满天星斗说”过渡，逐渐归为中国“两河文明”，即长江、黄河“双源说”；进而纠正“一源说”其实是“一家说”之偏颇。

执此史观，我们完全可以推论，寿梦之爱江南并非仅仅是以图霸业、改变蛮夷而“文身断发”，更多的应该是为南方之富饶温润所吸引，同时也为这一方土地色彩斑斓的文化所吸引而乐不思归矣。越是文明之人越善于学习，以寿梦祖辈为代表的北方士人之第一次南迁，应该也是他们“居择仁”“见贤而迁”，进而促进中华文明交流和发展的重要历史事件。

1936 年，蔡元培在《吴越史地研究会成立开会词》中说：“斯会宗旨，实源自古荡、钱山漾、绍兴、金山等处，先后发现古人石器、陶器后，颇足供历史上参考价值，证明江浙两省在五六千年以前已有极高文化。当非如传说所云，在春秋时代，江浙尚为野蛮之区。现该项古物，遗留在江浙各地者，当必甚多，深望本会成立后，各地会员能继续多发现，以供研究，藉以明了历史演化及先民生活之情况。”

今天看来，“延陵季子”透露的信息是“吴楚一家”之中原叙述，也是“吴”“苏”不分的一个个案。从地理上讲，延陵分明是指常州一带，而我们知道的城市史故事大多将“吴中之苏”等同于“吴即是苏”。这样的说法严谨恰当吗？这则典故还透露了一个非常重要的信息，即吴国，包括同一生态圈、文化圈、经济圈的皖东南和“苏锡常”，当时冶炼技术是非常先进的，所铸造的剑器非同凡响，才令徐国国君见之垂涎。以如此先进科技为军事基础，后来又向晋楚学习兵车之战，加上原先就熟习水战，吴国在春秋时成了水陆善战的军事强国，这才是现象下的本质。然而对“城市史”来说，当我们引入时间概念之后，就又另当别论了。

如中国历史教科书所说，在秦统一中国之前的相当长时期内，“吴越蜀楚”等南方古国和北方诸国之争只有军事政治上的你胜我负，而没有“文化中国”想强调的文明上的先进和落后。

春秋时期是中国历史意识觉醒的时期，从“王与圣”裂变中孕育出的政治史，是一般意义上“信史”的开始。

依此逻辑，一般的苏州故事从“公子光”（即后来的吴王阖闾）说起是可以成立的。而本书从精神层面上进行选择，更愿意将季札作为苏州“城市史”第一个登场的人物。

吴国风云“二人传”

在吴王寿梦的儿孙中，先后继承王位的诸樊、余祭、余昧三个儿子和孙子皆以名字称吴王，唯独诸樊之子、夫差之父公子光即位，不称“吴王光”，而叫“吴王阖闾”，这和吴国王位传继中的一些波折有关联。

冥冥之中似有定数，季札辞让隐退，恰恰是为另一颗耀眼的政治新星吴王阖闾登上历史舞台留出了空间。

公子光是一个很有才华的人，称王前，他作为吴国的将军曾率军破楚，屡立战功。特别是在公元前519年的鸡父之战中，公子光以其出色的智慧和卓越的军事才能，指挥吴军打败了军队数量数倍于己的以楚国为首的七国联军。鸡父之战是春秋时期一个以少胜多、以弱胜强的典型战例。凭借赫赫战功，公子光为夺取王位创造了条件。

在“时势造英雄和英雄造时势”的往复循环中，季札和阖闾的换位也许只是一种推理假设或一种偶然。而公子光和伍子胥联手上演的吴国风云“二人传”，虽更惊心动魄、悬念迭起，但一切都顺理成章，故更为后人津津乐道。苏州城的缔造者伍子胥在此刻登场了。

史书称楚人伍子胥有“文治邦国，武定天下”的杰出才能。他曾因父兄被楚平王所杀，只身逃出楚国，历经千辛万苦来到吴国。经吴国市吏的介绍而受到吴王僚的召见。伍子胥与吴王僚交谈了三天三夜，没有说一句重复的话。吴王僚觉得伍子胥是一个“贤人”，本想重用他。公子光更是慧眼识英雄，怕伍子胥成为吴王僚的谋臣而妨碍自己的夺权计谋，就在吴王僚面前诋毁伍子胥，说伍子胥要求攻打楚国并不是为了吴国的利益，不过是想报私仇而已。吴王僚被公子光的谗言迷惑，放弃了重用伍子胥的打算。伍子胥觉察到公子光的阴谋后，并未记恨这个挡道的石头，反而看出公子光是能成就大业的“非常之人”，便转而相助公子光，成为其登基的柱石。

在夺权政变中，公子光和伍子胥两人翻卷春秋风云，搅得周天寒彻。后又联手重建吴都，实际上是在创建苏州。所以在苏州先民故事中，二人不可不记，不可小记。

后世的折子戏《文昭关》和“一夜白头”之事，说的就是伍子胥由楚逃吴途中的故事。

在逃奔吴国的途中，伍子胥还结识了一位名叫专诸的勇士（另有一说是伍子胥和专诸在棠邑即是旧相识）。伍子胥看他的相貌，眉额凸出而眼眶深凹，虎背熊腰，认为他是一个敢于冒险的勇士，可堪大用。后来证明，伍子胥做人生第一笔政治投资时就看对了人，在投靠公子光后，伍子胥第一时间把专诸推荐给公子光作为袭击吴王僚的刺客，后来此人果然派上了大用场。

公元前 515 年，趁楚平王新丧、昭王年幼，吴王僚派两个弟弟公子掩余和烛庸率军攻楚。楚国听闻吴师来犯，立即调动部队，前后夹击，把吴军围困了起来。听到吴军被楚军前后夹击、陷于困境的消息，公子光不忧反喜，认为机会难得，决定启动图谋已久的夺权计划。

一天，公子光命令身披铠甲的武士埋伏在地下室里，然后在厅堂中备办酒席宴请吴王僚。吴王僚知道公子光对自己继承王位心怀不满，时有怨恨之色，故而作了严密的防范。他身穿三层铠甲，还在宫中至公子光家的道路两旁以及宴席室内布满了手持锋利长戟的亲兵侍卫，才去赴这场“鸿门宴”。为了防止进献食物的人身藏武器，还要求他们在门口脱光衣服后改换衣装再膝行而入，吴王僚以为如此戒备可以做到万无一失。酒宴开始不久，公子光暗中吩咐专诸将鱼肠剑置于炙鱼的腹中进献。专诸在接近吴王僚时迅速抽剑猛刺，鱼肠剑刺穿其胸背。两旁卫士震惊之余立即反击，执长戟猛刺专诸，令其当场毙命。一时，“伏尸二人，流血五步”。大乱之际公子光出动伏兵全歼了吴王僚的亲军。这便是历史上著名的专诸刺王僚事件，《史记·刺客列传》对此有详细记载。吴王僚既死，公子光自立为王，即阖闾。为了表彰专诸舍身刺王僚的功勋，阖闾把专诸的儿子封为上卿，并葬专诸于苏州阊门内，以“专诸巷”纪念这位死士。千年以后，李白《结袜子》一诗中“燕南壮士吴门豪，筑中置铅鱼隐刀。感君恩重许君命，太山一掷轻鸿毛”，就用了这个典故。其中“燕南壮士”是指往筑里灌铅刺杀秦始皇的高渐离，“吴门豪”指的即是专诸。

阖闾上台后唯恐“国人不就”“诸侯不信”，实行了“厚爱其民”、治国兴邦的一系列措施。阖闾深知国家之治以得人才为先的道理。《国语》中说他“闻一善若惊，得一士若赏”。阖闾登上王位后所做的第一件事就是重用伍子胥，举为行人（职掌接待宾客礼仪），让其参与国家政策的制定。《吴越春秋·阖闾内传》记载，阖闾考虑到“吾国僻远，顾在东南之地，险阻润湿，又有江海之害；君无守御，民无所依；仓库不设，田畴不垦”的情况，向伍子胥求教治国之策。伍子胥答称：“凡欲安君治民，兴霸成王，从近制远者，必先立城郭，设守备，实仓廪，治兵库。”用今天的话来讲，就是创建城市根据地。对此，阖闾非常赞同。后来吴国所进行的社会改革，就是照此方案进行的。“立城郭”三个字成了苏州城建设开端的战略规划。

阖闾接受伍子胥“立城郭”的建议，委派伍子胥主持扩建都城工作。说是扩建，实是创建。伍子胥“相土尝水，象天法地”，在调查研究的基础上，把原有的蕞尔小城扩建成一座规模宏大、气势雄伟的阖闾大城。城内街衢宽广，河道纵横，水陆交通四通八达。阖闾的大城“苏州”成为吴国的政治、军事、经济中心。

公元前 514 年，吴王阖闾委派伍子胥建设都城。这一年苏州正式开始筑城，迄今已 2500 余年。

《吴越春秋》记载，伍子胥所造的大城平面形制呈西、北稍短而东、南较长的不规则四边形。城周为 47 里（《越绝书》记载的是 37 里）。新建的都城有水、陆城门各八个，每面城垣各开两门，自西南至东北，分别为阊门、胥门、盘门、蛇门、匠门、娄门、齐门及平门。各门名称均有来历。如《吴越春秋》中说：“立阊门者，以象天门通阊阖风也。”阖闾为了西破楚国，而在西北方向“立阊门以通天气”，所以阊门又名破楚门。胥门又名姑胥门，因城外有姑胥山取以为名。盘门古作蟠门，从风水的角度，吴处于辰位，辰即龙，而越在巳位，巳即蛇，以龙克蛇，表示吴国征服越国的意思。蛇门，在东南方，其含义与蟠门略同，吴、越分别处于辰、巳之位，以龙、蛇为表征，故在南大门上制作一条木蛇，北向首内，以示越国臣服于吴国。匠门，又称将门，干将门，即今相门，据说阖闾曾使名匠干将在此铸剑，因以为名。娄门，因通娄地而得名。齐门，吴国伐齐取胜，齐景公以女儿送入吴国为人质，后许配给吴太子。但齐女年少，思家心切，日夜啼泣，吴王乃建北门，让齐女登高远望以慰思乡之情，故齐门又称望齐门。平门，相传因伍子胥打败齐国，班师回朝从此门进城，故名。至于在东南角又有葑门、赤门等，有些学者认为是原来阖闾城外郭的城门。

所以，早期的苏州故事总是和城门联系在一起的。

重建的阖闾旧城和新建的吴国都城合二而一的“苏州城”究竟是什么样子呢？《苏州史纪》这样记载：

> 苏州城是吴国的政治、军事中心，城中有大量的宫室和军事设施，如阖闾宫、东宫、西宫、南城宫、射台等，城外也建有众多的离宫别馆和苑囿，如姑苏台、长洲苑、馆娃宫、吴宫、消夏湾等，其中以姑苏台、馆娃宫最为有名。姑苏台建于城西南的皋峰山。姑苏台始建于阖闾，增筑于夫差，耗时费力历两代吴王。建成后的姑苏台高300丈，宽80丈，据说方圆300里内都能看到它，成了吴国的标志性建筑。台上别立春宵宫，宫中乐伎千人，又造千石酒钟，供作“长夜之饮”；还造了天池，池中有青龙舟，供夫差和西施寻欢作乐；其他如海灵馆、馆娃阁等，无不以珠玉为饰，豪华精致。这座富丽堂皇的姑苏台在公元前482年越军进攻吴国时被焚毁。然而这座春秋时的超级建筑却给后世留下了深刻印象：秦始皇统一全国后东巡会稽，曾慕名登上姑苏台基；汉代史学家司马迁游历天下时曾登临姑苏台基眺望太湖；唐代诗人杜甫也曾在姑苏台旧址留下过身影……杜甫《壮游》诗

云："东下姑苏台，已具浮海航。到今有遗恨，不得穷扶桑。王谢风流远，阖庐丘墓荒。剑池石壁仄，长洲荷芰香。嵯峨阊门北，清庙映回塘。每趋吴太伯，抚事泪浪浪。枕戈忆句（勾）践，渡浙想秦皇。蒸鱼闻匕首，除道哂要章。"诗中记述了青年时畅游苏州的踪迹并抒发思古幽情，"诗圣"也在苏州城史记上写了一笔。

夫差自纳越国美女西施后，在灵岩山上营建馆娃宫藏娇。至今山上还保留了许多遗迹：有琴台、玩花池、玩月池、吴王井、响屧廊、砚池、西施洞，今灵岩寺基即为馆娃宫遗址。唐代诗人白居易曾作《题灵岩寺》诗，首四句感叹道："娃宫屧廊寻已倾，砚池香径又欲平。二三月时但草绿，几百年来空月明。"

这些怀古之作再加上典籍载录，显然给后人留下了一个吴王夫差骄奢淫逸、酒池肉林、生活荒唐的印象。其实仔细阅读《越绝书·吴地传》便不难找到真正的答案："胥门有九曲路……以山为屏蔽也。"此外，都城周围的军事城堡，如南武城、鱼城、越城、阖城等，起着拱卫都城的作用，与阖闾都城也就有了呼应。以上"诗史"或为传闻，所见遗迹也极有可能是当时苏州的军事设施。

经济职能显然也不可小觑。城内外有手工业作坊、市场、仓库和畜牧业生产基地。吴国的青铜冶铸业十分发达，著名工匠干将、莫邪的铸剑作坊就设在城内；吴国的造船业也很有名，城外的桐溪城即是吴国的造船之所；胥门西南3里之处有酒醋城，即为王室生产酒醋的作坊；其他如丝织、制玉、陶瓷等作坊也大都分布于城内或城郊。城内市场从有关的记载分析，当时的商业相当发达。大市场可能坐落在今白塔西路与皮市街交界之处。遍布城内外的仓库、冰室、宾馆等构成阖闾都城生活设施的要素。胥门南3里处建有储城为“吴王储粮处”，为王室储存食物用的冰室有两处，在阊门外郭中和巫门（即平门）外，还各有一处名为巫城的宾馆，专门用于接待各诸侯国的使者。

都城周围分布着王室的农业和畜牧业生产基地。称为畴墟的“吴王田”是吴国的粮食生产基地；鸡陂墟、鸭城、牛宫、猪房、麋湖城、鹿园、马城、豆园等，则是王室饲养鸡、鸭、牛、羊、猪、马、鹿等禽畜的地方。

由此可见，作为春秋时期吴国的政治、军事、经济中心，“苏州城”规模宏大、设施齐全，在发展国力、对外争霸战争中发挥了重要的作用。城市格局中的经济因素是城市活力之源，也是国力之本。所以民国《吴县志》的修纂者评论说：“阖闾所凭借以称雄矣。”

公元前496年，吴王阖闾在檇李之战中负伤身死。夫差把父亲安葬在都城西北郊的虎丘山，以山为陵、凿池为剑，吴国国力可以想见。五代后周显德六年，山上建云岩寺。按江南前塔后殿的规制，寺前建了仿木结构砖质“虎丘塔”。虎丘塔被称为中国的“比萨斜塔”，有“先见虎丘塔，后见苏州城”之姑苏第一印象之称。斜而不倒的塔影一直是苏州城的不二标志和精神象征。

虎丘山原名海涌山，占地面积2平方公里，山高10丈。据说，夫差征发10万夫役修筑陵墓，下葬三日后，忽有白虎蹲踞其上，故名虎丘。《越绝书》具体介绍了这座王陵的内部设施，称：“下池广六十步，水深丈五尺。铜椁三重，澒（坟）池六尺。玉凫之流、扁诸之剑三千，方圆之口三千，时耗、鱼肠之剑在焉。”而《吴地记》还说墓穴是以“水银灌体，金银为坑”。可以想见营建这座陵墓时耗资之巨。

越王勾践灭吴后，曾一想挖坟掘墓报仇，二想寻找宝藏发财，但面对虎丘山上的茫茫丘壑，嶙峋岩石，无从下手只好作罢。此后，秦始皇、孙权都曾有过挖墓取宝的念头，但也只能望山兴叹、徒唤奈何。这应该是将墓道口设计在“剑池”水下巧妙构思的功劳。

岁月不驻，时光如流。传说明代正德年间，虎丘剑池之水忽然枯竭，文徵明、唐伯虎等苏州名士在好奇心的驱使下下到池底探索，竟在剑池的北端尽头发现了契形石洞，估计这可能是吴王冥宫所在，立即通报了长洲县令。县令以“挖坟掘墓，君子不耻”，暴露先王遗骸乃后人的罪过为由下令叠石封洞。直到1955年，苏州市文管会为整修虎丘，疏浚剑池时再次发现了这个石洞。石洞仅可供一人进出，但被3块青石板叠砌封闭。由于凿开石板可能会导致山顶虎丘古塔倾塌，出于保护文物的考虑只好放弃进墓探查的打算。所以，虎丘山下阖闾墓的存在与否以及墓穴内诸般光景如何至今仍是一个未解之谜。唯其如此，才使得虎丘更加神秘更具魅力。以上“苏州城”史多见于《国语》《左传》《史记》《越绝书》等典籍。另外取自《吴越春秋》一书的也不少。东汉赵晔所撰《吴越春秋》虽多为小说家言，但长久流传，自有其不可低估的传播影响力。

……

为苏州城建设做过重大贡献的还有“战国四公子”之一的春申君。

虎丘塔

剑池

战国后期，楚国封春申君黄歇于江东。黄歇以阖闾旧城为封国都邑，大建宫室。以前、后两殿为主体，东、西两仓为附属，另建有围房若干间，形成了完整的建筑群。该建筑群宏大壮丽，司马迁曾发出“宫室盛矣哉”的感叹。春申君还在城内修筑了多项水利工程，“大内北渎，四纵五横”，初步奠定了苏州城市空间和水系的基本格局。其后六百年未大变。

……

建安十六年（211），孙权徙治秣陵（今南京）后又迁都武昌。三国时，东吴都城在秣陵和武昌之间变来变去，苏州渐渐淡出了舞台中心。苏州虽不再是孙吴政权的政治中心，但经过多年自谋发展，能够独辟蹊径，经济得到长足改善，出现了“其野沃，其兵练，其财丰，其器利”的局面，成为孙吴巩固政权的后方基地。西晋文学家左思追忆当时的农业经济情况，在《吴都赋》中作了如下的描述：“其四野，则畛畷无数，膏腴兼倍。原隰殊品，窊隆异等。……国税再熟之稻，乡贡八蚕之绵”，“窥东山之府，则环宝溢目；覼海陵之仓，则红粟流衍”。

苏州百业兴旺的一个重要标志便是发达的造船业。

《三国演义》一书中“草船借箭”“火烧赤壁”等故事最为世人津津乐道。我少不更事时每读到这些舟楫横江、箭镞如雨的场面，总是会想，吴国太富了！难怪辛弃疾在《南乡子·登京口北固亭有怀》中慨叹：“天下英雄谁敌手？曹刘。生子当如孙仲谋。”江南是好山好水，富得流油呀！这份祖宗基业的拥有者太有福气啦！这是赞人呢，还是赞风水呢？

东吴政权当时专门设置有负责造船的官吏，称典船都尉。因造船业发达，吴国已拥有一支相当规模的水师。大的战船上下5层，海船长达20余丈，可载人数百、载货万斛。而且吴国的船只“雕刻丹镂，青盖绛襜”，造型美观，装饰华丽，正所谓“弘舸连舳，巨槛接舻。飞云盖海，制非常模。叠华楼而岛跱，时仿于方壶”。

孙吴政权灭亡时，西晋收缴到的船只竟多达5000余艘，足见造船数量之多。舟船的精良，加上航海技术的提高，吴国的船只能出海近抵台湾、辽东，远航日本、高丽等地。为“海上丝绸之路”寻源，应不忘记上这一笔。孙吴政权与海外的频繁联系，扩大了中国在海外的影响。隋唐以前，“吴”成为日本称呼中国的代名词。一如西方称中国为“汉”“唐”。

苏州城中至今仍保留着一些孙吴时期的遗迹。其中最为著名的是坐落在郡城北部的报恩寺，俗称北寺，相传赤乌年间由吴夫人舍宅而建（原名通玄寺，后改为报恩寺）。赤乌四年（241），西域僧性康来吴传教，孙权在盘门内为他辟建普济禅院。赤乌十年（247），孙权为报乳母陈氏恩又在普济禅院内建13层舍利塔，这就是历经浩劫而未堕废的瑞光塔。景德路雍熙寺弄城隍庙旧址的周瑜宅第是孙策据吴时所建，这座宅第一直保存到宋代。其地至今民间仍称之为“周将军巷”。宅内有周瑜手植柏树一棵，名为“周将军柏”，至近代犹存。

孙权称帝前吴中流传的“黄金车，班兰耳，闿昌门，出天子”的童谣，唱出了苏州在孙吴建国过程中的特殊地位。

“洛阳纸贵”的典故人们比较熟悉。故事说的是西晋文学家左思所作的《三都赋》。《三都赋》初成时并未得到人们关注，得高名于世的大学者皇甫谧推荐并为其作序后，《三都赋》名满天下。一时士人争相抄录奇文，致使纸张供不应求，价格也就水涨船高，“洛阳纸贵”

的景象便出现了。

《三都赋》写的是三国时的魏都洛阳、蜀都成都和吴都建业与苏州。这一篇字字珠玑的赋文也可以说是一部袖珍的城市史。只不过自被昭明太子收入《昭明文选》，就一直以文学作品著称，而鲜有人以赋看史，忘了明朝李贽所言："经史一物也……故《春秋》一经，春秋一时之史也。《诗经》《书经》，二帝三王以来之史也。而《易经》则又示人以经之自出，史之所以来……故谓六经皆史可也"。"六经皆史说"为明清学人推重，近世"小学大家"胡朴安推崇"义理、考据、辞章"并重，以文字材料和考古实物互证为学问正道，指出"六经皆史，尚是一句空话，必如是实实在在佐证出来，与人共见，始得与人共信也"。诗文互证，辞章与考据互证，如此观古史读古文则为探骊得珠之道也。苏州是幸运的，苏州人要感谢山东临淄人左思用十年的时间完成《三都赋》，早早就用《吴都赋》为姑苏立传。其赋中信息量之珍贵，我们不得不重视，以求得"以古证古"的历史真相，其必远胜于"以今测古"的"政治想像"。与此相反，"诗史"的内在精神虽储存于美学形式，一经陈寅恪和王国维等史家的萃取提炼也就成了中国史学的精粹与灵魂。《苏州传》正是要把这个传统接续下去。

《吴都赋》开篇即说人之智慧无外"夫上图景宿，辨于天文者也。下料物土，析于地理者也。""图景宿、辨天文、料物土、析地理"用今天的话来说就是全面地观照天地自然人文地理。

> 子独未闻大吴之巨丽乎？且有吴之开国也，造自太伯，宣于延陵。盖端委之所彰，高节之所兴。建至德以创洪业，世无得而显称。由克让以立风俗，轻脱屣于千乘。若率土而论都，则非列

国之所觖望也。故其经略，上当星纪。拓土画疆，卓荦兼并。包括干越，跨蹑蛮荆。婺女寄其曜，翼轸寓其精。指衡岳以镇野，目龙川而带垌。

接着作者直奔主题，以此观照吴国之苏州，并分析强调在“大吴巨丽”的诸因素中，人文中的政德和世风才是最为世人称道的。所谓“吴之开国也，造自太伯，宣于延陵”，看来吴苏纠缠渊源有自，《苏州传》一书要想让他们作个痛快切割诚属不易。1700 多年前的左思也是如此解构苏州、描写苏州的。

富中之甿，货殖之选。乘时射利，财丰巨万。竞其区宇，则并疆兼巷；矜其宴居，则珠服玉馔。趫材悍壮，此焉比庐。捷若庆忌，勇若专诸。危冠而出，竦剑而趋。扈带鲛函，扶揄属镂藏鍦于人，去戭自闾。家有鹤膝，户有犀渠。军容蓄用，器械兼储。吴钩越棘，纯钧湛卢。戎车盈于石城，戈船掩乎江湖。

这是关于古苏州（即文中石城）经济繁荣、世风奢华的具体描述。用今天的话来说就是，贸易富民、安居乐业、身体康健，尤其是“家有鹤膝，户有犀渠。军容蓄用，器械兼储。吴钩越棘，纯钧湛卢。戎车盈于石城，戈船掩乎江湖”。在《三都赋》成书后的 1700 多年时间长河里，世界已然经历过沧桑巨变，苏州城当然也经历坎坷。数毁数建，浮浮沉沉，然而城市精神基因未变，形影尚存，魂魄仍在，所以它才能“大江流不去，灰飞烟不灭”，一次次浴火重生，一直矗立于时代潮头。

三国时的吴都苏州，虽不是大一统中国的京都，却是三分天下的名城之冠。在苏州的这一高光时刻，有一位风云人物虽然未被忘记，但很少有人将他和苏州联系在一起。这个人不是吴国苏州人，但他埋骨姑苏，与“天堂”的山魂水魄为伴，永远留在了苏州。他就是和千古名相诸葛孔明并称“一时瑜亮”的周瑜。

罗贯中的《三国演义》和陈寿的《三国志》中有不少关于周公瑾大都督的描述，其中真真假假、褒褒贬贬，故周瑜身后未能像诸葛亮那样“封神”并享受后人的香火供奉，这未尝不是一种历史遗憾。小说中的周瑜虽然才华过人，但因目光狭短、气量狭小而被孔明三气而亡，对于周瑜的英年早逝，小说家多少有点幸灾乐祸的意味。然而史书中的周瑜与此大相径庭。

正史上的周瑜“性度恢廓”“雅量高致”，实奇才也。他文武兼备，有雄才大略，是东吴取得军事胜利和鼎足天下的首功之臣，被誉为“世间豪杰英雄士，江左风流美丈夫”。

建安三年（198），时为袁术部下的周瑜看出所托非人，想远离袁术，于是请求去做居巢县令，欲借机回江东，袁术同意了。

周瑜在做居巢县令时认识了鲁肃，认为他非同寻常，主动与他相交，两人建立了如同春秋时公孙侨和季札那样牢不可破的友情。这一年，周瑜和鲁肃一同从居巢回到吴郡（今江苏苏州）。

孙策闻周瑜归来，亲自出迎，授周瑜建威中郎将，调拨给他士兵两千人，战骑五十匹。此外，孙策还赐给周瑜鼓吹乐队，替周瑜修建住所，赏赐之厚，无人能比。孙策在发布的命令中说，周公瑾雄姿英发，才能绝伦，与我有总角之好，骨肉之情。在丹阳时，他率领兵众，调发船粮相助于我，使我能成就大事，论功酬德，我的赏赐还远不能回报他在关键时刻给予我的支持呢！周瑜时年二十四岁，吴郡人皆称之为周郎。因庐江一带的士民向来佩服周瑜，于是孙策任命他出守牛渚，后来又兼任春谷长。建安四年（199），孙策要攻打荆州，拜周瑜为中护军，兼任江夏（治湖北新州西）太守，随军征讨。十二月，孙策带领周瑜等人攻破皖城，虏获袁术手下刘勋家人及其部下的男女亲族。其中乔公二女皆国色天姿，孙策自纳大乔，周瑜纳小乔。孙策对周瑜说："乔公的两个女儿虽经战乱流离之苦，但得我们作为夫婿，也足可庆幸了。"接着进攻寻阳，败刘勋，第二年年初讨江夏，又率兵平定豫章（今江西南昌）、庐陵（今江西吉安）。周瑜留下来镇守巴丘。

周瑜之投吴可谓良禽择木而栖。孙吴也为周瑜提供了大展宏图、登高望远的平台。周瑜短短的35年生命功业有成，可惜由于小说家的文字而被移花接木，不少功劳都被误记在了别人的名下。其中最大的冤枉莫过于"赤壁之战"。

周瑜是联刘抗曹的主战思想设计者。当孙刘联军与曹军在赤壁相遇时，曹军已遭瘟疫，其新编水军及新附荆州水军难以磨合，士气明显不足，初战被周瑜水军打败。曹操不得不把水军"引次江北"与陆军会合，把战船靠到北岸乌林一侧。周瑜则把战船停靠在南岸赤壁一侧，隔长江与曹军对峙。当时曹操因为北方士卒不习惯坐船，于是将舰船首尾连接起来，人马于船上如履平地。周瑜采用部将黄盖的火攻之计，命其率小战船十艘，上装柴草，灌以膏油，假称投降，向北岸而进，至离曹营二里之处，各船一齐点火，然后借助风势，直向曹军冲去。当时东南风急，火烈风猛，烧毁了大量曹军战船，火势还蔓延到曹军设在陆地上的营寨。顷刻间，浓烟烈火，遮天蔽日，曹军人马烧死和淹死的不计其数。

周瑜等率领轻装的精锐战士紧随在后，鼓声震天，曹军死伤极多。孙刘联军水陆并进，一直尾随追击……曹操回到江陵后，恐赤壁失利而导致后方政权不稳，立即返回北方，留曹仁、徐晃等留守南郡（治所江陵），文聘守江夏，而后委任乐进守襄阳，满宠代理奋威将军，屯于当阳。联军取得了赤壁之战的胜利。战争的胜利，加强了孙氏政权在江东地区的割据地位，也使刘备避免了覆亡危险。赤壁一战，使周瑜的英名传扬天下。

周瑜究竟是一个什么样的精彩人物，有两个典故可为剪影。

“顾曲周郎”的典故出自《三国志·吴书·周瑜传》：“瑜少精意于音乐，虽三爵之后，其有阙误，瑜必知之，知之必顾，故时人谣曰：‘曲有误，周郎顾。’”

据《三国志》记载，周瑜年少时精通音律，即使在喝了三盅酒以后，弹奏者只要有些微的差错，他都能觉察到，并立即会扭头去看那个出错者。自魏晋时代之后，“周郎顾曲”常作为典故被各大文豪引用，常常出现在各类诗歌、戏曲等文学作品中。唐人李端有《听筝》诗：“鸣筝金粟柱，素手玉房前。欲得周郎顾，时时误拂弦。”其化用此典故，进一步发挥想象，描绘周郎相貌英俊，酒酣后更是别有一番风姿，弹筝者多为女子，为了博得他多看自己一眼，往往故意将曲谱弹错。

“雅量高致”的典故出自晋朝虞溥《江表传》：“干（蒋干）还，称瑜雅量高致，非言辞所间。”

曹操听说周瑜虽然年轻但有才气，于是派九江人蒋干去劝说周瑜来投奔自己。蒋干以能言善辩著称，以个人名义去见周瑜。周瑜出门迎接蒋干，对他说：“子翼辛苦了，长途跋涉而来是为曹操当说客的吧？”蒋干回答：“我与足下是同乡，多年不见，近来听说了足下的丰功伟绩，所以特来叙旧，怎么能说我是做说客的呢？”周瑜说：

“我虽比不上夔和师旷，但也能听出你的弦外之音。”之后便请蒋干进入自己的府第，设酒宴款待他。周瑜对蒋干说：“我最近有事情要处理，就请你暂住几日，等我的事情办完了，再与你相聚。”三天后，周瑜请蒋干来到军营参观仓库、军用物资、器械和孙权赏赐给自己的侍从、服饰以及其他玩赏之物，随后对蒋干说：“大丈夫活在世上，能遇到知己的君主，对外虽是君臣的名分，对内却有骨肉的深情。他对我言听计从，与我祸福与共，即使是苏秦、张仪复生，我也会拍着他们的后背而斥责他们的言辞，又有什么能动摇我的心志呢？”蒋干只是微笑，始终无话可说。回到扬州后，蒋干称赞周瑜“雅量高致”，有宽宏的气度及高尚的品格，不是能用言辞离间的。中原士人也大都以此推崇和赞美周瑜。

从上古春秋时的伍子胥到中古三国间的周公瑾，这些楚才吴用故事背后是吴国网罗天下有识之士为己所用的胸襟，以及苏州这块风水宝地吸引人才尊重人才的城市气质。关于周瑜，除《三国志》等典籍有明确记录外，北宋苏轼的千古名篇《念奴娇·赤壁怀古》也有传神描写。“大江东去，浪淘尽，千古风流人物。故垒西边，人道是，三国周郎赤壁。……遥想公瑾当年，小乔初嫁了，雄姿英发。羽扇纶巾、谈笑间，樯橹灰飞烟灭。”如此传神写照却在后世的演绎中变成了“周冠孔戴”。“雄姿英发，羽扇纶巾”，成了诸葛孔明的典型形象。这个冤假错案如果不翻过来，不仅周郎死不瞑目，就是苏大学士也会讪笑听信戏言之人的浅薄与无知。

魏晋南北朝时期出现的“衣冠南渡”虽然一直被热衷于王朝更迭叙述的史家所关注，然其通病仍是对“文化中国”的误读和轻忽。

中国人口的大规模迁徙所造成的全方位南北交融以及对人们“三

观”的影响，促使中国的政治格局和文化结构发生了质的变化。在政治军事上讲衣冠南渡是中原王朝败于鲜卑等少数民族后迫不得已的溃逃，在文化上却恰恰是一个话语世界的放大和人文精神的丰富。尤其是知识分子，古时称之为“士”的这一阶层的精神蜕变将先秦传继的道统和学统乃至价值观的单一性、封闭性砸碎了。同时他们在“修身、齐家、治国、平天下”的单一人生理想仕途追求之外，发现了“天人合一”“与自然相往还”，以山水徜徉、农耕课植为乐事的自在人生，在结结实实的烟火气中安放灵魂自由，找到了无官一身轻的自在逍遥和平凡人生的真谛。贵贱平等的精神基因之变诱发出与中原文化同源而异质的江南文化，快速成长为和庙堂正统等量齐观的思想，也为本体上的儒释道合流和方法认识上的道器并重等中国智慧之河拓展出新的源头。

“衣冠南渡”最早出现于唐史学家刘知几《史通·邑里》篇，是指西晋末天下乱，中原士族相随南逃、中原文明和中原政权南迁。后来文学作品中把唐“安史之乱”后，中原士庶避乱南徙至金陵（今南京），建立南唐；北宋末年，高宗渡江，先后以姑苏、临安（今杭州）为行都，建立南宋，也都叫作“衣冠南渡”。

晋建武年间，晋元帝率中原汉族臣民从京师洛阳南渡，史称“永嘉之乱，衣冠南渡”，这是中原人第一次大规模南迁。西晋王朝渡江后，定都建康，史称东晋。中国的历史进入了南北朝时期，这也是中原政权的第一次南迁。中原地区无论是士大夫还是百姓，相继踏上了南渡之路。

当南下的士族将江东地区的豪强团结起来后，司马睿便成功建立了东晋政权，而后将国家统治推向新高峰。西晋统治者在将国家文化重心由北方向江南转移的颠沛流离的过程中，有切割故土的撕痛，抛妻别子的惆怅和宗庙焚毁的绝望。这些苦难同时又使中国智慧得到了淬炼，为中国文化进步和发展带来了新的机会。

在首次衣冠南渡的影响下，南方地区的优质资源仿佛一夜之间被唤醒，不仅为北方人提供了安身之处，也实现了自己的超常规发展。那些逐鹿中原的政治家和军事家们认识到，冷兵器时代之江南不仅是避难的桃花源，也是东山再起、图谋新发展的福地。

在国家格局的变化中，不仅要看到政治、军事、经济等现象之变，更要认识到家国之变首先变的是人。而在最具影响力的人群中，“士”的精神之变被忽略了太长时间。过去的文化史中，他们的心路历程大多被放在诗词歌赋的“菜篮”里，当成大众文化消费对象，当成下酒菜；或者是“士”之自娱自乐，自说自话。所谓“家国精神”也只是儒家正统为他们贴上的商标。直至近世的钱穆和徐复观等学人的研究，才让我们聚焦于更深层次的思考。《士与中国文化》一书对此作了归纳分析：

> 魏晋士风的演变，用传统的史学名词说，是环绕着名教与自然的问题而进行的。在思想史上，这是儒家和道家互相激荡的一段过程。老庄重自然对当时的个体解放有推波助澜之力，周孔重名教，其功效在维持群体的秩序。概括地说，魏晋思想史可以分为三个小段落：曹魏的正始时代（240—248），名教与自然的问题在思想史上正式出现，何晏、王弼是最先提出这个问题的人。嵇康、阮籍等所谓“竹林七贤”代表名教与自然正面冲突的时代，而以嵇康被杀为其终点。西晋统一以后，名教与自然则转入调和的阶段，其理论上的表现则有郭象的《庄子注》和裴頠的《崇有论》……

诚如陈寅恪先生所言，老庄自然之旨明白易解，而周孔名教则较难界说。陈先生据王弼对老子“始制有名”的注语，加以推论道：“故名教者，依魏晋人解释，以名为教，即以官长君臣之义为教，亦即入世求仕者所宜奉行者也。其主张与崇尚自然，即避世不仕者，适相违反，此两者之不同，明白已甚。”

“官长君臣之义”的名教观应用到嵇康、阮籍以后的某些具体事例上就不免发生困难了。清谈的后期，即东晋以下，有关名教与自然的谈论与士大夫的实际生活无关，只是“口头虚语纸上空文”的“装饰品”而已。事实上魏晋所谓“名教”乃泛指整个人伦秩序而言，其中君臣与父子两伦更被看作全部秩序的基础。

既然俗世人伦出现危机，则士的目光和行为自然转为对“自然”的关注与依靠。士族南迁后所见的自然环境豁然开朗，湖光山色美不胜收，进而导生出新的文化思想，这无疑既是江南文化的基因之变又是诱因之变和天地之变、人文之变。

在后来的安史之乱和北宋王朝南迁中，中原人口再次大量南迁所造成的全社会的政治、经济、文化南移，更是可见之不争事实。自衣冠南渡，中国文化认知的结构性变化使原先的“南从北主、南弱北强、南野北文、南衰北盛”趋于平衡，甚至是南方更加突出。所以才有古人“人人都说江南好，游人只合江南老”的吟诵，以及今人“边塞处处似江南”的比拟歌声一直在广袤的非江南的中华大地上传唱。

公元 1126 年，北方金兵攻克东京汴梁（开封），中原地区的北宋统治遭遇巨大危机，政权岌岌可危，社稷宗庙终难续命。

靖康之难后，赵宋皇室衣冠南渡，建立起南宋政权，最终定都临安。不久之后，由于国家政治中心向南方地区迁移，南方的地位很快超越北方中原。当国家从大逃亡最先的慌乱中镇定下来之后，南宋小朝廷一方面做着光复中原的政治梦，一方面被眼前的良田沃野、山明水秀所吸引，开始收拾金瓯，寻找既可以舒展身体又可以安放灵魂的新世界。新王朝并非忘了山河破碎的伤痛，而是有了新天地的诱惑；对于庶民来说，活下去、活得好才是硬道理。

江南地区的临安（杭州）凭借南宋统治中心区的身份，成功代替开封成为中心。

临安不临，152 年的国祚说长不长说短不短，江山秀美、经济富庶、科技发达，尤其是文化由粗而精、由刚而柔的丰富变化使国人沉醉。马可·波罗循着丝绸之路来到中国时，就为之折服，在他那篇著名的游记里称赞苏州和临安是“世界上最美丽华贵之天城”。

自秦汉至魏晋，人们的一切政治理想和权力欲望归根结底就是天下一统的王权崇拜。除天下一统外还有山河一统的庙堂与江湖，灵魂与肉体一统的百姓人生。由之便导生出中国人之主流“三观”，即“文化一元，政出一门，路走一线”的“政治儒家”道统价值观（其实是对孔子思想以偏概全的解读）和家国概念重叠的人生观。读书人的理想人生无非是“修身、齐家、治国、平天下”。所有的社会精英无不将个人进退和家国命运捆绑在一起。衣冠南渡之后，这一单调的精神格局被打破了。发轫于“魏晋玄学”“禅释心修”和“山水陶冶”“烟云供养”的另一幅人生图画在知识分子的精神世界里一下子斑驳渗化开来，茂林修竹、暖风轻沐、翠峰逶迤、沃野平畴的江南成了这一文化的最好土壤，人与自然的关系也因此开启了一种由对立而相融的崭新范式。追求人生理想的士人从如华山一般险峻的路上看到了别样的精彩与可能。“士”之精神由一开始的孤傲、怪诞、狂悖与政治不合作，慢慢转变为耕读自洽、诗礼传家和对经济生活、生产技术的全方位关注。如此大背景下的城市建设和发展也会另有形态，其特点便是城市中文化、经济、科技基因凸显。城市功能丰富起来，线条柔美起来，地域渗漫开来……作为江南文化之精粹所聚之地的苏州遂丕变为“东南雄藩”的“天堂”。这一历史演进中最珍贵的“人心之变”往往被史家（包括城市方志研究家）一笔带过。在他们叙述王朝历史的逻辑里，只有君主政权，没有百姓生活。他们更无法理解的是：最好的时代不属于君王，只属于庶民。

苏州城隋唐以后的沿革越来越清晰了。

公元589年，隋文帝灭陈后，废吴郡建置；以城西有姑苏山之故，易吴州为苏州，这是苏州得名之始。后越国公杨素以苏州地处平原，“非设险之地”为由，在城西南10多里处的横山山麓另建城廓，作为州治。唐初又将州治迁回旧城。武则天时期，因吴县地广人众，析其东南地另置长洲县，于是苏州城以卧龙街（即今人民路）为界，东归长洲，西属吴县，并且州治和长、吴两县治同驻一城。以后，苏州的建置、名称屡有更易。唐代宗大历年间，苏州因人口繁富，被升为江南地区唯一的雄州。五代时期，苏州属吴越国，改称中吴府，后又置中吴军节度使。北宋政权建立后，吴越国纳贡称臣。宋太宗改中吴军节度使为平江军节度使，属两浙路。苏州一度成为两浙路转运司、提点刑狱使司、安抚使司和提举常平司治所。宋徽宗政和三年（1113），敕升苏州为平江府，从此苏州又有平江之称。元朝以苏州为平江路，属江淮行省。元末张士诚起义，割据平江，建大周政权，一度改平江府为隆平府，直至被朱元璋所灭。

中世纪，苏州的经济地位日益上升。加之运河贯通南北水系后，江南地区的粮食物资源源不断地运往北方，使“天下利于转输”的同时，也刺激了运河侧畔苏州经济一次次腾飞。白居易在《苏州刺史谢上表》中声称：“况当今国用，多出江南；江南诸州，苏最为大。兵数不少，税额至多。”

“苏大强”支撑国运由来久矣。

1400 年前的唐王朝（618—907）国运隆昌，都城长安更像一场永无休止的盛宴，吸引了世界的目光。可别忘了，一个富庶的江南在为大唐盛世作背书。一个细雨迷蒙、河网稠密、稻谷飘香、酒旗迎风的苏州在呼应着长安城的花团锦簇、烟火璀璨。长安是繁华与富庶的城市模板，旧的历史教科书一直说汉唐两朝是雄风万里的盛世。由于汉唐的首都皆是长安，这类多见其同、未见其异的结论，让后人以为盛世城市只有一种模式。其实，不仅盛衰之变千差万别，盛世与盛世也会大相径庭。“城头变幻大王旗”，变的不仅是“刘汉”和“赵宋”的姓氏，就连大旗的底色与花纹也在变。比如说，汉唐雄风之际丝绸之路历史时空中飘扬的中国旗帜，在汉代其丝绸以天府之国的蜀锦为代表，而唐朝时则更多产自天堂苏杭。这个时期也是代表江南文化的苏州杭州等城市国际化的新起点。这对城市格局的构建和扩展起到了至关重要的作用。

唐代以前，城市中实行坊市制度，规定居民的住宅区（坊）要和非居住的市区（市）分开，交易必须在市区进行，商品交换受到时间、空间的严格限制。

长安是盛唐时规模最大、最繁华的魔都。整座城市，宛如棋盘，井井有条。长安城分三部分：皇城、宫城和外郭城。后来因皇城地势低又潮湿，皇室就在龙首原上建了大明宫。宫城在北，皇城在宫城南。纵横交错的大街将城划分为 109 个区域，东西各有两市，老百姓住在各个坊里。当时的长安没有现代意义上的街道名称，是以对着城门的通衢大道为线和坊间格局为点来划分城市空间的。如白居易所说，“百千家似围棋局，十二街如种菜畦”。那时城市正中的朱雀大街，宽约 150 米，绵延 5000 多米。遥想当年那些第一次来长安的人，城墙高得让人仰望时抬头掉帽，马路宽阔得让人横穿时迷茫无措。行人如织，欢声笑语，灯火辉煌。

但是随着商品经济的发展，这种束缚城市经济发展的坊市制度受到冲击，并逐渐走向崩溃。白居易看见了这种变化，就在以后的诗中称苏州“人稠过扬府，坊闹半长安”，前句表明当时苏州城市人口超过了当时有“扬一益二”（意即城市的繁华以扬州为第一、成都为第二）之誉的扬州，后句则说明城内商业活动的喧闹景象，而这种景象在长安以外的严格实行坊市制度的城市中是难以见到的。夜市的兴起是坊市制度趋向崩溃的重要表征。杜荀鹤《送人游吴》诗中说，“君到姑苏见，人家尽枕河。古宫闲地少，水港小桥多。夜市卖菱藕，春船载绮罗”，极为生动地描写了苏州城内夜市的情景。这种夜市不仅限于城内，甚至已经出现在整个江南水乡地区。杜荀鹤的另外一首《送友游吴越》诗中描绘了苏州农村夜市的情况：“去越从吴过，吴疆与越连。有园多种橘，无水不生莲。夜市桥边火，春风寺外船。”

坊市制度下的繁华还表现为市场数量的增多。按照坊市制度的规定，苏州只应有东、西两市，但唐代的苏州，在传统的市区之外又出现了不少新的市场，这些市场因专门出售一种或几种商品而被称为谷市、橘市、鱼市、槐市等。市场的扩展为商业发展提供了更为有利的条件，从事工商业经营的人越来越多，民间财富越来越多。皮日休《吴中苦雨因书一百韵寄鲁望》中“吴中铜臭户，七万沸如臛”，即形象地说明了这一点。运河的通航，农业、手工业的发展，推动了城市商业的兴盛。后经“安史之乱”的大唐由盛而衰，但苏州在很长的一段时间里繁华依旧，保持着人们心目中天堂的模样。这可以概括为，以政治和军事强权维系的“盛”刚猛易碎，以经济和文化陶铸的“盛”经得起折腾。

唐之长安盛则盛也，唐之苏州韧则韧也！便是一例。

唐、宋、元三代记录苏州繁荣的书除了诸多地方志之外，幸存文献极为丰富。同时，“诗词曲”则更为动情鲜活地勾勒出市井人心的“心电图”，并成为城市历史和遗存的生动佐证。

唐代著名诗人韦应物、白居易和刘禹锡曾先后出任苏州刺史。他们在任的时间虽然不长，却为苏州百姓做了不少好事。“诗太守”的美誉传为历史佳话。

韦应物是唐代中期一位杰出的诗人。他的诗歌注重反映现实生活，具有浓厚的生活气息，风格潇洒自然，淳厚朴实，清远简净中时见秾丽，淘洗锤炼而又轻松活泼，在吟诗成风、诗人辈出的唐代卓然成家，形成了自己的特色。白居易称赞他的五言诗“高雅闲淡，自成一家之体”；苏东坡甚至夸张地说“乐天（指白居易）长短三千首，却爱韦郎五字诗”。所论未必公允，亦足见韦应物在文学史上具有相当的地位。他描写苏州的诗，今天品读起来依然保留有岁月的温度，仿佛是友人自远方寄来的一张张苏州城的风光明信片。

唐德宗贞元四年（788）秋，韦应物被任命为苏州刺史。比起江州来，苏州是一个富庶繁华的“大藩”。由江州转任苏州，虽不是升官，却是对他能力和成绩的肯定。来苏州后，韦应物颇想成就一番事业。《登重玄寺阁》一诗即表露了他的心迹：“时暇陟云构，晨霁澄景光。始见吴都大，十里郁苍苍。山川表明丽，湖海吞大荒。合沓臻水陆，骈阗会四方。俗繁节又暄，雨顺物亦康。禽鱼各翔泳，草木遍芬芳。于兹省氓俗，一用劝农桑。诚知虎符忝，但恨归路长。”诗人眼中的吴大都气象万千，实在令人神往。重玄寺乃唐时苏州古刹，起头一个“云构”足以描绘出其规模宏大。

早在贞元初期，少年白居易即已到过苏州游历。当时的苏州刺史韦应物、杭州刺史房孺复均为性格直爽之人。韦应物喜欢作诗，房孺复喜欢饮酒，每当与宾友相聚时，一醉一吟，其风流事迹传播吴中，因而被人称为“诗酒仙”。当时的白居易以年少未得与游，但却深切地感受到韦、房二人的格调高雅与郡守的地位之尊，不觉生出“异日苏、杭苟获一郡足矣”的遐想。人生际遇是如此的奇妙，为官后的白居易竟然先后出任杭州刺史和苏州刺史，以致乐天诗中之境于“苏、杭之风景，韦、房之诗酒，兼有之矣”，这就无怪他有“岂始愿及此哉”的感叹了。

白居易喜欢苏州的自然风光，更喜欢在苏州的大街小巷彳亍徘徊。他的《正月三日闲行》诗有云：“黄鹂巷口莺欲语，乌鹊河头冰欲销（消）。绿浪东西南北水，红栏三百九十桥。”为了游赏方便，他还特意造了一只游舫，《小舫》诗说：“小舫一艘新造了，轻装梁柱庳安篷。深坊静岸游应遍，浅水低桥去尽通。黄柳影笼随棹月，白蘋香起打头风。慢牵欲傍樱桃泊，借问谁家花最红。”

如果说以上只是街头速写一类的遣兴小品，《登阊门闲望》却是乐天本色，是“诗太守”用洋洋洒洒长句勾勒出的姑苏繁华风貌之高头大卷。

白居易登上阊门城楼，举目眺望，满城秋色，诗兴油然而生，遂吟：“阊门四望郁苍苍，始觉州雄土俗强。十万夫家供课税，五千子弟守封疆。阖闾城碧铺秋草，乌鹊桥红带夕阳。处处楼前飘管吹，家家门外泊舟航。云埋虎寺山藏色，月耀娃宫水放光。曾赏钱塘嫌茂苑，今来未敢苦夸张。”

九月九日重阳节，白居易宴集郡楼，凭高远眺，觉得古城着实壮观，遂作《九日宴集，醉题郡楼，兼呈周、殷二判官》：“……半酣凭槛起四顾，七堰八门六十坊。远近高低寺间出，东西南北桥相望，水道脉分棹鳞次，里闾棋布城册方。人烟树色无隙罅，十里一片青茫茫……”这样的诗句，足以令人脑海中浮现出当时苏州城市布局的立体图像。作为一座水乡城市，多水多桥构成风光重要特点，正所谓“东西南北桥相望”，“绿浪东西南北水，红栏三百九十桥”。“三百九十桥”未必是一个确数，但却足以说明苏州城中桥梁之多。白居易在苏州当了17个月的刺史，大约在宝历二年（826）九月初，停职离任。临行前他登上郡治后子城上的齐云楼，面对巨郡雄姿，不觉思绪万千，引起阵阵离愁别绪，作成《齐云楼晚望偶题十韵兼呈冯侍御，周、殷二协律》：“……欲辞南国去，重上北城看。复叠江山壮，平铺井邑宽。人稠过扬府，坊闹半长安。插雾峰头没，穿霞日脚残。水光红漾漾，树色绿漫漫。约略留遗爱，殷勤念旧欢……”细心的读者一定会在这组长诗中看到繁华姑苏的如烟往事浮云般掠过诗人心头的一幅幅图画。惜别依依，“未老莫还乡，还乡须断肠”。

苏州别、江南别，断肠别！

太和五年（831）是刘禹锡来苏州任刺史前一年，苏州遭遇特大水灾，哀鸿遍野，满目疮痍。刘禹锡到达苏州后，目睹了水灾造成的严重后果，“水潦虽退，流庸尚多”，“饥寒殒仆，相枕于野”。刘禹锡在苏州的日子不轻松。

在苏州任上的刘禹锡因“夙夜竭诚”忙于救灾等公务，无时间无心情作诗，仅为我们留下了《题报恩寺》《虎丘寺路宴》等几首诗作。直至他离开苏州时才写出《别苏州二首》，其二曰：“流水阊门外，秋风吹柳条。从来送客处，今日自魂销。”从中可以看出他对苏州的依依不舍之情。这也是“人人都说江南好，游人只合江南老”，这是当时一种普遍的情愫。

苏州是范仲淹的故乡。他一生从政30余年，1034年出任平江知府，在任仅一年多却造福乡梓，做了几件利国利家利苏州的好事。

范仲淹出任苏州后对苏州的水患进行了充分的调查研究。“按而视之，究而思之”，在“深究利病”的基础上，提出了治理水患的主张与办法。对于范文正公水利上的政绩，元代著名水利专家任仁发评论说：“范仲淹尽心于水利，疏浚积潦，数年大稔，民受其赐。”

范仲淹主张“兴学育才”以振世风，这一以贯之的“学为人”儒家思想是他一直提倡的。他到苏州后，“叹庠序之未立”，奏请朝廷，购南园之地创立苏州府学。苏州至今还流传着这样一个故事：范仲淹原想在南园建造私宅，有一位阴阳先生看了风水后，对范仲淹说：“这条街（即今人民路）就像龙的身体，北寺塔是龙尾，这里（指南园）正处龙首的位置，如在这里兴建住宅，家中定会科甲不断，公卿相继。”范仲淹听了以后笑笑说：“如此风水宝地，与其让我家独占，何不让出建立学校，让苏州士人在此受教育，出更多的公卿将相人才。”当时所建的府学，左为广殿，右为正堂，泮池在前，斋室在旁，规模相当大。创立之初学生只有20余人，有人提出府学地基太大，范仲淹却说：“我还怕将来会嫌太小呢！”府学建成后，范仲淹聘请了著名学者胡瑗、孙明复等来此讲学。胡、孙二人是当时有名的大儒，被后人视为“宋学的开山者”。如此学政，如此良师，苏州府学“登科者逾百数、多致显”，影响越来越大。后人评论：“天下郡县学莫盛于宋，然其始亦由于吴中，盖范文正以宅建学，延胡安定为师，文教自此兴焉。”

造福乡邑是为官之责和故乡情结兼而有之，范仲淹之家国天下为一体的思想又让他创建了苏州文庙。这是除孔子故里曲阜外，存留于世的最大孔庙。

文庙占地面积近二百亩，有江南学府之冠的美誉。现有面积仅为当时的六分之一，保留下来的重要建筑有棂星门、戟门、大成殿、崇圣祠、七星池、明伦堂等，另有数十棵古银杏及廉石、文天祥石刻等文物点缀其间。现为苏州市碑刻博物馆，馆内的“天文图”“地理图”“帝王绍运图”和“平江图”碑，简称为“天”“地”“人”“城”四大宋碑，均为南宋刻石。

“平江图”是世界上最古老的城市石刻平面图。宋朝的苏州被称为平江府，平江图也就是苏州地图的祖本。从“平江图”中，我们可以看出宋代的苏州和今日的苏州位置大致相仿，它们都位于一望无际的太湖之滨，周围环绕着吴淞江、娄江、大运河、石湖以及阳澄湖等等。平江府城呈长方形，四周筑有高大的砖砌城墙，并设有城门，外为大运河所环抱，内有护城壕。城区内最大的特点，就是安排了水陆相并行的两套交通系统。杜荀鹤在《送人游吴》中说苏州“人家尽枕河”，“水港小桥多”。

苏州文庙与府学合署，充分诠释了“中国人的文化即中国人的宗教”这一社会学理念。这座文化圣殿的意义可和北京的太庙比肩。

作为北宋大儒、改革家和苏州父母官的范仲淹，他在苏州的所作所为，绝非一句“造福乡梓”所能道尽。他的一系列实事善事在为后人景仰的同时，也令那些滥用王权官威的执政者无地自容。除创建孔庙义学，范仲淹又推行“义田”“义庄”等一系列护家富民、兴闾福民的济世措施。

北宋 钱公辅《义田记》

范文正公……择其亲而贫，疏而贤者，咸施之。方贵显时，置负（靠近）郭（外城）常稔（rěn，谷物成熟）之田千亩，号曰义田，以养济群族之人。日有食，岁有衣，嫁娶凶葬，皆有赡。择族之长而贤者主其计，而时共出纳焉。日食人一升，岁衣人一缣，嫁女者五十千，再嫁者三十千，娶妇者三十千，再娶者十五千，葬者如再嫁之数，葬幼者十千。族之聚者九十口，岁入给稻八百斛。以其所入，给其所聚，沛然有余而无穷。屏而家居俟代者与焉；仕而居官者罢其给。此其大较也。

初，公之未贵显也，尝有志于是矣，而力未逮者二十年。既而为西帅，及参大政，于是始有禄赐之入，而终其志。公既殁（去世），后世子孙修其业，承其志，如公之存也。公虽位充禄厚，而贫终其身。殁之日，身无以为敛（收殓尸体），子无以为丧，唯以施贫活族之义，遗其子而已。

昔晏平仲敝车羸马，桓子曰：“是隐君之赐也。”晏子曰：

"自臣之贵，父之族，无不乘车者；母之族，无不足于衣食者；妻之族，无冻馁者；齐国之士，待臣而举火者，三百余人。以此而为隐君之赐乎？彰君之赐乎？"于是齐侯以晏子之觞而觞桓子。予尝爱晏子好仁，齐侯知贤，而桓子服义也。又爱晏子之仁有等级，而言有次也；先父族，次母族，次妻族，而后及其疏远之贤。孟子曰："亲亲而仁民，仁民而爱物。"晏子为近之。观文正之义，贤于平仲，其规模远举又疑过之。

呜呼！世之都三公位，享万钟禄，其邸第之雄，车舆之饰，声色之多，妻孥之富，止乎一己而已，而族之人不得其门而入者，岂少也哉！况于施贤乎！其下为卿，为大夫，为士，廪稍之充，奉养之厚，止乎一己而已；而族之人操瓢囊为沟中瘠者，又岂少哉？况于他人乎！是皆公之罪人也。

公之忠义满朝廷，事业满边隅，功名满天下，后必有史官书之者，予可无录也。独高其义，因以遗于世云。

范仲淹在苏州首创的范氏义庄，开启了中国封建社会义庄制度的先河，为慈善事业社会化做出了表率。

宋仁宗皇祐元年（1049），出任杭州知州的范仲淹就返回故乡寻访宗亲，创建了旨在解决族中贫困人口急难的范氏义庄。为了确保义庄的正常运行，实现义庄扶危济困的初旨，范仲淹还手书《义庄规矩》13条，对赡族支出作了种种规定。义田是义庄的主体，除此以外，义庄内还包括义宅和义学等。义宅是义庄的建筑，位于今苏州景范中学校址，用以收聚族人；义学用以培育子弟，所以牟巘在《范氏义塾记》中指出："范文正公尝建义宅，置义田、义庄，以收其宗族，又设义学以教，教养咸备，意最近古。"由此看来，范氏义庄是一个自成系统的救济机构。范仲淹死后，其子孙世修其业，经久不衰。其后，吴中大族纷纷效法，至清代达到了数百个，形成了一种义庄制度。这与他倡导的“先忧后乐”思想是一脉相承的，是“先忧后乐”思想的社会实践。

13 世纪后期元军占领平江，执行“凡城池悉命平毁”的政策，苏州城遭到了严重的破坏。元朝政局稳定后，采取了一系列措施发展生产。凭借雄厚基础，苏州的经济得到了迅速的恢复和发展，城市又呈现出繁荣的景象。这些都被《马可·波罗游记》一书记录。

> 苏州城漂亮得惊人，方圆有三十二公里。居民生产大量的生丝制成的绸缎，不仅供自己消费，使人人都穿上绸缎，而且还行销其他市场。他们之中，有些人已成为富商大贾。这里人口众多，稠密得令人吃惊。然而，民性善良怯懦。他们只从事工商业，在这方面，的确显得相当能干。如果他们的勇敢和他们的机智一样优越，那么，就凭他们众多的人口，不仅可以征服全省，而且还可以放眼图谋更远的地方……
>
> 一个威尼斯的银币，可买到十八公斤的生姜。有十六个富庶的大城市和城镇都属于苏州的管辖范围。这里商业和工业十分繁荣兴盛。苏州的名字就是指“地上的城市”，正如京师的名字，是指“天上的城市”一样。

意大利人马可·波罗书中的这段话信息量惊人。这里除了写到苏州和丝绸之路的关系，还对苏州的繁盛赞叹不绝，将苏州和“天堂”以及自己美丽的故乡威尼斯等地方联系在一起。也许这里面有一些翻译的错误，文中相关的句子应该是方苏州是“地上天堂般的城市”，京师“是云上天堂般的城市”。

也许是出于西方旅行家的新鲜感，马可·波罗对苏州的赞美可能有些夸大其词，但其记载大体可信。

由于史料的缺乏，我们无从得知当时城市人口的确切数字，但就平江府大的范围来看，与前代相比，苏州人口有了快速的增长。北宋初年平江府人口为 3.5 万多户，元丰年间近 20 万户，南宋德祐元年曾达 32.96 万户。其后经过南宋末年的战争，人口大量减少，但在忽必烈统治时期，人口又增加到了 46.6 万户（约 250 万人）。当时的苏州显然是江南地区的中心城市，城市中“河道堙塞”，有“人皆聚闾而居，开凿为难”的说法，不难想见城市人口多、密度大的盛况。“河道堙塞”就是以河为路的水城交通特色，水上“堙塞”即如今天城市陆上堵车，看来堵车堵船正是一个城市繁荣的象征，未必全是坏事。

> 至正十五年（1355）底，农民起义军中高邮“大周”张士诚一支为江南的“钱粮之多，子女玉帛之富”所吸引，决定挥兵南下。次年二月攻克平江城。此刻元朝已近末世，元军一触即溃，江浙行省参政脱因被杀，平江达鲁花赤哈散沙自溺而死。张士诚军分兵四出，进占常州、湖州、松江、杭州等地，江南富庶之地大部为其所有。三月，张士诚自高邮移居平江，以元至正十六年（1356）为天祐三年，仍以大周为国号。当时，张士诚的势力发展至鼎盛，占领的地区，二千余里，带甲数十万。

后世话本小说《大明英烈传》提到这段历史时，称张士诚为“吴王”而非“大周皇帝”。

至正二十五年（1365）起，张士诚与朱元璋之间展开了决战。在此以前，趁着朱元璋与长江中游的陈友谅在鄱阳湖大战的机会，张士诚在平江加强城防。在虎丘筑城，于枫桥铁铃关、浒墅关驻扎重军，构成掎角之势，拱卫平江，前期有效地阻止了朱元璋军队的进攻。后来，朱元璋改变战略，派徐达、常遇春率师绕过苏州，自太湖向南先取湖州、嘉兴、松江等地，迂回包抄，形成对平江城的包围。

……

在长达10个月之久的围城战役中，平江城又遭到严重的破坏。张士诚初居承天寺，后迁入子城，先后入驻太尉府和吴王府。城破之时，子城建筑毁于大火，苏州城又遭战争重创：明初仅存南门颓垣，子城周围城濠即锦帆泾也逐渐淤塞，昔日高耸入云的齐云楼化为灰烬。面对张士诚的吴王府废墟，后人作《张王府基》诗感叹道：“舞榭倾欹蔓草荒，宾贤旧馆益凄凉。张王事业随流水，又见西风蔡叶黄。”

张士诚大概是历史上最后一个在苏州城称王的人。

1367年9月，徐达大军攻克平江后，改平江府为苏州府。其后，苏州府的隶属关系尽管一再改变，管辖的区域范围也时有变动，但苏州府的名称一直沿用至清末。明代时，苏州是江南巡抚的常驻之地。清代，苏州是江苏巡抚驻地和江苏布政使司所在地。雍正年间，从长洲县析置元和县。江苏巡抚，江苏布政使，苏州知府和长、元、吴三县同治一城，苏州成为囊括省、府、县三级行政机构的大城市。朱明王朝安定之后，苏州很快恢复了元气充沛、活力四射的昔日繁华。

唐伯虎的《阊门即事》诗曾记其时盛况："世间乐土是吴中，中有阊门更擅雄。翠袖三千楼上下，黄金百万水西东。五更市买何曾绝，四远方言总不同。若使画师描作画，画师应道画难工。"在诗人的笔下，苏州是人们向往的乐土，阊门一带楼阁林立，翠袖飞舞，店肆众多，市场繁荣，来自全国各地的商贾操着不同的方言，通宵达旦地进行着巨额的交易。如果有一位高明的画师描摹出此情此景，那一定是一幅流动的立体市井繁华图卷。

如果说唐伯虎一类文人之诗难免夸张不足采信，那么再来听听史家所言。明朝史家王锜说，"迨成化间……以至于今，愈益繁盛。闾檐辐辏，万瓦甃鳞；城隅濠股，亭馆布列，略无隙地。舆马张盖，壶觞罍盒，交驰于通衢。水巷中，光彩耀目，游山之舫，载妓之舟，鱼贯于绿波朱阁之间。丝竹讴舞与市声相杂。"城内民居鳞次栉比，寺观庙宇林立，亭台楼阁密布，行人车马往来，一派繁忙景象。文人雅士、富裕之家游山玩水，狎妓逐欢，追求奢侈豪华的生活，沉湎于歌舞升平之中。自此以后，苏州日臻繁华，成为"商贩之所走集，财货之所辐辏，游手游食之辈，异言异服之徒，无不托足而潜处"的天下"一大都会"。

国之存亡、城之兴衰，起起伏伏，从无月长圆、花长红。明清朝代更易时，苏州经济再遭乱世摧折，一度凋敝不堪，物价飞涨，斗米升至一千三四百文，以致"民生日艰"。经过几十年的休养生息，大致到康熙中期，苏州城生生不息的生命力再一次逢春勃发，经济得到恢复并取得进一步发展，从阊门到枫桥"列市二十里"。乾隆年间，苏州城市经济更呈现出前所未有的繁荣景象。清初重臣，以敢言直谏著称的孙嘉淦在苏州游历以后写下了亲身见闻：“阊门内外，居货山积，行人水流，列肆招牌，灿若云锦。语其繁华，都门不逮。”有人通过对比汉口、扬州、苏州和北京等城市，作了这样的描述：“繁而不华汉川口，华而不繁广陵阜，人间都会最繁华，除是京师吴下有。”类似的记载文献虽引不胜引，终是纸上文字，对一般人感染力有限，还是看看徐扬所画的《盛世滋生图》，即可见苏州城市繁华、工商业发达的情况。

《盛世滋生图》又称《姑苏繁华图》。该画长 1225 厘米，宽 35.8 厘米，画面起自城西灵岩山，经木渎镇东行，过横山，渡石湖，历上方山至苏州城，绕葑门、盘门、胥门出阊门，转山塘街至虎丘。作者采用了传统绘画的长卷形式和散点透视法，重点描绘了一村（山前）、一镇（木渎）、一城（苏州）、一街（山塘）的景况。画面上，人物摩肩接踵、熙来攘往，据粗略统计约有几千人之多；河上运粮船、货船、客船、木筏等各种船只穿梭往来，拥挤不堪，计近 400 只；街道上店坊林立，市招繁多，可以辨认的市招共有 230 余家，其中包括丝绸业、棉花棉布业、蜡烛业、烟草业、染作业、杂货业、饭馆业、医药业、珠宝首饰业、典当钱庄业、洋货业等 50 多个行业。经营的商品，除本地所产外，不少是来自外地的名特产品。《盛世滋生图》所绘内容之繁复已远超北宋《清明上河图》。《盛世滋生图》不过是当时苏州城市繁华的一个缩影，“康雍乾”三朝盛世中，苏州的飞速发展远非一幅画卷所能描绘。只是图像阅读能让今天的人们直观地看到五彩缤纷的市井画面和市民的精彩生活。《盛世滋生图》中出现的丝绸业店铺共 14 家；棉花、棉布店 23 家；染料店 4 家；蜡烛店 5 家；酒铺 4 家；凉席店 6 家；油漆、漆器店

5家；衣服鞋帽手巾店14家；书字画文化用品店10家；灯笼铺5家；竹器店4家；瓷器铺7家；粮铺16家；钱庄典当铺14家；酒店饭馆小吃等饮食副食店31家；医药铺13家；烟草铺7家；南货铺5家；洋货铺2家；柴炭行3家；皮货行1家；麻行1家；猪行1家；果品店2家；乐器店1家；船行3家；茶室6家；澡堂1家；客栈3家；其他行业店铺共11家。

……

明清时期苏州城街巷格局发生了异于前代的变化。随着城市经济发展和职业分化而形成的区位差异，使城市功能在空间上有各自鲜明的特色。

苏州城以南北向的卧龙街为界，分成东、西两区，东属长洲，西隶吴县。明代中期以后，东、西两区形成了不同的职业分工。东城之人以丝织为业，西城之人比户贸易。

东北半城仍是丝织专业区，所谓“织作在东城，比户习织”。从丝业公所创设于花桥阁，等待别人雇用的缎工和纱工等在花桥、广化寺桥站立候唤等情况分析，东城的丝织业是北部盛于南部。

西北的阊门外上、下塘一带是棉布加工区。由于商路的改变，明代有“衣被天下”之称的松江府棉布加工业逐渐衰落，雍正后期苏州取代松江成为棉布整染加工业的中心。乾隆《元和县志》中说：“苏布名称四方，习是业者，阊门外上、下塘居多，谓之字号，自漂布、染布、看布、行布各有其人，一字号常数十家赖以举火。”

阊胥一带百货所聚，是苏州最大的商业中心，所谓“南濠为苏州最盛之地，百货所集，商贾辐辏”。七里山塘，到处都有杂货店肆、酒楼饭馆。阊胥附近一些地方明时尚属空地，至清代已变成商业繁华地段，商店房屋鳞次栉比；本来阊门街上尚有不少名公巨卿的跨街坊表，道路为可容五马并行的通衢大道，至清代已是民舍店铺侵占官道，“人居稠密，五方杂处，宜乎地值寸金矣”。

葑门乃是新兴的海货水产市场。从明代至清朝前期，苏州城内东南部一直是较为荒凉的地方，人烟稀少，乾隆初年有人将这里豪华的房子出售，却无人购买。但到乾隆后期，这里一变而为“万家烟火”的热闹地区。尤其是葑门，被开辟为苏州最大的海货水产市场，每天从黎明起，船帆云集，市场上的水产鱼类堆积如山。

巡抚衙门、布政使司衙门、府署、吴县署、长洲县署及其他附属机构，皆退居于西南一隅，这也算是一种“国退民进”的市场景象吧。

……

日本历史学家宫崎市定在考察明清时期苏州城市的产业结构、发展特点后指出：从明代开始，苏州成为金融业的中心和全国最大的商业市场，并逐渐由政治、商业城市变为一个轻工业城市。直至太平天国战争以前，苏州的经济中心地位不断加强，其与北京的关系，犹如日本德川时代的大阪（经济中心）与江户（政治中心）的关系。

苏州是当时全国的经济中心，这种评价是不过分的。换言之，把当时的苏州与今日中国之上海附比应该更恰当。苏沪“双城记”的血脉渊源殊难一语“道尽”，也不是一个行政区划所能切断的。难怪源自苏州太湖之滨的苏州河不在苏州而在上海，成了东方明珠的母亲河。

在地方志作家眼中，苏州史当然可以依时序一直往下写。然而我一开始就强调过，时间“流水账”不是本书关注的重点。相信读者诸君也不愿再读这类枯燥乏味、落满灰尘的文字，而是要尽快走进苏

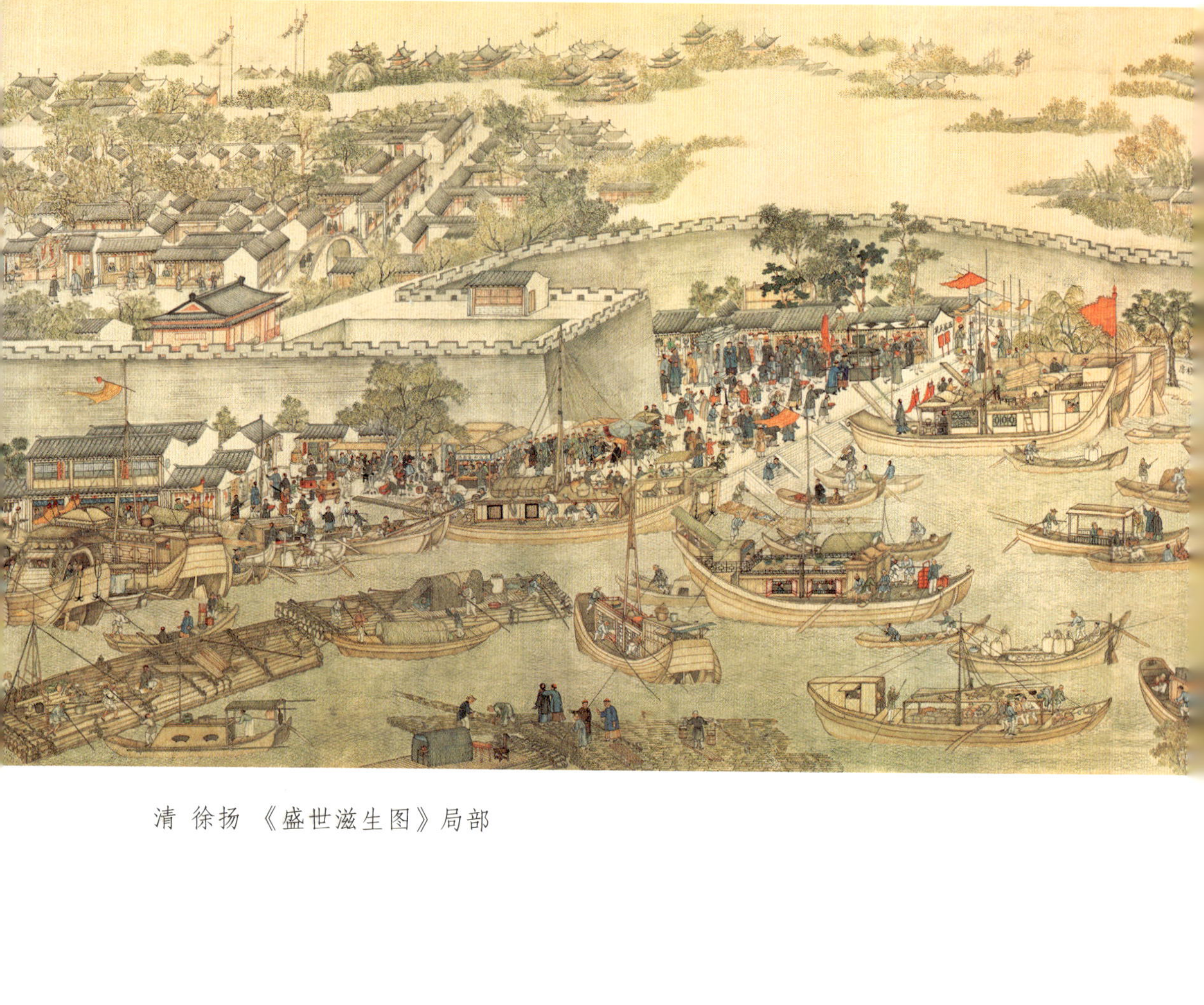

清 徐扬 《盛世滋生图》局部

州的历史街巷和山山水水去看一看、逛一逛，去真切地感受烟水茫茫，十里荷香，春暖花开，岁稔禾康，宜晴宜雨，小桥横卧，枫红梅放，运河载酒，渔舟唱晚，油伞深巷，山塘跳珠，阳澄斛金，钟声飘荡……那么就让我来做一个向导陪同诸位沿着“上古看门，中古看桥，今古看园”的绝佳线路去踏访认识一个别样的苏州。

不过要提醒朋友们注意，今天可见的苏州城历史遗迹大多是在康熙时期的旧址上重建和修复的。所以，用可见的250年左右实物遗存来观照2500年城市史，既是一件令人兴奋的赏心乐事，也是对每个想踏进这座形渺神逸城市的游人，对他们的知识储备和想象力的挑战。因为我们不仅是去发现一个苏州，更是要重建一个苏州：一个将灵魂寄托于历史典籍又依靠诗文书画渲染而被激活的古苏州和一个每天都会迎着朝阳满血复活、没有衰变只有成长的新苏州。将这两者合而为一的城市重建，不是设计规划挖河堆山，不是植树占田修桥开路，也不是现在通行的城市建设范式：修机场、盖高楼、挖地铁、铺网络……而是要用文字去穿针引线，用想象去驱动探秘曾经的风雷激荡、腥风血雨、金戈铁马、旌旗漫卷的历史风云，同时又用手和心去触摸感知城市温度，要放大镜显微镜并用地去发现那个如星辰般照耀历史天空、如帆樯般穿过惊涛骇浪、如雁阵般掠过大河高山、如月光般隐没在园林湖泊的诗一样存在的城市。

这一章终于告一段落，尽管一开始就强调了不想把城市史写成流水账，但仍是以时间为轴线延续了“从头说起”的老掉牙结构。充其量也不过是对苏吴的历史做了纪录片式的剪辑处理。尽管“吴不同苏”，但我们也无法完全把古时之姑苏与吴国之间、今天的江苏和苏州之间的差别梳理清楚，更不要说将春秋时吴、楚、越的“三国演义”以及运河岸边的扬、苏、杭三城的异同分析透彻。它们原本就是一个文化生态圈，就是一个你中有我、我中有你的“命运共同体”。“吴不同苏”不是要强说一个城市和城市生存空间的界线和差别，那是一个无法完成的任务。所以写得很纠结。现在好了，我们终于可以从令人生厌的故纸堆里站起来，走向那个令人神往的城市了。

上古看门

城门城门几丈高？三十六丈高，

骑大马，带官刀，问你吃橘子吃香蕉。

……

城门城门几丈高？三十六丈高，

骑花马、带弯刀，城门楼下走一遭。

……

从 20 世纪上半叶上溯上去，这首儿歌一直在各地流传。各种版本的歌词大同小异，几乎将所有人的童年记忆捆绑在一起。如果你生活在城市，城门就是你认识故乡和认识外部世界的起点；如果你生活在乡村，城门则是你眺望幸福与成功、眺望未来的高地和里程碑。

人类社会从狩猎游牧到课植农耕的进程是一个漫长的历史时期，这前期是没有城市的。随着部落聚居的中心、村镇、邦国、诸侯国、帝国等次第出现，城市也从无到有，由小而大。起初仅具有简单的居住和防护功能，后来变得越来越丰富繁杂，越来越流光溢彩，城市越来越大、越来越富、越来越魅力四射。城市出现之后社会发展进入了和城市发展一样的加速模式，城市越大，桩基越深；国家越强，城市越大。城市的进步和发展成了国家文明的标志和象征，就如我曾经在一套书的序言中写道："如果说城市的创造是迄今为止人类文明进程中最伟大的事情，则一定会得到人们普遍的支持与认同。"

20 世纪出生的几代人中仍然健在的会毫无保留地赞同此说，但他们中绝大多数人的赞同没有历史感，他们没有城市生活的参照系——农村生活背景，他们也没见过真正的城市象征——城门。他们也许见过几个作为旅游景点的仿古建筑，但还是没法体会那个年代开关城门对城门内外生活的影响。城门除了是城里人和乡下人的分界线，还是贫富分水岭、贵贱岔路口，还是关于一个人的智愚资质、见识长短的第一个判断依据。

所以生活中没有钱锺书《围城》中说的"城外的人想冲进去，城里的人想逃出来"。绝大多数人都梦寐以求冲进去，进了小城还想进大城，因为城市的天空总有一面招摇的大旗，它在鼓动着年轻人闯世界。至于少数人偶有出城念头，也只是去踏青赏花，折柳寻芳，兴尽则马上返城。很长一段时间里，出城入城便是一件大事。城门开关就不得不格外被关注。

平常日子，城门固定的开关时间是在晨昏，也是人们生活节奏开合与劳休的节点。有了特殊情况则城门紧闭，或是阻断瘟疫，封城断路；或是缉凶抓匪，收网擒贼；或是兵临城下，军事告急；甚至是忽惊忽恐，闭关锁国。总而言之，关门是灾祸或愚蠢的征兆。反之，城门洞开的图像是自由、希望、祥和与平安。所以直至今天，稍有影响的国门海关也会建成城门的样子。

苏州城有多少座城门？大概没有标准答案，剔除自然损坏与毁弃再建等不确定因素，就是同一历史时期的城门数量也时增时减，并非一成不变。

苏州城是春秋末期的吴国都城，见证了吴国六百年的兴衰荣辱。

南宋《吴郡志》卷四十八称："大抵太伯之后，吴自梅里凡三徙。而定居于今之郡城，中间迁徙不出数十里之内也。"如果不拘泥于当下的行政区划概念，苏州城似迁又未迁，一直就在那儿。这是史书留下来的结论。

1954 年镇江市丹徒县大港镇烟墩山古墓中出土的西周早期青铜器"宜侯夨（音 cè）簋"，颠覆了这一说法。

考古学家认为，"夨"是吴国的始封之君周章（太伯弟弟仲雍的曾孙），因为用保留有许多先秦语音的吴方言读"周章"二字，读快了跟"夨"非常接近。当时周章的都城在丹徒一带。

许多人会反驳这种说法，依据是《史记·太伯世家》一开头明明写了"太伯、仲雍二人乃奔荆蛮"。"荆蛮"是丹徒吗？"荆蛮"确切在什么地方尚不可知，怎能确定它就是丹徒呢？

司马迁并没有说"荆蛮"就是江南、长江三角洲一带；一种观点认为，太伯、仲雍其实是到了今陕西宝鸡陇县一带，那里叫"西吴"；也有人认为他们到了山西省平陆以东一带，那里叫"北吴"。可又有人说，因为先有"春秋"时的"吴"，后来由于秦汉以降出现了"西吴"和"北吴"，反过来才将古吴称为"东吴"。高下相倾，东西相就，南北相成，孰先孰后，恐一时也讨论不清。

《史记·太伯世家》清楚地记着，周武王消灭商朝以后，封仲雍的曾孙周章为吴国国君，又在周室北面的夏墟之地建立了虞国，作为

宜侯夨簋

宜侯夨簋，侈口器形，束颈，四兽首耳，浅腹，圈足较高，下缘附边条。腹部间饰涡纹、夔龙纹，圈足饰鸟纹。器底铭文120余字，记述周康王册封夨为宜侯，赏赐他盛鬯酒（一种香酒）、铜器、弓箭和土田、山川、奴隶等。作器者夨原为虞侯，改封为宜侯。宜这个地方，可能就在铜器出土地丹徒县一带。宜侯夨簋铭文是关于西周实行分封的重要史料。

铭文

【铭文】惟四月辰在丁未，王省武王、成王伐商图，遂省东或（国）图。王卜于宜口土南。王令虞侯夨曰：迁〔 〕侯於宜。锡〔 〕鬯一卣、商瓒一口，彤弓一，彤矢百，旅弓十，旅矢千。锡土：厥川三百……，厥……百又……，厥宅邑三十又五，〔厥〕……百又四十。锡在宜王人〔十〕又七裏。锡奠七伯，厥〔庐〕〔千〕又五十夫。锡宜庶人六百又……六夫。宜侯夨扬王休，作虞公父丁尊。

周章的弟弟虞仲的封地。

在《史记·太伯世家》末尾，司马迁提到，自己读了《春秋》，才知道虞国和勾吴原来是兄弟之邦。“太史公曰：孔子言‘太伯可谓至德矣，三以天下让，民无得而称焉’。余读春秋古文，乃知中国之虞与荆蛮勾吴兄弟也。”这好像又是说东吴先于西吴。

人们对《史记》留下的这段公案一直难下断语。故苏州博物馆的通史陈列中依然沿用“太伯奔吴”在先的说法。

“良渚文化衰落之后，马桥文化在物质文化、社会生活和生产方式上发生巨大变化，然与夏商时期中原地区璀璨的青铜文明相比，太湖流域的古文化显得落寞无闻。商末之时，太伯、仲雍奔吴，十余代人筚路蓝缕，为吴国一步步走向强盛不断积蓄力量。”这是强调东吴先于西吴，旧说待商榷，新论待创立，尤其是关于青铜文明南北优劣的问题更可讨论。但有一点可以肯定，青铜文明非北方独美，近年来不断出土的商周时期的吴越美器（尤其以剑器为最）不让燕赵齐秦。

宜侯夨簋证明，吴国早期的都城就在镇江一带，后来因政治、经济、军事等诸多原因东迁，进入了越国领地，自此吴越摩擦频仍，最终引发了旷日持久的吴越之战。宜侯夨簋证明吴国的古都城并非苏州。

吴国东扩过程中出现了一系列城市，在这些城市中，人们对于无锡、常州交界处的阖闾城和苏州阖闾故城的文献整理，引发了对阖闾大城所在位置的争议。主要争议分成三派：第一派认为，阖闾大城在无锡、常州交界处；第二派认为阖闾大城在木渎；第三派认为，阖闾大城就在今天的苏州城位置上。

苏州溯源，扑朔迷离。这也是“吴不同苏”的原因之一。如果将苏州城时空界定的边缘线划清楚了，苏吴关系不言自明。

苏州城的前世今生还没有完全调查清楚。所以，苏州城前世的“阖闾城说”“无锡说”“木渎说”“苏州说”，究竟谁对谁错，谁毁谁建，还是留给考古学者和城市史专家们去深入研究吧，《苏州传》理所当然地取“苏州说”。城市也是一个变化的个体。有时名字会变，如人们熟知的苏州旧称：勾吴、会稽、吴州、吴郡、平江、吴门、东吴、吴下、长洲、茂苑等，“苏州”是自隋朝建置一直沿用至今的名称。

大家一定会对苏州城的历史称谓中出现“会稽”感到奇怪，因为今天人们所熟知的会稽指的是绍兴。其实秦时始设会稽政务属地即在今天苏州，至东汉时这块地盘才拆分为吴郡和会稽，绍兴的山阴县才顶上了会稽这顶帽子，而不是会稽跑到了绍兴，这又是一笔同城异名和一城二名的“吴越不分”的糊涂账。

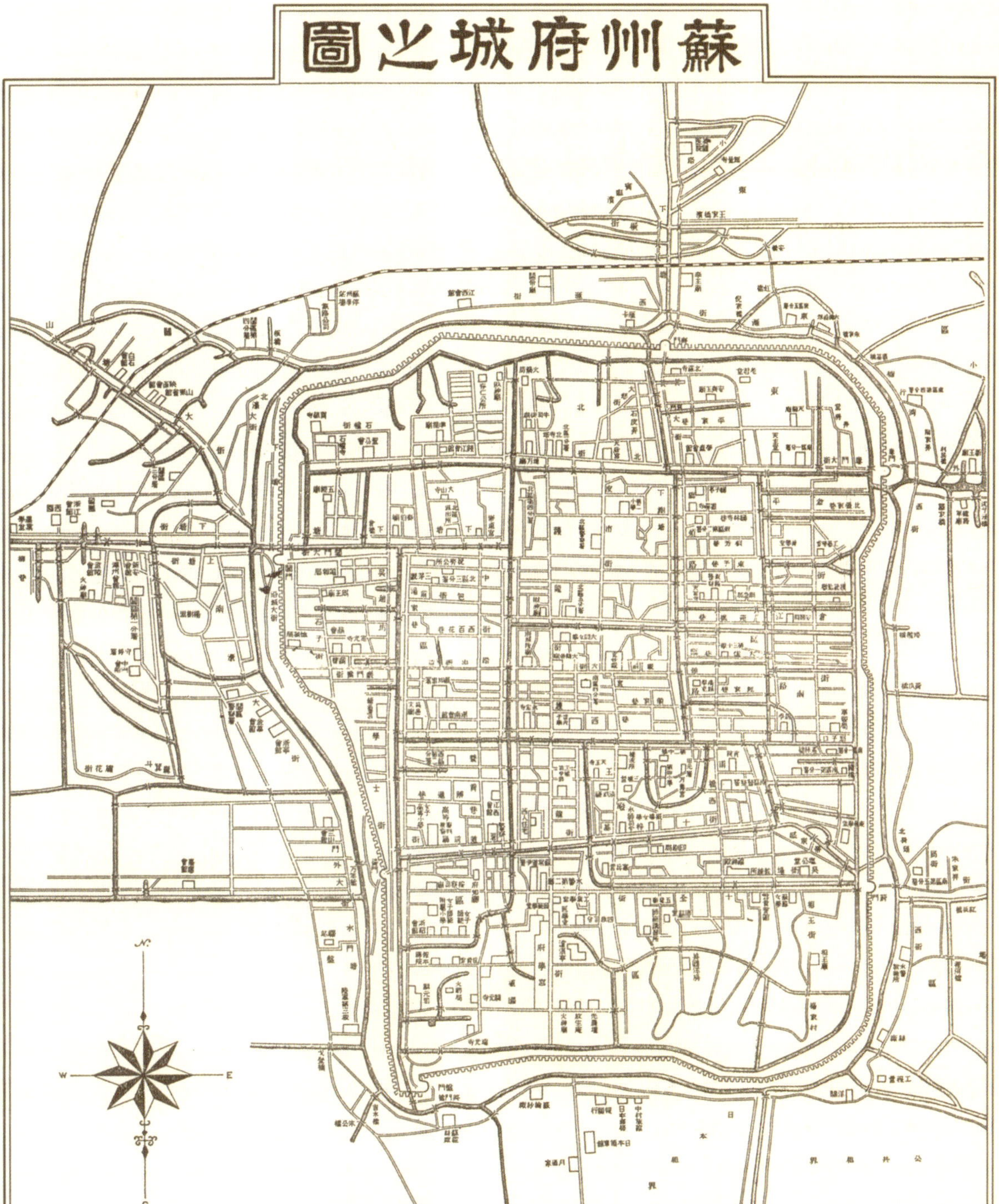

1917年苏州府城之图

腥风血雨话阊门

苏州城门中，阊门名气最大。

2500年前建城之初，伍子胥和兵家孙武出此门发兵讨楚，大胜而归后又由此入城，故阊门亦曾叫“破楚门”；公元九世纪初，白居易率民众从阊门到虎丘修筑山塘河，百姓依堤建房，形成“七里山塘”和“五龙汇阊”的内外胜景；明朝初年的“洪武赶散”，40余万苏州人从这里离乡北上；《红楼梦》将阊门内外誉为“最是红尘中一二等富贵风流之地”；魏晋时陆机所作《吴趋行》：“……吴趋自有始，请从阊门起。阊门何峨峨，飞阁跨通波……”吴趋即苏州古称。所以从阊门开始讲述苏州故事是不二选择。

《吴越春秋》记载：“立阊门者，以象天门，通阊阖风也”。

《说文解字》有关于八方来风的解释：

东北风——融风	东风——明庶风
东南风——清明风	南风——景风
西南风——凉风	西风——阊阖风

西北风——不周风　　　　北风——广莫风

《吴越春秋》和《说文解字》成书年代相近，它们对阊门的解释应可信。阊门即西门，这和地图上历代所标的位置也对应。有人附会"伍子胥建城风水说"，因为伍子胥是楚国人，楚国正好在吴国西边，阊门通天宫之气可助吴灭楚，且也姑妄听之。周时，吴楚本为一体，后裂变为视若仇雠的两个国家。杜甫诗中说的"吴楚东南坼，乾坤日夜浮"即视吴楚为一体。

在苏州史的叙述中，"苏吴不分"也许只是吴国自己关起门来的"小错"，但因此引出"吴楚不分""吴越不分"这种概念不清的事，则令今人难以理解。这又是怎样形成的呢？穿过岁月沉埋去溯源探问，我们不难发现这和一个人以及这个人的家族有着密不可分的关联。这个人便是苏州城的"缔造者"伍子胥。

伍子胥乃楚平王太傅伍奢之子，伍尚之弟。一个外国（楚国）人改写了邻国（吴国、越国）的历史和三国关系，并能彪炳千秋，其中实在是故事多多，让人匪夷所思。无论正史闲书，伍子胥的故事一直都被后世敷衍得花影雾迷，真假难辨。至于孰楚孰吴、孰苏孰宁，伍子胥是"吴才子"还是"楚狂人"，这些都是本书绕不开的话题。

公元前528年，楚平王封太傅伍奢之子伍尚于棠邑。伍尚授棠邑大夫，据说这是史籍中所载，古南京地区的第一任行政长官。此后伍子胥便随兄自楚来到了"吴头楚尾"的金陵。

《南京传》一书将棠邑视为金陵前身。

依周制，棠邑为贵族食邑，属天子、诸侯之下的三等城市。然而，该城地处吴楚边界，战时大军云集、厉兵秣马、集粮备草。罢兵，除有屯卒常驻，还为吴楚商旅交会的通都大邑。《南京传》称有志书谓“其址宏阔，不减壮武”，其实这是清同治年间用来形容山东即墨古城的句子。《南京传》可能有误。史书描述过春秋战国时同类城市的繁华，“车毂击，人肩摩”“人民之众，车马之多，日夜行不绝。輷輷殷殷，若有三军之众”。这是不是移花接木？棠邑是不是就是古南京？大概只能算是一家之言。

棠邑城址，已初步被探明位于六合雄州镇冶浦村一带。据《周礼》所载周制可知，伍尚的官衙及伍家住宅，当是棠邑城最宏伟的建筑。其屋址在城中心或略偏南的位置，南城住的是伍姓亲属以及当地有声望的贵胄。

由于有些后世文献错把棠邑（六合）当成南京并认为吴都专指此城，因此导致了南京苏州纠缠不清的一系列错误。

伍尚在任的第六年即公元前 522 年，发生了一件令伍家巢覆卵碎的大事。

楚平王夺媳后祸及王子，并株连了太子太傅伍奢及其子伍尚、伍子胥等人。楚王逮捕伍奢后又派人送信给伍尚称“子归父免”，企图诱捕伍氏兄弟，从而把伍家一网打尽。

伍尚收到信后明知是诱捕陷阱，有去无回，仍答复楚王，同意回楚都。

《左传》记述了伍尚行前对弟弟伍子胥的叮嘱：

> 尔适吴，我将归死。吾知不逮，我能死，尔能报。闻免父之命，不可以莫之奔也。亲戚为戮，不可以莫之报也。奔父免死，孝也。度功而行，仁也。择任而往，知也。知死不辟，勇也。父

不可弃，名不可废。尔其勉之，相从为愈。

赴死之言，如刚玉坠地，铮铮千古。

看来伍子胥之叛楚是受命于兄、形势所迫的亡命之逃，是孝、仁、智、勇的复仇准备。

伍子胥初至吴国，适逢吴王僚继位，公子光为大将军。传说当时因楚国边城钟离与吴国边城都养蚕，两个采桑叶的村妇因桑树归属问题发生争执，以致吴楚两国交恶。公子光举兵大破楚国钟离、居巢两城，胜利回朝。

伍子胥对吴王僚说，楚国不过如此，可令公子光乘胜追击一举破之。公子光却说，伍子胥劝王攻楚不过是为了报其父兄之仇罢了，吴王僚遂弃伍子胥不用。公子光的离间计成功了。如何面对这险恶的环境，成了伍子胥人生的严峻考验。

伍子胥壮志难酬、仕途被阻，却能冷静地研判形势。在看穿了公子光的野心与潜力后便改换门庭。一方面韬光养晦，一方面与公子光策划了一个惊天大阴谋。九年后，公子光趁吴国大军伐楚远征之际，用专诸刺杀吴王僚取而代之，是为吴王阖闾。

阖闾即位后令伍子胥、伯嚭、孙武伐楚。在夺取舒地，剪除了吴王僚降楚的两个弟弟及其残余势力之后，又令伍子胥率军西进，收复濑渚邑，即南京高淳固城。伍子胥为泄楚平王毁家之恨，一把火烧了楚平王建于固城的行宫，“逾月烟焰不灭”，后攻破楚都郢并挖开楚王陵，上演了一幕鞭尸复仇的大戏。

伍子胥助吴王阖闾成一方霸业。阖闾死后，他又助其子夫差平定越国。他洞悉越王勾践有复国之志后，屡劝夫差杀勾践以除后患。殊不知忠言逆耳，直言罹祸，自古而然。此时中了勾践美人计的吴王夫

阊门

差早已为越王的谄谀谗媚所迷，不仅不听忠言反赐工布剑让白发伍子胥自行了断。

山高海深之恨再也没有消解的机会了。伍子胥死前遗言：死后在我坟上种几棵梓树，相信梓树成材之日便是越国灭吴之时。死后一定把我的眼睛挖出来挂到城门上，我要亲眼看见勾践的军队开进吴国。

公元前 473 年，卧薪尝胆、励精图治后的勾践率越国大军攻陷吴都。

这一年距伍子胥死已过去十一年，其坟上亭亭如盖的梓树在风中颤抖，似乎是伍子胥在满腔悲愤地怒吼。

一切历史都是当代史。

一切历史都是书写者眼中的历史。

“卧薪尝胆”的故事在较早的史书《左传》《国语》中皆无记录。南宋吕祖谦在《左氏传说》中提到吴王夫差曾“卧薪尝胆”，而不是越王勾践。明朝张溥《春秋列国论》也承此说。直到明末戏剧家苏州奇才冯梦龙的演义，才使这个故事在中国人心目中大反转而有了与以上完全不同的版本。半史半小说的《东周列国志》确有绘声绘色的传播力，足可以颠倒乾坤。如此移花接木、张冠李戴的再造文本很快被认同被接受，应与清初如火如荼之复国情绪不无干系。

公元前 475 年，越军再次围困吴国，两年后吴亡。夫差也算性情中人，最后选择拔剑自刎。死前令人用白布蒙上双眼，表示羞于在阴间见到伍子胥。

历史的天空下，伍子胥这样的人物实属罕见。他被编织在《吴越春秋》、撰写在苏州城史册、铸造在苏州城砖瓦上，千年不灭。快意恩仇、励精图治、忠言直谏、洞悉人心，集智慧与刚猛于一身的楚人变身成吴人、苏州人，这一变，也是苏州人对自己城市精神的一种智慧选择。

伍子胥故事前期还有一个不可忽视的人物——申包胥。今天人们对申包胥知之甚少。其实他一直是中国人的“忠贤典范”。

公元前506年，曾助伍子胥去国逃亡的申包胥见昔日好友借吴军攻打楚国并攻入楚都郢，楚昭王出逃到随，伍子胥掘楚平王墓鞭尸。申包胥不顾安危派人斥责伍子胥：“当年我可以为友忘危，救你逃出生天，今天我‘必救故国’与你决一死战。”后为复国，申包胥来到秦国请求帮助。被拒后，申包胥便在秦城墙外滴水不进哭了七天七夜，史称“哭秦庭”。秦哀公终为申包胥的忠贤所感动，赋诗以赞，这便是《诗经》中为后人常常吟诵的《无衣》：

岂曰无衣？与子同袍。王于兴师，修我戈矛。与子同仇！
岂曰无衣？与子同泽。王于兴师，修我矛戟。与子偕作！
岂曰无衣？与子同裳。王于兴师，修我甲兵。与子偕行！

哀公发战车五百乘，遣大夫子满、子虎救楚。吴国因受秦楚夹击，加之内乱而不得不退兵。楚昭王复国后要封赏救国的申包胥，申坚辞不受，带一家老小退入山中隐居。世风即人情，人与人的关系才是社会风尚标。申包胥诠释了“国之存、忠之责，友之仁、贤之择”。申包胥和伍子胥的故事诠释了友谊真谛，既诚信重诺又是非分明、大义不弃，后世诗文对此称颂不已，苏州人亦引为楷模。申伍二人的高情大义两千年后再度重演。

“秦吏、汉阉、六朝清谈，唐藩镇、宋小脚、明八股”，这是一段关于中国历朝衰败大要的顺口溜。明代以八股文取士，造成中国历史上士大夫精力的浪费、人格的扭曲、命运的悲惨，《儒林外史》中对此有入木三分的刻画与揭露。但是，明代八股文毒痈的总溃决则是在明亡以后，即清初顺治十四年的丁酉科场案，这一轰动全国的大案牵涉了一个重要的人物，即江南才子吴兆骞（字汉槎），对于他个人而言，他是八股取士的可怜牺牲品，同时又是拷问人心的霸王鞭。

丁酉科场案的背景是钱权交易。江南主考官是方猷、钱开宗，所取中的除了以银子开路之人外，皆是他们的宗亲或朝廷命官的公子，弊窦多端，一时物议沸腾。此案给顺治皇帝提供了一个进行官场洗牌的绝好机会。于是他传旨，将方、钱二人革职查办，并亲自复试丁酉科场江南举人。他就这样一面扮演主持正义的红脸角色，将受贿行贿者充军的充军、斩首的斩首；一面又扮演恩师的角色，让那些复试通过的举子，不仅庆幸自己的游魂逸出于刀下，而且从内心里栩栩然自命为“天子门生”，甘为朝廷效命。

顺治十五年初春二月某日，一场中外考试史上最荒诞的考试在北京中南海的瀛台举行。“当复试时，试官罗列侦视，堂下列武士，锒铛而外，黄铜之夹棍，腰市之弯刀，悉森布焉。以两护军夹一举人入场，持刀恐吓”，除破财免灾、贿赂相关人以求庇佑外，大多考生“皆战不能终卷”（许嗣茅《绪南笔谈》）。参加复试的苏州诗人吴兆骞见状不忍，于是高傲地说：“焉有吴兆骞而为一举人行贿者乎！”于是交了白卷。他不愧为江南文化人中的清流，为遭受人格扭曲与政治迫害双重屈辱的读书人出了一口气。

可是，吴兆骞为此事付出的代价是长达二十三年发配宁古塔（今黑龙江北）的流离生活。二十七岁的苏州少年，名重江左的诗人才子，从“倚楫绿潭空，新莲相映红”的温柔水乡，来到“横天风瑟瑟，匝地雾苍苍”的冰天雪窖。他原先是那样一个文采飞扬的读书种子，他的不幸遭遇，激起了江南文友诗侣以及文坛宿老的深切关注，有很多人写诗歌咏、传诵这件事，吴兆骞的形象几乎相当于王昭君、苏武子。当然，写得最好的是“江左三大家”之一的苏州同乡吴梅村的《悲歌赠吴季子》和无锡顾贞观的《金缕曲》两首。吴诗云：

人生千里与万里，黯然销魂别而已。君独何为至于此？山非山兮水非水，生非生兮死非死。十三学经并学史，生在江南长纨绮。词赋翩翩众莫比，白璧青蝇见排诋。一朝束缚去，上书难自理，绝塞千山断行李。送吏泪不止，流人复何倚？

吴梅村以“斯文同骨肉”的深情，赋予一个不幸的江南才子以不朽的生命。而顾贞观的两首《金缕曲》不仅闻名坊间，还感动了太傅明珠之子即同为大才子的纳兰容若，纳兰容若为吴奔走申冤，再加上徐乾学大力筹措赎金，吴兆骞终于在康熙二十年得以赎归。

清顾贞观《金缕曲》二首词是寄给尚在绝地的好友吴汉槎的慰问信，也是践行“必归季子”承诺的决心书。

寄吴汉槎宁古塔，以词代书。
丙辰冬，寓京师千佛寺，冰雪中作。（词序）

季子平安否？
便归来，平生万事，那堪回首？
行路悠悠谁慰藉？
母老家贫子幼。

记不起，从前杯酒。
魑魅搏人应见惯，总输他，覆雨翻云手。
冰与雪，周旋久！
泪痕莫滴牛衣透，数天涯，依然骨肉，几家能够？
比似红颜多命薄，更不如今还有。
只绝塞，苦寒难受。
廿载包胥承一诺，盼乌头马角终相救。
置此札，君怀袖。（其一）

我亦飘零久，十年来，深恩负尽，死生师友。
宿昔齐名非忝窃，只看杜陵消瘦。
曾不减，夜郎僝僽。
薄命长辞知己别，问人生，到此凄凉否？
千万恨，为君剖。
兄生辛未吾丁丑，共此时，冰霜摧折，早衰蒲柳。
诗赋从今须少作，留取心魂相守。
但愿得，河清人寿。
归日急翻行戍稿，把空名料理传身后。
言不尽，观顿首。（其二）

顾贞观与陈维崧、朱彝尊并称明末清初“词家三绝”，同时又与纳兰性德、曹贞吉共享“京华三绝”之誉。

顾贞观接到吴兆骞从戍边寄来的信时，才知吴在边塞受的苦：“塞外苦寒，四时冰雪，鸣镝呼风，哀笳带血，一身飘寄，双鬓渐星。妇复多病，一男两女，藜藿不充，回念老母，茕然在堂，迢递关河，归省无日……”

读信后他凄伤流泪，救友生还已到刻不容缓之时了。他没有忘记“乌头马角终相救”的许诺，请求纳兰性德在其父权相明珠面前为吴说情。他了解到朝廷中有一些身居要职的官员，如苏州的宋德宜、昆山的徐乾学等过去与吴有过交往，因而连日奔走于这些权贵之门……顾贞观在一筹莫展、百感交集中挥笔写下了《金缕曲》二首作为给吴兆骞的复信。二阕《金缕曲》哀怨情深，被称为“千古绝调”。对患难之友“悲之深，慰之至”，叮咛告诫无一字不从肺腑中流出。这种忠贞生死之谊，至情之作，被人传诵为“赎命词”，成为清词中的压卷之作。后吴兆骞被释归来，到明珠府上拜谢，在一间屋内白壁上，见到题字：“顾梁汾为松陵才子吴汉槎屈膝处”，方知顾贞观为他的生还竭尽心力，相府求情时还曾屈膝下跪。

古人以词作信并不罕见，然此《金缕曲》二首当得起千古绝唱。顾贞观和吴汉槎虽不如申包胥和伍子胥那样恩怨纠葛，也没有壮怀激烈立万世功名，但这对辉映春秋的“双子星”同样令后世莫名感动。申包胥哭秦庭，顾贞观跪明珠，看似哀婉凄绝、屈辱不堪，然而英雄膝下的“黄金”，实是一首首道义凯旋的人生壮歌。所谓乡风世风，人生观、价值观，无外忠义诚信，“事不避难，义不逃责”，由家风而入人情世情，进而化为一种乡土热血、乡土精神。一个人人生价值的体现不是在他得意时的风光霁月，而是在他落难时的“虎死不倒威”以及友人对他的不离不弃、舍命相救。精神上的一脉同心、真情真谛，绝非酒肉朋友可同日而语。这些苏州故事无疑是一方水土的灵魂和一座城市的精神内动力。有了这种内动力，才能近悦远来，民气蒸腾，八面来风，繁荣昌盛。

阊门一带的古迹中，除了以虎丘为坟茔、剑池为墓道的阖闾墓外，名气最大的就应该是战国时两名刺客，专诸和要离的墓。

专诸刺王僚后并没有因人死而祸息，仇恨依然继续……

吴王僚死后，他的儿子庆忌逃往卫国并招纳死士伺机为父报仇。阖闾得知此事后日夜琢磨怎样除去这个号称吴国第一勇士的心腹重患，此刻有人推荐了要离。要离身材瘦小却有万夫之勇，是当时有名的剑客。经过策谋，一场比刺王僚更为惊心动魄、更为血腥、也更为无情的阴谋大剧上演了。要离故意先用竹剑刺伤阖闾的手腕再取真剑斩断自己的右臂，就这样带着血迹和伤残投奔卫国庆忌。要离走后，阖闾又依计杀掉了他的妻子。苦肉计演到这个份儿上不由庆忌不信，自然对要离深信不疑收为亲信。

三个月之后，在要离的怂恿下，庆忌出征吴国，并与要离同坐一条战舰。要离乘庆忌在船头畅饮之机，迎着月光，独臂持剑猛刺庆忌，短剑透入心窝穿出后背。突遭冷手袭击，庆忌诧异之极。吴国第一勇士也有非凡之勇，此刻仍能倒提要离浸溺水中三次，然后将要离放在膝上，笑着说："天下竟有如此勇士敢刺杀我！"左右卫兵举刀正想砍杀要离，庆忌摇着手说："此乃天下勇士，怎么可以一日杀死两个天下勇士呢？放他回国，成全一位英雄吧！"言毕庆忌撒手而去，庆忌死后，阖闾的反对势力很快作鸟兽散。

《吴越春秋·阖闾内传》写道：要离渡至江陵，愍然不行。从者曰："君何不行？"要离曰："杀吾妻子，以事吾君，非仁也；为新君而杀故君之子，非义也。重其死，不贵无义。今吾贪生弃行，非义也。夫人有三恶以立于世，吾何面目以视天下之士？"言讫遂投身于江，未绝，从者出之。要离曰："吾宁能不死乎？"从者曰："君且勿死，以俟爵禄。"要离乃自断手足，伏剑而死。

要离死前已经说自己不仁不义，没有面目见天下士人。

要离求仁得仁，求义得义，虽然付出了生命代价，但也书写了“死士”之本质的另一面：热血英雄、视死如归。

今天的人们更是常常把“除却生死无大事”这句话挂在嘴上，很难理解古人的疯狂。生死当然是人之大事，宗教和哲学的汇合点也正是在参悟“天地悠悠，唯此为大”“生死家国，孰重孰轻”的相对与绝对。古今中外具有批判精神的士与侠，还有今天知识分子以及所有高贵者的回答大概应该是“人非不惜死，只求不畏死”这十个字。

专诸和要离生于战国死于战国，可谓死士。死士的魂魄是要用鲜血来喂养和祭奠的。所以李太白“感君恩重许君命，太山一掷轻鸿毛”的诗句，又让这类亡命的疯狂罩上了“义袍”和家国情怀的光环。其实“国”之概念在当时并不像一个绝对真理般被强调，否则如走马灯般变换的朝代更迭，岂不是一代代都会国灭人亡、亡国灭种？所以，死士精神后世便由“义”转“信”，转“诺”，转快意恩仇之“侠”，变得更接地气和容易被世人接纳。老百姓敬畏国家英雄，但更喜欢那些惩恶扬善、为民复仇的侠之大者。

作为复仇者的“死士”后世虽未灭绝，但渐渐被行走江湖的侠客所取代。近现代的侠客也逐渐淡出人们视野，但在小说话本、电影电视、评书戏曲舞台等超现实空间中依然热热闹闹地活着。因为若尚武精神被遗忘，那将是江南这片热土和苏州人的大悲剧。遗憾的是，今天人们一说到苏州就只是小桥流水、雨巷纸伞、杏花旗袍、吴侬软语……好像完全忽略了那些不应该忽略的令人热血贲张的刚猛故事。

文脉所存，国脉所续。李太白没忘，他的“感君恩重许君命，太山一掷轻鸿毛”是对英雄的最高礼赞；陆放翁也没忘，有诗云“生拟入山随李广，死当穿冢伴要离”，这是对英雄孤魂的最大慰藉；杨维桢没有忘，他的“金阊亭下路，春草没荒丘。云是要离冢，令人生古愁。侏儿三尺余，不佩双吴钩。中包猛士胆，白日照高秋。忍死屠骨肉，视身若蜉蝣……”，是英雄祭歌的不绝吟唱；蒋士铨没有忘，“要离碧血专诸骨，义士相望恨略同”；陈寅恪也没有忘，“夕阳芳草要离冢，东海南山下濮田”。

惊心动魄的故事不能忘，婉转低回的诗文也不能忘，这些才是江南文化诗性本质和中华文明血性命脉合流的古老源头。苏州人当然不能忘，也不会忘。

阊门一带不光是侠客死士刀光剑影、热血慷慨的悲壮大舞台，同时也是民心思古、民风淳朴、婉约优雅的芳草地。

“举案齐眉”和“相敬如宾”的典故是大家都熟悉的，其主人翁梁鸿和孟光的故事就发生在苏州阊门。

“举案齐眉”这个成语典出东汉文人梁鸿和妻子孟光相敬如宾、白头偕老的故事。据说，孟光长得很丑，但饱学的梁鸿不以为意，夫妻俩非常和睦，长相厮守，为后世留下了一段“丑妻白头”的爱情佳话。五代卫贤作《高士图》，图中临卷披览的正是梁鸿，那位举案跪进的妇人就是孟光。这在今天看来似乎是男尊女卑的旧习，但想想从前权贵家族的姬妾成群，士绅之家三妻四妾不在话下，而且世风流行也多见男子将糟糠之妻弃若敝屣，卫贤图解的这个爱情故事实在是一种令人艳羡甚至令人仰慕的幸福生活。

五代之后，中国画出现了两种新画科：一是借助界尺描绘亭台楼阁等建筑物的风景画，俗称“界画”；二是描绘田家和市井生活场景的风俗画。界画的技法严谨工细，无论是亭台楼阁、舟船车马，都要比例切实，规整有序，同时又要节律俨然，生动有趣。所以许多画家

南唐 卫贤《高士图》

视其为畏途。五代的胡翼、卫贤等人，心细手巧，特别擅长此道，虽一笔一点务求绳矩精准但不纳滞呆板。这幅《高士图》就是人物画、界画、山水画有机结合的典范。

提醒读者注意一个细节：五代人卫贤没有按东汉席地而坐的风俗来画，而是以五代人的生活习俗入画，梁鸿从高高的床榻上躬身接起孟光案。彼时的床榻是个新事物，功能与现代的椅子一样，卫贤这样处理已然将自己投入了画境……一个小小细节恰恰揭示出这位活跃于江南的皇家御用画师既追慕山林野兴，又憧憬烟火营生的思想感情。《高士图》是卫贤眺望高士的平台，也是我们登高临远的一个精神台阶。

皋伯通，两汉之际的著名诗人，是当时苏州的地方官，也是“举案齐眉”故事背后的另一位主角。梁鸿曾做过皋伯通的仆人，梁鸿和孟光之所以能演绎出“举案齐眉”“相敬如宾”的佳话，和皋伯通的关系不可忽略。

梁鸿，陕西扶风平陵人，东汉初年进入太学学习。能进太学的人，大多是人中龙凤，往往有诸多爱慕者，郎才女貌的婚姻搭配才顺理成章。但他偏偏娶了个“有德无容”，被评为中国四大丑女之一的孟光。《后汉书·梁鸿传》说孟光“状肥丑而黑，力举石臼，择对不嫁，至年三十。父母问其故，女曰：‘欲得贤如梁伯鸾者。’鸿闻而聘之”。

孟光又肥又丑又黑，还是个举得起石臼的女汉子，却迟迟不肯出嫁。孟光也真绝！她竟然放出口风非梁鸿不嫁，把婚姻彩球像皮球一样踢给了梁鸿。梁鸿若不娶她，无疑在舆论上要受指责，背上登徒子重色之名。反之，则正如孟光之所愿。非常之事的背后一定有非常之人。梁鸿眼光独到，听说孟光想嫁给像自己这样贤良的人，就把她娶回了家。

成家之后，梁鸿给妻子取名孟光。“孟”其实是她的姓，而不是排行老大的意思。因为“孟”字的上面是个“子”，必须是儿子中的老大才能叫“孟”，比如孔子的哥哥孟皮，上面有九个姐姐，只是在儿子中排行老大，所以叫了“孟”（“皮”通“跛”，因为孟皮是个瘸腿）；“光”应该是光彩夺目或性格阳光的意思，就像西施名“夷光”，“夷”是说西施属于东部的少数民族。

梁鸿贤归贤，可绝非滥好人、糊涂人，尤其是大节上有棱有角。汉章帝时，他偶然路过京城，见皇家劳民伤国、大兴土木，就作了一首《五噫歌》讽刺朝政：

> 陟彼北芒兮，噫！顾瞻帝京兮，噫！
> 宫阙崔嵬兮，噫！民之劬劳兮，噫！
> 辽辽未央兮，噫……

翻译成现代文就是：登上北芒（邙）山啊，回首遥望那皇帝住的京城啊，宫殿那高大壮丽啊，百姓那辛勤劳作啊，遥远漫长无止境啊！

这首刺政诗弄得“为政宽和”的汉章帝很生气，于是后果很严重。皇帝下令抓捕梁鸿，被通缉的梁鸿只好带着老婆一路逃亡避祸，最后逃到苏州，隐姓埋名做了皋伯通的家仆。

尽管丈夫此时很落魄，可每到吃饭的时候，孟光总还是把饭菜放在盘子里，举得高高的，恭恭敬敬地端给梁鸿吃，梁鸿则客客气气地接过来，因此有了“举案齐眉”“相敬如宾”两个成语。有一次，皋伯通看到了将普普通通一顿饭也吃得颇有仪式感的这一幕，觉得这一对夫妻非凡人，加之梁鸿处事干练，从此待为上宾。这是典籍对“举案齐眉”“相敬如宾”两个典故背后的叙述。

梁鸿在皋伯通的照顾下，潜心研究学问，不断著书立说。梁鸿去世后，皋伯通按照他的遗愿，把他的遗体安葬在要离墓旁并说道：“要离是一个轰轰烈烈的壮士，梁鸿是一个谦恭有礼的仁人君子，让他们在地下做一对好邻居吧！”曾经有人质疑皋伯通是误打误撞，在不知梁鸿、孟光夫妇为犯人的情况下做了这件事。这是典型的以小人之心度君子之腹。百姓人家皆知梁鸿为被通缉的逃犯，作为地方官的皋伯通会不知道？选择救梁匿逃非不知也，是义字当前、救当该救，是皋伯通与梁鸿在是非判断上心有戚戚焉。这甚至还体现出强大的大汉帝国坚硬刚强国风的另一面，即使是天子之怒，也未必斩尽杀绝，如此才有温柔仁爱的民风与之相辅相成。皋伯通所为其实是历史的选择和判断。

皋伯通宅心仁厚，义薄云天，不仅不以貌取人，识英才于卑微，从他救梁鸿、容梁鸿、敬梁鸿中也可见他也是一位了不起的人物，遂能成就千古佳话。

汉之为汉、清之为清，古之为古、今之为今的区别正是体现在这些小人物身上。

公元 1898 年，农历戊戌年六月光绪帝施行变法。两个月后，谭嗣同奉诏进京参政。九月慈禧发动政变，囚光绪皇帝于中南海瀛台并大肆捕劫维新党人，谭嗣同、杨深秀、刘光第、康广仁、杨锐、林旭六君子遭捕，被刑杀于菜市口。谭嗣同于行刑前写下绝命书《狱中题壁》：

望门投止思张俭，忍死须臾待杜根；我自横刀向天笑，去留肝胆两昆仑。

诗中说到的“思张俭”，指的是“张俭逃罪”百姓皆开门以待的东汉故事，这和西汉时皋伯通收留梁鸿，应该是对世风高古、民俗淳良传统的相续相承。所以江南不仅山明水秀，也是择仁而居的好地方，是世人心中慈爱天堂该有的模样，才使唐朝诗人韦庄所咏出的“人人都说江南好，游人只合江南老”有了超越山水之美的人文内涵。

良好而醇美的民风、民俗、民心、民气实在是太重要了！这种暖心的人文之美影响着后世，和自然之美相得益彰、美美与共，这样才能滋智润德，造福一方。

《红楼梦》中有一个林黛玉、贾宝玉、薛宝钗三人调笑斗嘴的情节。后来当贾宝玉看到林黛玉对薛宝钗低眉顺眼时曾脱口问出“是几时孟光接了梁鸿案？”可见关于孟光梁鸿的典故不仅苏州出生的林黛玉熟知，连金陵薛宝钗、京华贾宝玉也都清楚，可见其影响深远。

得益于大运河贯通南北，航运方便，阊门一带成为苏州最繁华的地段。白居易当苏州刺史时，写过一首《登阊门闲望》记录了当时的盛况。

阊门四望郁苍苍，始知州雄土俗强。
十万夫家供课税，五千子弟守封疆。
阊阖城碧铺秋草，乌鹊桥红带夕阳。
处处楼前飘管吹，家家门外泊舟航。
云埋虎寺山藏色，月耀娃宫水放光。
曾赏钱唐嫌茂苑，今来未敢苦夸张。

诗中的钱唐是今天的杭州，茂苑是古时的苏州。从诗中可以看出唐朝时苏州的繁荣盛景远胜杭州。

825 年，白居易组织百姓开挖从阊门到虎丘的山塘河时，将挖出的泥土堆成堤岸，后来人们依堤岸建房，形成了著名的七里山塘街。

五龙汇阊的景观是阊门节点的一个重要组成部分。所谓“五龙汇阊”，是说外城河、内城河、上塘河、山塘河、中市河分别从五个方向向阊门外汇聚，形成独特的水貌特征。2004 年，这里还修建了一座新“五龙桥”，比吴中区西塘河、澹台湖口的古五龙桥更气派雄伟。

历代文人曾留下大量与阊门有关的诗词，除上面提到的《登阊门闲望》外，笔者印象深刻的是跟苏州有着密切联系的苏东坡的一首词《醉落魄·苏州阊门留别》：

苍颜华发，故山归计何时决。
旧交新贵音书绝，惟有佳人，犹作殷勤别。
离亭欲去歌声咽，潇潇细雨凉吹颊。
泪珠不用罗巾浥，弹在罗衫，图得见时说。

这首词作于宋神宗熙宁七年九月。当时苏东坡自杭州赴密州新任，途经苏州时有歌伎在阊门为他设宴饯行，苏轼写了这首词酬赠。

那一年，苏东坡才 37 岁，正是年富力强的时候，但因为与王安石变法新党的斗争，被贬官，前途未卜，导致“旧交新贵音书绝”，此时他心底的失落孤独可想而知。正当壮年却已“苍颜华发”，不知是否因此而起？也许豁达如东坡者也有重重心事难排却的忧愁。幸而“同是天涯沦落人”的歌伎没有嫌弃苏大才子，给了他莫大的安慰。

阊门

虽然这词未免有逢场作戏之嫌，但苏东坡还是真心把这位在欢场给自己青眼的歌伎看作知音。通过“旧交新贵音书绝”与“惟有佳人，犹作殷勤别”的对比，凸显出歌伎不趋炎附势的品德和彼时彼地柔肠百结、超出尘俗的另一面。看来脂粉队伍中也并非全是鲜廉寡耻、见钱眼开的俗人。

明代吴中才子唐寅也有一首《阊门即事》：

世间乐土是吴中，
中有阊门更擅雄。
翠袖三千楼上下，
黄金百万水西东。
五更市卖何曾绝，
四远方言总不同。
若使画师描作画，
画师应道画难工。

同样是描述姑苏繁华，每个人眼中的关注点不同，所以各有各的风景，各说各的千秋。从表面上看，唐伯虎眼中的苏州“翠袖三千”“黄金百万”，他自己也是一副“贪财好色”的嘴脸。如果我们洞悉了这位风流才子风流不羁表面背后的辛酸，对他可能就另有结论，甚至难免会嘘唏不已，感慨万千。

在城市传中为这个城市的代表性人物“翻案”，也是一种责任。

苏州历史上有一次重大的人口迁徙叫“洪武赶散”，也和阊门密不可分。坊间的无厘头的传闻是：朱元璋当上明朝开国皇帝后，正月十五大放花灯，苏州府进贡的花灯上画的是牧童骑在老水牛背上，怀里还抱着个大西瓜。朱元璋看到后十分恼火，认为这是苏州人嘲讽他年轻时曾偷过牛，又当过和尚，因为和尚光秃秃的头顶跟光溜溜的西瓜十分相似。于是命令刘伯温带三千人马到苏州问罪。刘伯温同情苏州百姓，请求留下一座城门的生灵好让苏州城不被彻底毁灭。朱元璋勉强同意，但还是关照哪座城门的人少就留哪门。刘伯温说阊门萧条、人口最少，如此应付完朱元璋，刘伯温立即派人赶到苏州，让居民尽可能连夜搬到阊门以免遭到杀戮。后来因阊门地区实在太拥挤，老百姓又不敢回自己家，只好扶老携幼出阊门逃往苏北等地。因为怕朱元璋赶尽杀绝，当有人问起他们的祖籍，他们也只敢说阊门，让人误以为全苏州人都住在阊门！刘伯温口中的阊门萧条、人口最少，倒成全了阊门，让它躲过一劫。

传说当然只是传说。“洪武赶散”的史实原因是，朱明王朝在打天下的征战中，与盘踞苏州的吴王张士诚结怨最深，张士诚也是朱元璋剿灭的最后一支武装力量。屠城，一是朱元璋想报当年和张士诚的怨恨情仇，以绝后患；二是为加强明王朝江山初定时的中央统治，发展经济，增加赋税，就把人口密集的苏州等地居民，迁往因战乱而人口锐减的苏北等地。

这虽是一次从苏南到苏北的人口迁徙，却说明历代因战乱而造成的人口分布失衡，多会在新王权建立的前期作些调整，这几乎已成惯例。比如元王朝入主中原后很快就进行人口调整，因为它先期的战争杀戮和后期推行的“连坐法”等暴政，导致中原人口大幅度降减，从宋朝高峰时的一亿五千万左右降至九千万。而且南北人口比例也从北七南三变为南七北三。所以朱明王朝立国前期一方面施行复仇主义的“去元人化”杀“鞑子”，一方面在人口相对密集的南方，软硬兼施地推行人口北迁，比如官方组织外地大量人口到江西鄱阳湖畔的瓦屑坝垦荒。这也使这个古老渡口成了明初鄂赣皖三省移民的集散中心。这也是“洪武赶散”的一部分。苏州城的“洪武赶散”就有此时代背景。

曲折通生死 冷热出盘门

盘门是苏州最早建成的八门之一。

盘门位于城西南，初名蟠门。城门上曾刻有木头蟠龙，以示镇压南方越国。又因其构造“水陆相半，沿洄屈曲”，故称盘门。现存盘门格局是元代重建时定下的，明清两代续修的建筑风格也多有保存。清初修建的门楼，额题“龙盘（应为蟠）水陆”。此门水陆两门并列，包括两道陆门和两道水闸门。两道陆门间为“瓮城”。两道陆门的外城门门洞宽 3 米，深 7 米；内城门门洞宽 4 米，深 15 米。城门中间有通天狭道，系放门闸之用。内外城门之间是百米见方的空地，战时将敌人诱进这里，门上便矢石俱下，予以歼灭。为了御敌，还在城门上设置雉堞、女墙、绞关漫道（即上城坡道）等。水城门内用花岗石砌成两重拱券，门洞内可平行驶过两只小船。

盘门最近 40 年有 3 次整修。1985 年的“修旧如旧”使现在的人们得以看到这座全国唯一保留完好的古代水陆城门。盘门结构之精巧、环境之优雅、建筑之珍稀常令游人叹为观止。有古建专家称：“北看长城雄伟，南看盘门秀丽。”

长城不是“城”，盘门不是“门”。因为长城不是一家一城之围墙，而是矗立于中华泱泱大国北方的屏障；盘门不是门，因为“龙盘水陆”的“吴中锁钥”是由瑞光塔、吴门桥、将军楼、金阊亭、齐升院等一系列建筑演奏的交响乐。战时金鼓震天、号角穿云，平时欢歌动地、鸟语嘤嘤。

盘门有2500年历史，是苏州建城的物证。

建造阖闾大城时，吴国为战胜周边国家，在城门取名上煞费苦心。像“阊门”这个名字意味着接通阊阖之气（西风）以压制楚国，盘门的命名也是如此，意思是龙蟠之地，镇慑越国。

蟠门改成了盘门，有“龙蟠水陆”之意。再将西北角卧虎之丘的虎丘山和这座“蟠龙门”一起联想，苏州才是真正的“虎踞龙蟠”之城。

明朝初年《苏州府志》中仍用“龙蟠虎踞”形容苏州盘门龙蟠、虎丘虎踞的万千气象。今天人们大概只知道“虎踞龙蟠”专指南京，不仅是因为苏宁两个城市先后都做过吴都，它们之间的渊源纠缠不清，也因为不知道“虎踞龙蟠”原本是形容一种地貌气象而非特指一地一城。苏宁两城都是风水宝地，同名修饰也不为怪。

唐朝成书的《吴地记》记载：“盘门，古作蟠门，尝刻木作蟠龙，以此镇越。又云水陆相半，沿洄屈曲，故名盘门。又云吴大帝蟠龙，故名。门内有武烈大帝庙，在祀典。东北二里有后汉破虏将军孙坚坟，又有讨虏将军孙策坟。”蟠龙是指武帝孙权。

《越绝书》《吴越春秋》等早期典籍都没有直接提到蟠门这个名字。《吴越春秋》只说城南门上挂有龙角木刻，并从风水星象角度做出说明：

盘门

欲东并大越，越在东南，故立蛇门以制敌国。吴在辰，其位龙也，故小城南门上反羽为两鲵鱙以象龙角。越在巳地，其位蛇也，故南大门上有木蛇，北向首内，示越属于吴也。

孙权做过皇帝，是所谓的真龙天子，完全有资格称“蟠龙”。苏州是孙权家族最早的政治中心，盘门内的瑞光寺是孙权为迎接西域康居国（中亚古时大国）僧人性康而建造的，孙权为报母恩还在寺里建了座十三层高的宝塔，这就是瑞光寺的前身。孙权的父亲孙坚、哥哥孙策葬在盘门外青旸地。三国时盘门是吴帝独家进出的御用之门。

苏州老百姓提到盘门往往会说“冷水盘门”，一种解释是说盘门水城门下河水很深，再加上被城门遮挡，常年照不见阳光导致水温很低，所以叫冷水盘门。另一种说法是盘门一带人气冷清，20 世纪 80 年代前，这一带还到处是荒芜的洼地、简陋的窝棚、破旧的危房，冷气逼人，因而得了这个称号。草根态度显然和皇家气象大相径庭。

其实，历史上盘门一带也曾几度兴衰。唐代刘禹锡“二八城门开道路”的诗句，说明当时八个城门的陆门、水门都连通畅达。盘门是出入苏城的要道，怎可能一直冷落？此外，盘门内当时就有瑞光寺、开元寺等很聚人气的寺庙，其繁华不难想见。

南宋初年，金兵攻打完杭州折回北方时从盘门进入苏州城后烧杀抢掠，城内建筑几乎焚烧殆尽，盘门遭重创也确实凋敝清冷了几十年。

好在“吴门第一桥”的吴门桥没毁，盘门的交通优势仍在。没过多久，这里就再度兴旺。南宋范成大有“人语嘲喧晚吹凉，万窗灯火转河塘”的诗句，描写南宋时盘门不冷，热气蒸腾又回来了。

元末张士诚在苏州称王不久，朱元璋派徐达等将领带兵围困苏州。战火中，盘门一带再遭破坏。清末诗人袁学澜曾对此深为感叹："一树垂杨一画楼，盘门烟户本来稠。自从元末遭兵劫，寥落居民冷水流。""冷水盘门"的称呼从此不胫而走。

盘门的冷冷热热，恰恰是苏州城兴兴衰衰的缩影，不热何来冷？更何况"感时花溅泪，恨别鸟惊心"，景之冷热不仅与自身盛衰时变的因素有关，也与观者心境的哀乐有关。

就建筑而言，600多年间盘门多次遭劫难，最终还能保留下来，主要有两个原因。一是建筑艺术高超，异常牢固。冷兵器时代的攻击对它无可奈何，可谓固若金汤。它的结构十分精巧，陆门瓮城的门和城墙的门不在一条直线上，这样的设计可以在一定程度上减缓敌人的进攻速度，使得盘门易守难攻。水门也有两道，不仅水道狭窄，而且城门不高，其作用就是不允许大型作战船只通过。前后水门均设有水闸防护。古代水师要突破这样易守难攻的水关比登天还难。城墙外面包着砖头石块，也增加了牢固程度。所以在历次战争中盘门只受过一些皮外伤，修修补补后，它又恢复了原貌。

如今，盘门已经成为苏州古城的象征之一。1986年是苏州建城2500周年，邮电部特地发行了一张邮资明信片，上面的图案就是盘门。在我国邮政史上，这是第一次为了纪念一座城市的建立而发行邮资明信片。

苏州人津津乐道的"盘门三景"除盘门水陆城门外，还包括瑞光塔、吴门桥。

瑞光塔是苏州现存的少数几座宋塔之一。

吴门桥

瑞光寺初名“普济禅院”，后称“瑞光禅院”。三国东吴赤乌四年（241），西域大国康居国僧人性康来到苏州弘法，吴主孙权为他建了这座佛寺。赤乌十年（247），孙权为了报答母恩又在这座寺院中建造了十三级舍利塔。

现在不少人误以为当时孙权建造的寺庙是今天平门内的报恩寺，塔是今天北寺塔的前身。其实，梁简文帝《浮海石像铭》写得很清楚，报恩寺一开始叫通玄寺，是赤乌年间孙权母亲吴夫人舍宅建造的（一说是孙权为乳母陈氏建造），跟瑞光禅院是两码事。而北寺塔的前身，是南朝梁武帝（502—549 年在位）时僧人正慧建造的，比瑞光塔的历史晚了三百年。

清朝咸丰十年（1860），瑞光禅院在太平天国战争中被毁，瑞光塔虽幸运地得以保存，但在风刀霜剑长期侵袭下，至民国时木制腰檐、平座全部脱落，塔身裂隙纵横、野草丛生，鸟雀筑巢其中，几被世人忘却。

20 世纪 80 年代，偶然被人发现的瑞光塔天宫，里面珍藏着北宋建塔时塔中供奉的佛教文物，包括《妙法莲华经》经书、嵌螺钿经箱、铜佛像、铜质金涂塔、琥珀印章等。最重要的是用 4 万多颗珍珠制作的真珠舍利宝幢，宝幢高 1.22 米，集玉石雕刻、金银工艺、木雕、描金等艺术于一身，制作精细，美轮美奂，堪称旷世奇珍。重建的瑞光塔，成了盘门最吸人眼球的标志。

盘门风物妖娆又离不开人文精彩。以下几位不得不说，依次为梅尧臣、苏舜钦、范仲淹、苏东坡、杨荫榆……

梅尧臣，字圣俞，北宋诗文开派宗师。与欧阳修、苏舜钦齐名，史称“欧梅”和“苏梅”。梅尧臣虽是安徽宣州人，但他长时间居停于苏州盘门，是北宋之际的“新苏州人”，今天新市路西端的“梅家桥”即因梅宅而得名。

苏舜钦，字子美，是北宋仁宗朝参知政事苏易简的孙子。历任蒙山县令、大理评事、集贤殿校理等职，因支持“庆历新政”遭反对党劾奏罢官。后闲居苏州选盘门近地筑“沧浪亭”。“沧浪亭”现为苏州四大名园之首。

范仲淹比梅尧臣还要大 13 岁，祖籍陕西邠州，唐时移居苏州，所以范仲淹乃道道地地的苏州人。生于斯、长于斯、学于斯、治于斯，范仲淹和苏州的渊源太深了！今天平门外的苏州高铁站广场正中矗立着范文正公的塑像。选择范仲淹站在苏州“C 位”再合适不过了。作为北宋一朝重要的政治改革家，他又以一篇《岳阳楼记》摘文坛魁星。一句“先天下之忧而忧，后天下之乐而乐”道尽了中国知识分子的襟怀气魄、忧思雄心和家国理想的人生格局。

以上三人与苏州渊源太深，《苏州传》中非记上一笔不可。查检东坡一生行踪，他仕宦中壮游、落魄时流放，走遍天涯。可他的苏州行踪如惊鸿一瞥，并没有留下多少痕迹，如果非把他编织到苏州故事的版图里未免有蹭热度之嫌。

陈寅恪先生曾言：中国文化“造极于赵宋之世”。仅唐宋八大家中就有六人生活在仁宗在位时期。苏东坡恰恰又是其中特别出挑的一位，可谓中国文化扳道工，这位一红千年的“大网红”一旦挺身站立，他的学士帽几乎能碰触到文化中国宫殿的屋顶。千年时光流逝，“东坡热”不仅热度不减，反而逐年增高，尤其近年更像一块刚出锅的“东坡肉”烫得让人不敢轻易下口。蹭热度的自然大有人在，也是当下假文化之名的一种时髦，但这不能成为《苏州传》不谈苏东坡的理由。

孔子说过“祭神如神在”。一个“在”字有形在、身在、人在、魂在、神在五种形式，“在”是关键，下面两段历史“公案”会让人觉得古时的文心纠结、情感交集有着内在精神联系。揭秘此等玄幽奇妙事件也是文化史、城市史之使命。

嘉祐年的一天，试官梅尧臣正在批改会试的卷子。突然，眼神一亮后自言自语地连连感叹道：“妙，妙啊。”良久终于回过神来，长长地叹了一口气，苦笑着摇头：“我的学识，竟然还不如这个年轻考生，惭愧，惭愧啊……”梅尧臣揣着这份卷子来到主考官欧阳修的面前汇报，称这份《刑赏忠厚之至论》，清新脱俗、见解深刻，可为第一。其中用的“皋陶杀人”典故尤为精彩！梅尧臣还说，可惜他才疏学浅并不知道出处。欧阳修一听就来了兴致，展开卷子细细品读后说：“‘皋陶杀人’的典故竟然连你都不知道？等开榜了记得问问曾巩。”此刻，欧阳修心中已判定如此妙文定出自弟子曾巩之手。

梅尧臣急于揭秘，就觍着老脸继续问道：“可否现在就告知典故出处？我这两天将家里的藏书都翻遍了，还是没找到出处。”

梅尧臣万万没想到这位当朝第一博学，无所不知的“醉翁”摆摆手笑道：“圣俞啊，我要是知道早就告诉你了！”

不要以为这是从苏辙为其兄写的墓志铭上的一句话演绎出的一个故事。据南宋陆游《老学庵笔记》对此事的记载，欧阳修原话为“此郎必有所据，更恨吾辈不能记耳”，证明此事应该可信。

张榜之日，梅尧臣终于问出了“皋陶杀人”典故的出处。

不过问的不是曾巩而是另一个年轻人苏轼，因为苏轼才是那份卷子的主人。

苏轼告诉他："您不知道当属情理之中，因为那个典故是我杜撰的。"

梅尧臣听完心里一沉，这么严肃的考试竟敢信口胡编？

但苏轼接下来的话，不仅打消了梅尧臣的疑虑，还颠覆了梅尧臣对典故真实性的认知。

苏轼说，虽然这个典故是我编的，但是历史上肯定发生过这件事。《后汉书·孔融传》曾记载：曹操将甄宓许配给儿子曹丕，孔融上书祝贺，说周武王灭了纣王后，把他的妃子妲己嫁给了周武王的弟弟。曹操问他典出何处，他说是自己编的，还说当朝之事无外重演历史。同理，皋陶杀人、帝尧救人，是讲君主慎刑爱民，古代贤君这么多，怎么能断定不会发生类似的事呢？

梅尧臣听完，觉得十分有道理，一切皆有可能。

后来这个解释传到了欧阳修耳中，年近半百的欧阳修激动得直拍桌子，连连赞叹：学霸，这才是学霸啊！

杨万里的《诚斋诗话》曾记录此事："此人可谓善读书，善用书，他日文章，必独步天下。"

以上故事就是由苏轼的考卷《刑赏忠厚之至论》引起的，并且由后来苏轼的谢师文《上梅直讲书》所印证。

> 轼每读《诗》至《鸱鸮》，读《书》至《君奭》，常窃悲周公之不遇。及观《史》，见孔子厄于陈蔡之间，而弦歌之声不绝，颜渊、仲由之徒，相与问答。夫子曰："'匪兕匪虎，率彼旷野'，吾道非邪，吾何为于此？"颜渊曰："夫子之道至大，故天下莫能容。虽然，不容何病？不容然后见君子。"夫子油然而笑曰："回，使尔多财，吾为尔宰。"夫天下虽不能容，而其徒自足以

相乐如此。乃今知周公之富贵，有不如夫子之贫贱。夫以召公之贤，以管蔡之亲，而不知其心，则周公谁与乐其富贵？而夫子之所与共贫贱者，皆天下之贤才，则亦足以乐乎此矣。

轼七八岁时，始知读书。闻今天下有欧阳公者，其为人如古孟轲、韩愈之徒；而又有梅公者，从之游而与之上下其议论。其后益壮，始能读其文词，想见其为人，意其飘然脱去世俗之乐，而自乐其乐也。方学为对偶声律之文，求斗升之禄，自度无以进见于诸公之间。来京师逾年，未尝窥其门。今年春，天下之士，群至于礼部，执事与欧阳公实亲试之。轼不自意，获在第二。既而闻之，执事爱其文，以为有孟轲之风，而欧阳公亦以其能不为世俗之文也而取。是以在此，非左右为之先容，非亲旧为之请属，而向之十余年间闻其名而不得见者，一朝为知己。退而思之，人不可以苟富贵，亦不可以徒贫贱。有大贤焉而为其徒，则亦足恃矣。苟其侥一时之幸，从车骑数十人，使闾巷小民聚观而赞叹之，亦何以易此乐也。《传》曰："不怨天，不尤人。"盖"优哉游哉，可以卒岁"。执事名满天下，而位不过五品。其容色温然而不怒，其文章宽厚敦朴而无怨言，此必有所乐乎斯道也。轼愿与闻焉。

马屁拍到了这份儿上而不让人感到肉麻，也就非苏轼《上梅直讲书》莫属了。

《刑赏忠厚之至论》主要谈到了宽仁与峻法之间相辅相成的治世关系。这应是中国法治精神特色，可为当代那些一味移植西方各类法典的佐思。《上梅直讲书》是梅苏师生间的通信，讲述苏梅之神交知遇，岂非人际关系之隐喻？看重人品学问、道德文章，抱有无论达穷皆“不怨天、不尤人”的生活态度，才会感恩生命、感恩生活。做人“温然不怒”，为文“宽厚敦朴”，亦是苏轼敦行而浪漫一生的追求。1084 年，苏轼离开黄州后立即去江宁探望“宿敌”王安石，二人冰释前嫌，互相激赏。此后又赴苏州凭吊已谢世 23 年的梅尧臣，在梅家桥上徘徊良久，不忍离去……当然，这也许是本书“杜撰”的。

以下这段公案牵出苏州另一位标志性人物，也可以说是中国仕人的灵魂——范仲淹。

庆历五年（1045）春，岳阳滕子京重修岳阳楼后请范仲淹撰写楼记。雄文胜景，珠联璧合，从此统帅一方山水，也引领了中国文心的千年走向。不过很少有人知道，《岳阳楼记》的石碑是由范仲淹作记，苏舜钦书写，邵竦篆额，石碑上千古雄文的每一笔起承转合，都来自千里之外，江南的园林深处。

快马掠过曲折的街巷。马蹄声在青石板上震荡，声声脆亮如敲金鼓，余音不绝又像寒山寺香案边绕梁三日的磬响。快马拂晓入姑苏城时，晨起在河边洗衣的女子们频频回首，却只见一人一马，匿入白墙灰瓦深处，那是沧浪亭的方向。

沧浪亭外蓦然停下的马蹄声，让主人苏舜钦听得真切又颇感诧异。离开京城，隐居苏州的一年间，他已经很少听到这样急促的信使马蹄声。

只一眼，他就从信使带来的书信上辨出范仲淹的手书。范仲淹信上说，滕子京谪守巴陵郡，政绩出众，又重修岳阳楼为一大盛事，他写下《岳阳楼记》想要刻碑传世，却怕自己的书法不堪匹配，想请苏舜钦法书一挥。今天，一般人会以为这只是为求好字为文增色的雅举。其实范苏二人作为改革派政治家，同声相应、同气相求才是本质所在。

不以物喜，不以己悲。居庙堂之高，则忧其民；处江湖之远，则忧其君。是进亦忧，退亦忧，然则何时而乐耶？其必曰：先天下之忧而忧，后天下之乐而乐乎！噫！微斯人，吾谁与归！

范仲淹道出的也正是苏舜钦的心声。两人同殿为臣，都以刚直不阿著称，被世人称誉也因此招人构陷。最终，苏州人范仲淹谪迁岳州，外乡人苏舜钦则选择隐居苏州，连滕子京为官的最后一任也是苏州太守，并终老苏州，可谓奇缘矣。

初到苏州时，苏舜钦在府学东面发现了一片被忽略的空地。这里草木繁茂，水道纵横，其间还点缀着些业已荒芜的池馆，据说是五代时期吴越国广陵郡王钱元璙的遗迹。苏舜钦将它买下，重造亭台楼阁，将这座新生的园林命名为“沧浪亭”，取屈原《渔父》的诗意——“沧浪之水清兮，可以濯吾缨；沧浪之水浊兮，可以濯吾足”。

苏舜钦生在京城长在京城，大半生也在京城为官，却在人生的后半程迷恋上江南的迷蒙烟雨、画舫雕栏。暮春葬花弹琴，仲夏观荷作画，秋高气爽赏月赋诗，待到西风起便可持螯赏菊，入冬更可踏雪赏梅，一年四季自在逍遥。人在城市住，却又与自然无限亲近。

一场冥冥中的相遇，留住了一个匆匆过客的脚步。沧浪亭与城中的小桥流水、街巷阡陌相得益彰，城中有园，园中有城。文人的诗酒雅集，匠人精湛的手艺，共同成就了横亘千年的园林之梦。苏州开启了文化园林时代。

一千年前，早已退隐江湖的政坛局外人苏舜钦此刻仍被范仲淹遥寄的《岳阳楼记》激励着，遂慷慨提笔，饱蘸浓墨，沿着老友的心路题写了下去：

……登斯楼也，则有心旷神怡，宠辱偕忘，把酒临风，其喜洋洋者矣……

这就是江南，这就是苏州。它占据着庙堂与江湖同在的中国人精神世界的另一极。它成全诗酒人生，也接纳赤子之心。无论时代怎样更迭，世事如何变幻，天下的中心如何转移，在江南园林的一角，总有煦暖的阳光穿透窗棂，在灰瓦白墙上勾画出斑驳的景致，让人们跋涉过万水暮色与千山风雪之后，终能找到安妥心灵的一抔净土。

1938 年，杨荫榆遇难。

盘门的历史中，还应该记住这位现代女人，钱锺书夫人杨绛的三姑妈，她的名字叫杨荫榆。今天的人们知道杨荫榆大多是由鲁迅的那篇著名散文《纪念刘和珍君》引起的。杨荫榆 1884 年生于无锡，小名申官，出身书香门第，是家里的第六个孩子，1907 年公费东渡日本留学，进入东京高等师范学校学习。毕业回国后，她受聘于江苏省立第二女子师范学校，担任教务主任，同时兼任生物解剖教师，1914 年出任北京女子师范学监。1918 年又赴美留学，进入哥伦比亚大学学习，获教育学硕士学位。1922 年，回国后的杨荫榆一度在上海教书，不久被北洋政府教育部召至北京，于 1924 年 2 月被任命为国立北京女子师范大学校长，是中国第一位女性大学校长。

鲁迅的《纪念刘和珍君》说到了这一情况，对杨校长颇有微词。

在四十余被害的青年之中，刘和珍君是我的学生。学生云者，我向来这样想，这样说，现在却觉得有些踌躇了，我应该对她奉献我的悲哀与尊敬。她不是“苟活到现在的我”的学生，是为了中国而死的中国的青年。

她的姓名第一次为我所见，是在去年夏初杨荫榆女士做女子师范大学校长，开除校中六个学生自治会职员的时候。其中的一个就是她……

1924 年 8 月，鲁迅退回了女师大任教的聘书。1925 年 8 月北洋政府迫于社会舆论的压力，撤走进驻女师大的武装警察，并批准了杨荫榆的辞职报告，免去了她女师大校长的职务。

此后，杨荫榆先后任中央大学区立民众教育院讲师、东吴大学日文兼教育学教授，执教于苏州女师和省立苏州中学，因此把家安到了苏州，住在盘门内新桥巷。

1938 年 1 月 1 日，两名日军以司令部传见为借口把杨荫榆诱出家门，走到一座小桥上时日军突然向杨荫榆开枪，并把她抛入桥下冰冷的河水中。

杨荫榆的风雨人生令人不胜唏嘘，生于末世，无法伸展抱负，死于乱世，终成一代鬼雄。杨荫榆是民国中的“这一个”，也是苏州文化基因中的“这一个”，无可替代的“这一个”。

葑门食色无关性

葑门地块中有网师园、金鸡湖、灭渡桥、葑门堞楼、张七公庙、陈公祠、二郎神庙、荷花荡、天赐庄、红豆树等名胜风物。

而葑门一带的物产中最有代表性的当属“水八仙”。葑门外面地势低洼，大小河流纵横交叉，水塘渠道星罗棋布，给水生植物的种植创造了良好条件。千百年来，葑门人民勤劳耕作，培植水生作物中的“七仙女”——茭白、莲藕、芡实、慈姑、荸荠、水芹、菱角，以及野生的莼菜（合称“水八仙”）。苏州人将耕田变成了“耕水”，而且乐此不疲，做得风生水起。

《姑苏小志》称：“荷莲之根为藕，出于葑门南塘最佳。甘嫩白脆，远近争购。”莲藕处处都有，而芡实则是苏州真真正正的土特产。

芡实属睡莲科，果实整体呈圆球形，顶端有一个尖头，看起来很像石榴，又像鸡的头，所以俗称“鸡头”。去壳后的芡实肉俗称“鸡头米”，可煮熟食用，细腻糯黏，香气浓郁，美味可口，也可用于酿酒，晒干的种子可以入药。“水八仙”再加上太湖“三白”（即太湖的银鱼、白鱼、白虾），这些自然物产、河湖时鲜，听起来就会让人咽口水。苏州真乃名副其实的吃货梦游之地，文雅一点的说法是美食家天堂。

半个世纪前陆文夫所写的《美食家》将其世间百态和滋味悠长描述得淋漓尽致。

美食家这个名称听起来文雅，读起来还有点美味！今天人们口味变了，不说美食家而说“吃货”，用来指十分好吃的人，而且是能吃会吃的“饕餮之徒”。“美食家”也许不是陆文夫的发明，但至少是由他叫响的。

好吃还能成家！没有比这更接地气的风雅了。20 世纪 80 年代，一说陆文夫就会令人联想到美食家和苏州。我们重温一下陆文夫笔下的“美食家”吧。

> 那时候，苏州有一家出名的面店叫作朱鸿兴，如今还开设在怡园的对面。至于朱鸿兴都有哪许多花式面点，如何美味等等我都不交待了，食谱里都有，算不了稀奇，只想把其中的吃法交待几笔。吃还有什么吃法吗？有的。同样的一碗面，各自都有不同的吃法，美食家对此是颇有研究的。比如说你向朱鸿兴的店堂里一坐：“喂！（那时不叫同志）来一碗 ×× 面。”跑堂的稍许一顿，跟着便大声叫喊：“来哉，×× 面一碗。”那跑堂的为什么要稍许一顿呢，他是在等待你吩咐吃法：硬面，烂面，宽汤，紧汤，拌面；重青（多放蒜叶），免青（不要放蒜叶），重油（多放点油），清淡点（少放油），重面轻浇（面多些，浇头少点），重浇轻面（浇头多，面少点），过桥——浇头不能盖在面碗上，要放在另外的一只盘子里，吃的时候用筷子搛过来，好像是通过一顶石拱桥才跑到你嘴里……如果是朱自冶向朱鸿兴的店堂里一

坐，你就会听见那跑堂的喊出一连串的切口："来哉，清炒虾仁一碗，要宽汤，重青，重浇要过桥，硬点！"这种讲究苏州人太熟习。

看来美食家也未必都是那些钟鸣鼎食，"食不厌精，脍不厌细"的豪门贵胄。只要吃得仔细、讲究，能以欣喜感恩之心对待平凡的一日三餐，就可以成为美食家。美食家首先是一个懂美食、懂生活、懂情趣并且乐天达观的人，甚至能在黄连树下弹琵琶自娱自乐。

与当下一些非参鲍翅不食的土豪比起来，谁才真正领略了吃的真谛呢？最糟糕的是那些土豪往往还会自诩为美食家。当然，苏州也不缺真文士自风流的美食家。《晋书》曾记载："翰因见秋风起，乃思吴中菰菜、莼羹、鲈鱼脍。"

据《世说新语》载："张季鹰辟齐王东曹掾，在洛见秋风起，因思吴中菰菜羹、鲈鱼脍，曰：'人生贵得适意尔，何能羁宦数千里以要名爵！'遂命驾便归。俄而齐王败，时人皆谓为见机。"

陆文夫在《写在〈美食家〉之后》中又平实地叙写了关于吃的真谛，人人天天吃饭却未及深思的"吃经"，其核心即是：人不吃饭不行！

幼年时，我曾经有个很滑稽的想法：人活着如果不需要吃饭的话，那会省却多少烦恼啊！及长，知道这是不可能的，连猪八戒都很饕餮，孙猴儿还要偷仙桃呐！不仅是人，任何动植物、神仙妖魔都是要吃饭的。可是我的滑稽想法并未因此而消失，只是换了个方位，寄希望于科学。觉得在科学高度发达之后，人们可以制造出一种纯营养的食品制成药丸或是装在牙膏罐里，每日吞那么几丸或是向嘴巴里挤那么一点。那么一来，所有的土地都会变成花园，无人去脸朝黄土背朝天终年劳累。人世间的许多纷争也就此停息。转而一想，此种科学幻想是不科学的。如果所有的人从生到死都是向嘴巴里挤“牙膏”，那就不可避免地要引起消化器官的退化，就会出现像《镜花缘》里的无肠国了。李汝珍在写《镜花缘》时，也可能有过如我之想入非非吧，或者说我之想入非非也可能是从《镜花缘》中得来的。李汝珍比我高明，他虽然幻想出一个无肠国，可那无肠公子不还是要吃东西，吃得又多又好。何也？因为吃饭除掉疗饥和营养之外，它本身还是一种享受，一种娱乐，一种快感，一种社交方式，一种必要的礼仪。挤“牙膏”虽然可以省却无穷的烦恼，可那无穷的乐趣的也就没有了。且不说从有肠到无肠之前人类还有可能毁灭，也有可能退化得像一个爬虫似的。

逃遁无术，还是老老实实地面对吃饭问题。鲁迅翻开了封建社会史之后发现了两个字：“吃人”。我看看人类生活史之后也发现了两个字“吃饭”，同时发现这吃人和吃饭之间有着不可分割的联系。历代的农民造反，革命爆发都和吃饭有关系。《国际歌》的第一句就是：“起来，饥寒交迫的奴隶！”这是一句很完整的话，它概括了“吃饭”与“吃人”，提出了生活和政治两个方面的问题。百余年间千万个仁人志士揭竿而起，高唱着：“起来，饥寒交迫的奴隶！”去浴血奋战。这一段惊天动地，可歌可泣的历史，我们的子孙后代不会、也不应该忘记。在特定的历史条件下，不首先解决“吃人”的问题，那吃饭的问题是无法解决的。只是由于诸多并非偶然的历史因素，我们在基本上解决了“吃人”的问题之后，没有把吃饭的问题提到首位，还是紧紧地围绕着“吃人”打主意，老是怀疑有人要吃人，甚至把那些并非吃人而是企图救人的人当作是吃人的魔鬼。社会处于动乱之中，今天你斗我，明天我斗你，似乎忘记了人是要吃饭的。一旦想起人要吃饭时，却又相信“大跃进”之类的奇迹，认为亩产可达两万斤，还可以不断地提高出饭率。甚至认为信仰和意志是可以抵挡饥饿的。有人堂而皇之地提出了可以三天不吃饭，却不能一天不读“老三篇”。结果却是肚皮和人们开了个玩笑，事实证明“老三篇”可以不读，不吃饭却是不行的。说到底，劳心者所思多在“吃人”，劳力者所虑无非“吃饭”。说到“吃”这件头等大事，不管劳心劳力，但凡是人就应慎重对待有敬畏心，而且不仅是关心自己捧的饭碗，还要关爱他人的生计，关爱所有为生命作出的努力。

1942年深夜，62岁的弘一法师自觉大限将至，他叮嘱弟子：身体装龛时，务必给四个角落都垫上一个碗，再盛满水。不久，弘一法师写下“悲欣交集”四个大字，安详去世。据说弘一法师去世后，在火化完成时，众人发现了他留下的1800多颗色彩各异的舍利。弟子在他龛周的四个碗里发现了许多小虫，它们因为有了这一碗清水避难，才不至于落得飞蛾扑火的下场。弟子明白这是弘一法师在离世前最后的善念，不禁纷纷落泪。这也许就是菩萨慈悲。飞蛾投火无非为食，弘一悯之，何况人乎？

陆文夫不是在谈吃，而是在谈政治、谈文化，好像有跑题之嫌。跑没跑题呢？大概只有既懂吃又有文化的苏州人心里才明白。

水乡泽国的“吃货天堂”当然离不开水。

中国人的智慧凝聚到一点，那也就是水。敬畏水、认识水、利用水和管理水。从古人伍子胥规划苏州城前期的“相土尝水”，到李冰太守成都都江堰的分山理水，到黄山脚下鱼梁坝的节用滚水，到今天佛子岭大坝的拱弧拦水，到新安江水库的淹城蓄水，到长江三峡的高峡平湖截江用水……中国人亲水爱水治水用水的典故不胜枚举。几千年来，中国人在吃尽了黄河决堤、长江破围、淮水泄洪的万千苦头之后得出的结论是依然相信“上善若水”。“上善若水”不仅仅是一个玄之又玄的哲学命题，它表达的基本思想点是对水的认知、热爱与感恩。生活在八百里太湖之滨的苏州人靠水吃水，以绕指柔的灵动与坚韧将水的“善则似母乳，恶则成猛虎”导演成一幕幕悲喜剧，既可以演绎涕泪交错、热火朝天的大工程，又能演绎平平淡淡、滋味悠长的一日三餐。

无论哪一条江河，谈水就要寻源，水的源头往往就是文明的发源地。可是如果将水的形态完全等同于文明走向，难免不犯形而下的错误。漫长历史时空里，中国的水系大多是单向的从西向东流、从高往下走，而文明的传播和行走，往往是高下相倾、东西相成的双向行走，有时甚至是溯源倒流。以此观长江下游的水网和太湖文化甚至江南文化，则中国古文明认知的黄河一源说尚有诸多问题需要厘清。中华文明不是黄河“一源说”，也不单是仰韶、红山、二里头等一条线，而是由“满天星斗说”过渡到长江黄河“二源说”。随着这些年田野考古工作的进展和突破，人们对文化遗存的价值认识必然会深化甚至重新定义和思考。

近年被媒体炒得快糊了的“三星堆”，其价值和意义当然不可低估，但如果将之称作中华文明神秘源头甚至是西方文明东传的证据则荒诞不经。说到底，它是距今4000年左右的古蜀国文化遗存，缺锌的青铜器和多种材料构成的器物，都是无可争议的断代文明标志。再说这些造型夸张、技艺复杂的器物也只是一个邦国的祭祀品，如果非要将之与苏州草鞋山遗址的价值相比，一个是装神弄鬼的面具，一个是比金子还珍贵的粮食生产保障水系；一个是炼金玩火，一个是耕种理水；一个是虔诚与愚昧共存的祭品，一个是人们一日不可或缺的生命能源。“三星堆”遗存和“草鞋山”遗存孰轻孰重不难判断，可社会对二者的认知孰冷孰热，就完全是相反的情况了。世人皆知三星堆，苏民不识草鞋山，这虽不能说是轻本重末的一种谬误或者荒唐，但确实匪夷所思。

苏州文化确可指认的源头在太湖中间的三山岛和葑门东北侧的草鞋山。1985年，吴县三山岛哺乳动物化石和旧石器的发现，第一次揭示了太湖地区1万年以前旧石器时代文化的面貌，也揭开了苏州历史文化发展的帷幕。然后苏州的文明线索中间出现了三千年缺环，直至草鞋山遗址的发现。

“草鞋山遗址位于唯亭镇东北约2公里处，因遗址中心土墩草鞋山而得名。遗址总面积为44 000平方米，文化层堆积厚约11米，可以分为10层，分属于不同的文化时期。其中，第8～10层为马家浜文化层，第5～7层为崧泽文化层，第2～4层为良渚文化层，最上面为春秋时期的吴越文化层。”这个遗址的文化序列，从新石器时代较早阶段的马家浜文化开始到太湖地区早期国家的繁荣阶段，几乎跨越了长江下游、太湖地区新石器时代后的全部编年。可以毫不夸张地认为，草鞋山遗址是一根深埋于地下的历史探棒，为长江下游地区古文化的研究提供了一把标尺。

由中日考古学家联手发现的草鞋山6000年前的水稻田灌溉工程，其意义也不输于新近震惊世界的良渚文化遗址的出现。它让同为“天堂”的苏杭二州古文明互为呼应。

马家浜文化时期，草鞋山的居民已经过着定居的农耕生活。人们在草鞋山遗址第10层发现了一处由10个柱洞围成的圆形居住遗迹，房内面积约6平方米。居住遗迹有柱洞、木桩和木板。木桩竖立在地面上，应是房屋的柱子。有些木板上留有明显的砍劈、锯截的加工痕迹。在木桩周围发现印有芦苇痕迹的烧土块、草绳、用草绳捆扎的草束、芦席篾席等实物。这些遗迹说明当时的居民已直接在地面上建造房屋。房屋盛行木架结构，在柱洞的木桩下衬垫一两块木板，以芦苇为筋，涂泥成墙，再用芦苇、草束盖顶。其平面布局类似现在江南农村的看瓜竹棚。草鞋山的早期居民已经进行原始农业生产了。人们在第10层遗址中发现了含炭化稻谷粒的土块，经鉴定，除籼稻外还有粳稻，这是我国迄今发现的最早的人工栽培水稻之一。原始的手工业也已经出现。遗址中发现的3块已经炭化的纺织物残片，是迄今我国出土的最早的纺织品实物。经鉴定，纺织品的纤维原料可能是野生葛麻，织物为纬线起花的罗纹编织品，花纹为山形和菱形的斜纹。它不同于普通的平纹粗麻布，显示了较高的织造工艺水平。

采集和渔猎仍是当地居民获取生活资料的重要手段。草鞋山遗址中发现了水生植物菱的茎部和果实，果实比现在的圆角菱略小。这一文化层遗址中出土的动物遗骨，数量最多的是梅花鹿、麋鹿、野猪、牙獐和水牛的骨头。梅花鹿、麋鹿和野猪都是林栖动物，牙獐和水牛爱好在近水区域生活。由此可以推断，当时这一带覆盖着原始森林，分布有河流、湖泊和沼泽，水中有丰富的鱼类资源。根据狗骨、水牛骨的出土，结合同时期吴江梅堰遗址的发现，可以知道，当时的居民已经开始饲养家畜。

在草鞋山下层遗址中，还发现了属于马家浜文化时期的墓葬 106 座。当时盛行单人俯身葬，头部向北。有些头骨用釜、钵、豆、盆等陶器覆盖。随葬品一般都很少，主要是日常生活用的陶器。在这 106 座墓葬中发现了 5 座同性合葬墓，3 座为女性，2 座为男性。所有这些都说明，当时的社会处于母系氏族公社时期；男女分区埋葬的现象表明当时盛行对偶婚制。在这种婚姻制度下，本氏族的男女不准通婚，男方必须到另一个氏族中去寻找配偶，死后归葬本氏族；氏族成员没有或只有极少量的随葬品，说明当时还不存在贫富差别和财产的私有观念。

大约 6000 年以前，苏州地区的氏族部落相继进入了父系氏族公社时期。反映这一时期文化面貌的，除草鞋山第 5～7 层文化遗址外，还有吴县张陵山遗址、吴江梅堰遗址等。这些都是明确载入《苏州史纪》的珍贵材料。

杭州城的西湖无人不知，而苏州葑门外的“东湖”却无人提及，“东湖”历史更鲜为人知。“东湖”就是今天的“金鸡湖”。苏州工业园区和地标性建筑“东方之门”就在湖畔。

金鸡湖位于葑门以东 3 公里处，通过葑门塘等河道与苏州护城河连通，比杭州西湖大 0.8 平方公里。

金鸡湖得名的故事有许多。一说湖底有金鸡会报晓，另一说为纪念吴王夫差的女儿琼姬而用了谐音，均不足采信。

金鸡湖古代又称金泾湇（“湇”同“淹”，是河流“淹没”之地）和金镜湖。明代中期沿河有一个叫卢珪的义士出资在河上造了一座桥，被人们称为“卢家桥”，金泾滧也改称“卢家港”，后来演变成“金鸡湖”。

金鸡湖南部有一条东西向的李公堤，全长约2公里。关于这条堤的得名，因工业园区前身为“新加坡工业园区”，前些年曾有“纪念新加坡李光耀”之类的传闻。其实，李公堤的历史可追溯到十九世纪。

清光绪十五年（1889），当时管辖苏州城东地区的元和县县令李超琼（字惕夫，又字紫璈），见金鸡湖水势浩瀚，经常发生渡船事故，就以工代赈，组织民工将太平天国战争中被毁民房剩下的破砖碎瓦运至金鸡湖，筑成长堤，并在堤上种植千株杨柳巩固堤防。以后大小船只依堤航行，安全便捷，百姓为纪念李超琼的功绩，就称长堤为“李公堤”。

清朝大书家翁方纲的好朋友杭州举人陈希濂是一位地方志学者。见苏杭两湖均为绝佳山水，却一热一冷，也觉得不公。写了一首游金鸡湖的诗：

记得来游金镜湖，湖分南北水平铺。
李公堤上临流望，可是杭州苏白无？

诗人感叹苏杭二州因河而联，因湖而像。走在李公堤上生出“可是杭州苏白无？”这是赞美，质疑，询问，还是错愕？这就是诗。

葑门一带风土清嘉，人文荟萃。在众多的名人中，有明朝著名文学家冯梦龙、清初“天下清官第一”张埙、清朝文学家尤侗、彭氏祖孙状元、清朝诗人沈德潜……

东方之门

一则《杜十娘怒沉百宝箱》的故事，让很多人记住了苏州才子、文学家、戏曲家冯梦龙。可他和葑门的渊源几乎不为人知。

这位大文学家一生创作了包括“三言”在内的众多文学作品，总共近 3000 万字，创下中国历代文人“爬格子”数量之最，同时也开创了通俗文学之先河。如果再读过他的《东周列国志》《智囊》等著作，会更加敬仰这位苏州奇人。

明初时，成祖向建文帝发起争夺皇位的靖难之役，冯昌为避兵乱而隐居姑苏，为葑溪冯氏一支始祖，冯梦龙等人都是他的后代。冯昌去世后，葬在当时浒墅关高景山。清道光《浒墅关志》于此有记。

> 处士冯昌墓在高景山，永乐十九年葬。昌字世昌，靖难兵起，隐居姑苏，为葑溪冯氏始祖。贡生其盛、知县梦龙、本朝翰林勖皆其后。

《曲律》中说：“天启乙丑春二月既望，古吴后学冯梦龙题于葑溪之不改乐庵。”

古代许多文人喜欢用“庵”作为书斋名的最后一个字。像南宋著名诗人陆游书斋名为“老学庵”，明末清初文士冒辟疆书斋名为“影梅庵”，所以可以推测“不改乐庵”不是尼姑庵，而是冯梦龙的书斋名，葑溪正是冯梦龙的住处和著书所在地。

如果接着问，葑溪究竟在哪里？

葑溪还是在葑门一带，但不是确指某河道，而是泛指与葑门水系相通的河流。

明末董斯张在《吹景集》中所载可为佐证。

> 予入吴饮冯若木斋头酒，次语若木曰："兄所居葑门，今俗伪为傅音何也？"

这段话至少可以证明冯家确实住葑门一带。

泛泛而谈可以一时把问题糊弄过去，好在苏州人也不在意。但问题终归还在那儿！葑溪究竟是哪一条溪？一追问又会牵出一个大问题，葑门（原名封门）为什么叫封门？有文献说是因为封门对着封山，可苏州没有封山，此说似乎也不能成立。

封山其实在浙江德清，原名防风山，因"封""风"同音而误传为封山。封山盛产武康石，主要用于江南建筑和园林。武康石还多用作寺庙台基、石塔、渡头泊岸、佛造像等等。武康石俗名"花石"。武康石开采由唐始，盛于两宋。石料走山前苕溪水路北上，中间汇入太湖，这就是大名鼎鼎的"花石纲"路线。苕溪来的运石船之后在苏州南郊汇入水网连通运河。如果仅仅靠水流溯源是不会找到答案的，而依石寻山就可以"摸着石头过河"，封门和封溪的答案也就全有了。

对于苏州城池，也许在略记西阊门、南盘门、东葑门之后，至少再为北面的齐门、平门写上一笔，城门故事才算完整。更不必说平门隔着护城河与苏州火车站和站前文化广场相对，它可以说是今天苏州堂堂正正的大门，何况数百年大网红唐伯虎的桃花坞就在平门内，怎么能不记呢？齐门及范蠡、西施等种种精彩为什么要省略呢？

城门的故事是写不完的。就算加上齐门、平门故事，仍需割舍许多值得一书的地方。现实中的城门有关有开有节奏，文字上的"关门"只是一种省略，而非一种忘记。诚如中国的水墨画上常常有许多留白，留白不是虚无，也不是空白。内中有许多值得品读的内容，甚至是读懂全画的气孔。军事家在攻城时往往也是“围三开一”，“放人一生路也是留己一升天”，这与“言虽尽而意无穷”同理。陶渊明《归去来兮辞》中之“门虽设而常关”说的是“园日涉以成趣”，不见之趣，缺失之趣，得仔细体味。

行文至此打住城门故事也未必是遗憾。不过在踏进“苏州大门”之前，仍有一个特别重要的问题需要澄清。

城门是城市象征，但城门标示的物理空间不等于城市全部，更不等同于它的文化空间。在做历史回顾时也当如是观。随着时光流逝，城市一直在发展，在伸展手脚，舒放身体。这个概念应该被重视。

苏州城门框定的城区，即今天的姑苏区，是一个占地 83 平方公里，人口约 40 万的地区，范围不足今天占地 8657 平方公里、常住人口 1300 万苏州的百分之一。打开苏州全图，可以看得更直观。

今天，苏州作为国家确定的长江三角洲地区重要中心城市之一，东连上海，南接浙江，西抱太湖，北依长江，在文化、经济、科技、教育等方面一直走在时代前列，早已完成了从“秀而美”向“雄且强”的转身，是名副其实的“苏大强”。姑苏一直城门洞开，网罗天下有识之士；苏州水网通达，润泽地上，展现勃勃生机。今天，苏州只有故事，没有大门。

苏州示意图
1.姑苏区
2.虎丘区
3.吴中区
4.相城区
5.吴江区
6.苏州工业园区
7.常熟市
8.张家港市
9.昆山市
10.太仓市
(太湖)
1
2
3
4
5
6
7
8
9
10

苏州示意图

中古看桥

河流总是和桥联系在一起。

一个伟大而美丽的城市总是和穿过或是环抱它的河流联系在一起。

从原始无名水流上的独木桥，到村头镇口的浮桥、竹木桥、砖石桥，到城市的吊桥、孔桥、塔桥、斜拉桥，林林总总……21 世纪那些或跨江河或越湖海的大桥横空出世。它们不仅是科技发展的产物，更是文明进步的丰碑。几百年来，人们看到了旧金山金门大桥、泰晤士河上的伦敦桥、塞纳河上古老的“新桥”、亚历山大三世桥、日本濑户大桥……这些经典桥梁之蔚然大观，往往就是一个城市的标签和旗帜。当下生活的世界，更多的是那些以崭新卓绝的工业技术和宏大气魄建设的跨越江河湖海的大桥，从 1968 年倾全国之力建成南京长江大桥到 2018 年的半个世纪，中国人已在天堑上架起了 15 座长江大桥。这一数字应该是国家建设速度加快和不断取得新成就的象征。最新落成通车的珠港澳大桥更是无与伦比地延展出一个又一个城市接力组合，体现出一个时代的活力和想象力，被许多人视为新时代的新风景。

水城苏州没有那些高大上的大桥，但有无数静卧在城市水网上的小桥。

关注苏州从关注它的桥开始，一直是一个睿智的诗性观照。从这些小而美的桥上，我们听到的是美的故事，是水流伴奏的城市脉动，我们看到的是水城符码和诗城标点。

“君在姑苏见，人家尽枕河。”素有“东方威尼斯”之称的苏州古城从不缺桥：思婆桥、寿安桥、灭渡桥、万年桥、乌鹊桥、斟酌桥、普济桥、凤凰桥……这些想想都令人感到温暖，诗思饱满的小桥，静静地横卧在苏州城密布的河网上，无数行人在桥来桥往中踏过沧桑岁月。不知从什么时候开始，繁华不再、喧闹不再，苏州的许多桥倾颓了、倒塌了、湮灭了、消失了，它们因为太平凡、太朴素、太熟习、太可有可无、太不着痕迹而变成了路的一段，剩下的有限几座因为太没有新鲜感而虽存亦亡，它们睡着了。可是当我们重构苏州时，它们理所当然地要苏醒过来。也许正是当代人那些不断被刷新的桥的视觉印象，让人们在惊喜欢呼时容易忽略过往这些不可替代的城市音符，忽略读桥的诗思盎然。最佳的观照世界总是将眼前风景和重塑人心、走进历史联系在一起。

从无人问津说起。

津，水渡也。《论语·微子》有“使子路问津焉”。“津”也可称之为“渡口”，“无人问津”的典故也是因形容渡头萧条才出现的。梁，水桥也。于是有人将之联系起来作桥之源头的解读，即先民在水面狭窄的地方用小船摆渡，这个地方就是“津”。后来有人发明了“梁”。“梁”是会意字，从“木”从“水”，这就是以木架水的“桥”。此说粗看不错，但我们不能将“水渡”和“水桥”的次序说反了。应该是先有“桥”而后有“渡”（船），理由是先有独木而后有独木舟，独木放在水流上就是桥，独木要经过凿挖加工才能成为独木舟，也就是说木是天生的桥，后天可成舟。真理有时就是这么简单。

木材易腐烂，且承载力有限，于是人们就想到用石头修桥，再后来又想到用钢铁和各种合金材料建桥，一切顺理成章。

南宋《平江图》记载，苏州古城区有桥梁359座，相信实际数字要大于此统计数字。然而就是这个打折的数字也完全可以称为世界之最，即苏州是“世界上桥梁最多的城市”，是一千年前水城威尼斯桥梁数量的数倍。

苏州究竟有多少座桥是个谜，没人能准确说出来。唯有一点可以确定，苏州的桥大多是用石头建造的。

苏州最早用来造桥的石头是武康石，主要产于浙江省武康（德清县）东郊的丘陵山地。吴越本是一体，同属一个文化圈。与“肝胆楚越”不同的是，它们之间虽也上演过兵戎相见的血与火大戏，然而多元互补、和谐共存的太湖基因却从未让它们真正隔绝过。现今苏州留存的思婆桥、寿星桥、乌鹊桥、众缘桥和丰桥等用武康石建的古桥仍在，将吴越间打断骨头连着筋的关系就这样变成了“凝固的瞬间”，永远留在了苏州。

18世纪德国美学家、戏剧理论家莱辛在他的美学著作《拉奥孔》中，第一次明确区分了“画”和“诗”在反映现实方面的区别。他指出，绘画、建筑、雕塑之类的造型艺术反映现实时是选择最精彩的“凝固的一瞬间”，而“诗”所描写的则是时间上连续不断的一首首乐曲。作为建筑，或者说作为雕塑的苏州的桥，就是一座座“凝固的一瞬间”，又是一首首流动的乐曲，它们既是诗又是画。就桥身造型而言，既有朴实耐用的平桥，也有气势不凡的拱桥；既有小巧玲珑的廊桥，又有形制古朴的亭桥……林林总总，千姿百态。桥梁的实用功能无分中西，但作为建筑艺术的桥梁，却直观地体现了东西方建筑美学的差异。西方桥梁建筑上的雕塑，包括结构主体和装饰浮雕、圆雕独立件，是一个统一的整体，都在为宣叙主题而存在。中国古典建筑则更常用楹联、题额来作为建筑主题的点睛之笔。桥作为中国古典建筑，除了用装饰性花纹来美化桥身之外，还常用桥题桥联等文字刻石来深化建筑构想，使之成为统领一方山水之美的灵魂，一方风景的招摇旗帜。

比如上方山麓石湖北渚，如果没有行春、越城两桥，其景观将大打折扣。再如常熟虞山之巅，如果说拂水晴岩是一幅美丽的风景画，那么其传神之笔就是香花桥和长寿桥；再如光福铜观音寺，很难设想若少了寺前那座古桥会怎样。这些景象虽远观可得其形貌，但要想真正读透一座桥则必须细看，细细揣摩桥刻和桥联，细细品味人与桥、桥与河的深情对话。

苏州桥多有好的桥联。或描绘如画的自然风光令人神往，如盘门蟠龙桥的东侧主联“瑞塔凌霄，景物千秋留胜概；玉虹衔月，水云一派赏吴风”。或点评作为交通要冲的建桥位置使人感叹，如昆山玉龙桥东侧联“门对宾曦，水汇三江成锁钥；场连选佛，路通八达便舟车”。或嵌入历史典故令人扼腕，如木渎西津桥东联“立马望苏台，山翠万重拱虎阜；扬帆来震泽，风涛千古泣鸱夷”。或指出这座桥的有关功能，如北桥石家桥东侧桥联“红板夕阳下，数题诗客过；苍葭秋水澶，偕荣故人来”。还有劝人为善者，如胥口后塘桥东联“愿天常生好人，愿人常行好事”。桥联文字书法大多出自高手，隶书、楷书、行书与草书争奇斗艳，阳刻与阴雕各显其能。

太湖大桥夕照

桥梁一旦变成了审美对象，它的生命价值就会被真正地唤醒。桥上南来北往的匆匆脚步也许只是人们平凡生活中的几小步。如果换一个角度来看生活看世界，这几小步会从行道迟迟、载渴载饥的一小截路程，变成载歌载舞、载诗载咏、载忧载思、载悲载喜的风景和舞台。在也无风雨也无晴的平凡生活中，桥上的人眺看风景，桥下的人把桥上人看成风景，一声声如诗般桨声，恰似不舍昼夜的桥下流水带走岁月时的吟诵，把人带向远方。桥往往因为锁住了诗咏和沧桑岁月而定格成永恒。

钟声里的诗桥孤旅

唐人张继的《枫桥夜泊》是诗人逆旅孤程的一声慨叹，但它无尽的美感，让千年以降的世人记住了这座桥和桥畔的寒山寺，记住了苏州。恍兮惚兮，多少游人迷失在“欸乃一声山水绿”的桨声光影里，迷失在无关悲喜的一声叹息中，这就是苏州。

枫桥，旧称“封桥”，位于苏州西北七里的小镇，镇因桥得名。桥横跨于运河支流之上，东南—西北走向。枫桥是江南一座普通的月牙形单孔石拱桥，始建于唐代。古时这里是从西北方向进入苏州的水陆交通要道，设护粮关卡。每当漕粮北运经此就封锁河道，故名为“封桥”。我们今天看到的是1983年开始整修，1984年6月竣工的枫桥。桥长39.6米，宽5.27米，跨度10米。虽然造型和结构皆非突出，然借着无尽诗意，仍备受关注。枫桥一直是到访苏州的游客们长盛不衰的打卡地。

坊间传说，唐朝诗人张继赶考落第，郁郁回乡途经此处，挥毫写下了这首《枫桥夜泊》:

枫桥

月落乌啼霜满天，江枫渔火对愁眠。

姑苏城外寒山寺，夜半钟声到客船。

诗中把旅途中的愁容与周围幽美的深秋景色，如音画般地描绘了出来。月夜、客船、江枫、渔火、乌啼、钟声，有明有暗，有静有动，有音有画。短短的28个字，写出了一种悠远旷达的意境。全诗没有出现一个桥字，但每个字都和桥密切相关，不着一字，尽得风流。《枫桥夜泊》是张继献给苏州的赞美诗，诗人也赢得了后世不绝如缕的称赞。有人说，一般人不会记得张继科考那年的状元是谁，却永远记住了张继。这个解读对诗的鉴赏来说很有见地，然而将诗人的无边愁思说成落第之叹，不仅犯了诗家宜虚不宜实的忌讳，而且与史实不符。张继生卒年月不详，天宝十二年（753）进士，而这首诗作于至德元年（756）漫游江浙之时。如此，诗中岂能抒发落第后的愁绪？难道一定要赶考落第后才有愁绪吗？疑窦重重却并不影响《枫桥夜泊》是一首好诗，是一首流传千古之绝妙咏叹。

有时候历史意识的想象力会超越平庸，记录坊间伪传闻。历史的真相应该是这样：诗人张继在枫桥的千年一叹、万般愁绪包含的哀苦，或许是由于逆旅人生的周遭际遇而愁肠百结，或穷或贫或痛或孤或病或失，愁绪如麻，皆有可能。然就是不可能因落第而愁。公元756年张继过苏州时，正是安史之乱爆发第二年。“渔阳鼙鼓动地来”的山河破碎之声已经成了李唐王朝的惊魂之钟。而诗人在家国堪忧、前程无望之际，寒山寺的夜半钟声恰到好处敲在了他的痛点上。此时此刻、此情此景，落叶惊心、涛声痛心、鸟语烦心、丝弦乱心，岂独一声钟响而令人寒心？

张继之后，吟诵枫桥的诗词曲赋铺天盖地而来。《吴郡志》记，枫桥“自古有名，南北客经由，未有不憩此桥而题咏者”。晚唐诗人杜牧在《怀吴中冯秀才》中写道：“长洲苑外草萧萧，去算游程岁月遥。唯有别时今不忘，暮烟秋雨过枫桥。”宋代诗人陆游所作《宿枫桥》：“七年不到枫桥寺，客枕依然半夜钟。风月未须轻感慨，巴山此去尚千重。”南宋田园诗人范成大也曾写过一首《枫桥》：“朱门白壁枕湾流，桃李无言满屋头。墙上浮图路傍堠，送人南北管离愁。”明代画家唐寅的《寒山寺》诗中写道：“金阊门外枫桥路，万家月色迷烟雾。谯楼更残角韵悲，客船夜半钟声度。树色高低混有无，山光远近成模糊。霜华满天人怯冷，江城欲曙闻啼乌。”清朱彝尊《枫桥夜泊》诗：“初月开平林，繁星罗远戍。惊禽沙上鸣，渔子夜深语。遥闻歌吹声，暗入枫桥去。”

这些不同年代、不同风韵的诗作，无疑使枫桥成了诗人们隔空打擂的舞台。“文无第一，武无第二”的中国定律无法简单突破。很难为这些异代诗咏分出高下，也无法为歌者定出胜负。但有一点众人还是所见一致，最迷人的当属张继的《枫桥夜泊》。张继无意中成了“无冕状元”！

张继的诗不但在中国妇孺皆知，而且在日本、东南亚一带也深受千万人欢迎。每年除夕之夜，大批国际友人都要到寒山寺守夜体验“夜半钟声”之意境，迎接新一年的到来。诗之美使每一个人都成了平凡生活的赢家。枫桥是名副其实的“诗桥”。

画桥连珠

说完了寒山寺前的“诗桥”枫桥，怎么能不说周庄的“画桥”双桥?

双桥是由世德桥和永安桥合璧构成的绝世景观。

从北面看，世德桥两面桥坡都是标准的斜坡。明柱顶端外侧的斜坡上，放着一块一边凿斜的石头，石头上平搁着两根石条，石条的另一头在高处的斜坡上，其形状近似直角三角形。石条与斜坡的交接处，又安放着一块石头，这块石头上也搁着一根石条，和上面的斜坡构成一个直角三角形。各个直角三角形叠加到达桥顶，还剩一米左右的距离再搁一根石条，就构成了顶端桥栏。从南面看，东堍多出一个直角三角形，向东连通着拐角处另一条小河边的石栏。

世德桥建于明万历年间（1573—1619）。明柱上有联，但仅有北侧上联尚能辨认，上面写着“地接永安安澜相庆”，“永安”应是西堍的永安桥；“安澜”意为波澜不惊、平缓宁静，比喻世道太平，与“永安”相呼应。

世德桥东堍有一座单孔花岗石梁桥，南北走向，连通北市街，这就是永安桥。两桥成直角组合，被誉为“周庄双桥”。永安桥始建于明万历年间，桥栏主体为搁空石条，被立石分为两部分，每部分当中，另立着一个直角形的对外呈菱形状的石柱；也就是说，并不太长的桥栏被分为四个部分。永安桥西侧北端没有桥栏，与世德桥东堍南侧的石栏相连；西侧南端也为搁空石条，当中没有石柱支撑，石条直到桥堍；桥东侧当中的石栏两端都是抱鼓石。

世德桥与永安桥距今已有四百年历史。

两桥一横一竖，桥孔一圆一方，桥面一拱一平，犹如一把古代的钥匙，当地老人又把它们形象地叫作“钥匙桥”。在周庄人的心目中，仿佛只有“双桥”而淡忘了原来的世德桥和永安桥。

1984 年春天，赴美留学的画家陈逸飞前往周庄写生，柔美的景象让他眼前一亮，就像听惯了秦腔梆子的耳朵一下子被丝竹管弦之音拴住一样。他创作了多幅以周庄水镇景色为题材的油画，充分展示了江南水乡小桥流水的神韵。让大洋彼岸的那些美国人见识到与北方黄土高原的千沟万壑和塞外林莽的如海绿茵不一样的中国，江南的苏州随着中国的改革开放亮相世界。这里有一点一直被世人所忽略，出生于浙江镇海的画家陈逸飞却称苏州周庄为故乡，其中有家国认同和文化亲缘认同浑然一体的自觉，最终皆归为对美的认同。他以苏州周庄的双桥为素材创作的那幅油画《故乡的回忆》是江南组画之一。这幅画连同他的其他 37 幅作品于纽约哈默画廊展出时引起轰动。阿曼德·哈默访问中国时，将油画《故乡的回忆》买下，作为礼物送给了邓小平。这件事被各界传为佳话。默默无闻的周庄因双桥从此走向了世界，也为西方世界开启了透视苏州的钥孔。“双桥”油画成了西方重新认识中国的视角之一，也使以苏州

周庄双桥

陈逸飞 《故乡的回忆》

为代表的江南文化印象跨越了太平洋。石桥虽小，但文明的跨度无可限量。

望画生义，双桥一方一圆两个桥孔，可视为东西方文明的不同形态，然渡人载物、跨越障碍可谓异曲同工。

甪直桥

甪直是个奇特的存在，这个地名，其文字上的刚猛个性和江南的温婉气质完全不搭调。再加上“甪”是个很多人不认识的冷僻字，甪直更令人不明就里。甪直原名“甫里”，镇西有甫里塘。后来镇东有港，水网密如“甪”字，故改名甪直。很多人在博物馆见过出土的独角镇墓兽，古代神兽“甪端”与之颇为相像。“甪端”是个“明是非，掌司法”的神兽，想必改名是当地人希望将凶猛阳刚的神迹附会给家乡的秀雅小镇。

从镇西口进入古镇区，绕过甪端广场，沿着西汇河缓缓东行，首先扑入眼帘的就是甪直镇西的第一座桥——永宁桥。永宁桥始造年代已无从查考，我们现在看到的是 1997 年重修的花岗岩石砌梁式单孔平桥。

人们只要见过永宁桥一次，就会莫名地喜欢上它，会在桥畔久久地驻足，深深地揣摩。这座桥的桥孔非常特殊，是一个倒装的梯形，明显下小上大。如此违背常理的结构没有人能说明白。就在你猜想观

甪直永宁桥

察之际，还没有寻到答案，永宁桥已经在你心里生根了。它诠释的正是“非同寻常”这个最能打动人心的美学法则。如果你目不转睛地看着个性十足的桥孔，适逢一只敞篷船在荡漾的清波中缓缓驶来，永宁桥就会显得格外富有诗情画意。

在入目即入心的第一印象之后移步向前，两侧桥柱镌刻的楹联又会让人陷入沉思：

茶灶竹床鲁望隐，
莼羹菰菜季鹰回。

用典自然，切合当地风物；乡情温热，意境颇为深远。上联引用了陆龟蒙的故事，陆龟蒙，字鲁望，唐代文学家，甪直人。善写小品文，他最有名的文章是《野庙碑》。陆龟蒙做过几任小官，颇不得志，目睹官场太多的黑暗混乱后，如陶渊明不愿为五斗米折腰，弃官隐居到家乡甪直。他经常带着茶炉、笔床、书籍、钓竿等坐着小船，流连于清清河水。他在享受闲情逸致的同时，生发了诸多创作灵感。因此，他的不少作品都是在水面上写成的。下联中的“莼羹”，指太湖周边的名菜“莼菜羹”，它是一道入口滑滑嫩嫩的姑苏名菜。“菰”即“茭白”，是一种水中生长的蔬菜。这联引用了张翰“莼鲈之思”的典故。张翰，字季鹰，苏州人。据《晋书》记载：“翰因见秋风起，乃思吴中菰菜、莼羹、鲈鱼脍，曰：‘人生贵适志，何能羁宦数千里以邀名爵乎？’遂命驾而归。”当时张翰在洛阳为官，秋风吹来，他因思念故乡风物，遂去官返乡。也许有人会说，不可相信诗人的夸大其词，他怎么能为一道家乡菜而辞官，放弃大好前程呢？苏东坡贬官惠州时也写过“日啖荔枝三百颗，不辞长作岭南人”，但这多少带有几份调侃。如果我们读读张翰的《思吴江歌》（又名《秋风歌》)“秋风起兮佳景时，吴江水兮鲈正肥。三千里兮家未归，恨难得兮仰天悲”，就更能理解“莼鲈之思”的意境了，这是诗人对一方水土难以割舍的思念和寄托于故乡的怀想。

鲁望与季鹰辞官回家，自有更深层次的原因。士的隐与不隐表面文章大多是思念家乡的风物，或年齿渐长、羸弱多病，本质的原因则是为了排遣官场失意、政治失望，也许是为了避祸，至少是为了逃避现实。辛弃疾《水龙吟·登建康赏心亭》中说：“休说鲈鱼堪脍，尽西风，季鹰归未？”这一问主要还是表达自己“不斩楼兰终不还”，不愿退隐的抗金决心。今天有些人混迹政商界，稍有所成，在有意无意之间会说，等到什么时候我就归隐山林，好像隐与不隐全凭他个人心境，尽在自己安排掌握之中。其实能隐实属不易，隐士是学不来的，首先你必须得是一个有书卷气的“士”，同时“闲”“钱”“缘”三字一字不缺，才能如闲云野鹤般择一地气定神闲地隐居下去。否则即使你再有钱，再悠闲，也只是个“富贵闲人”而已。

百姓人家用苏州话来说“角直”倒是直抒胸臆的“露直”，这倒是“归隐”的绝配。这时候隐也就是显。永宁桥东侧对联更直白——“永庆升平跻盛世，宁馨富丽甲吴中”，用鹤顶格将“永宁”嵌入，“富丽”或许是苏州腔“甫里”的谐音。

永宁桥有方正儒雅之气，香花桥则弥漫着温馨与浪漫。

香花桥是一座古色古香的石拱桥，在永宁桥西边，横跨西汇河。“香花桥”原是一个充满佛教色彩的桥名。据说，西方极乐世界有曼陀罗花，只有多福多寿的人才能得到这种花，只有勤修善根的人才能闻到这种花香。之所以叫“香花桥”，或许就是为了让人过桥时能感受到自己离“佛”很近吧。

香花桥建于清乾隆之前。现在看到的香花桥是 20 世纪 80 年代配合河道疏浚而重建的。这座单孔石拱桥长 10 米，桥间有 8 根望柱。居中的四根望柱上各雕着一头蹲坐着的栩栩如生的小狮子，给桥增添了几许灵动之气。如果有缘人能从“小巧玲珑”的狮子看到香花桥后面香火鼎盛的大气象，则意趣又入一境界。

桥南绿树成荫，与桥北西汇上塘街家家户户在屋檐前悬挂着的红灯笼相映成趣，大红大绿中透出江南乡镇的喜庆与古朴。

跨过香花桥就是向北通往保圣寺的香花弄。不知是桥因弄而得名，还是弄因桥而得名，反正，香花桥与香花弄是通往保圣寺的必经之地。善男信女，四方游客，或坐船，或坐车，或步行；三五成群，数十结队；或进香，或瞻仰古迹。此处是甪直最热闹的地方之一。

人们说，到了甪直而不到保圣寺等于没到过甪直。保圣寺始建于梁天监二年（503），距今已有 1500 多年的历史。保圣寺里的镇山之宝，便是那泥塑十八罗汉。元代书法家赵孟頫曾为古寺题抱柱联：“梵宫敕建梁朝推甫里禅林第一，罗汉溯源惠之为江南佛像无双。”由此可见保圣寺的规模和地位。这里提到保圣寺罗汉为“惠之”所塑，这个“惠之”便是盛唐杰出的雕塑家杨惠之。杨惠之与吴道子皆师从张僧繇，分别以塑、画负盛名，唐时就有“道子画，惠之塑，夺得僧繇神笔路”的说法。也有人认为，此处的佛像外形清瘦，不像以肥为美的“大唐标准”，故不该出自盛唐杨惠之之手。其风格颇似宋朝时国手雷潮夫妇所塑的作品，或者说是杨惠之初塑，雷潮重塑，一时难下定论。

保圣寺的罗汉像自建成起就是无双国宝。可惜这座江南名刹于清咸丰十年（1860）毁于太平军战火。此后虽有修复，但气象已大不如前。晚清后香火日稀，连大雄宝殿中的罗汉像也岌岌可危。

1917 年，叶圣陶自沪返苏，任教于占用保圣寺寺田所办的县立高等

香花桥

小学。第二年夏天，叶圣陶等邀请顾颉刚来苏州散心。游赏残破的保圣寺时，顾颉刚见大殿里的罗汉像异于寻常，与那些直呆呆、硬邦邦、傻乎乎列于东西素壁前的罗汉像大相径庭。这里的塑像有背景，罗汉或在山巅或在水涯或在洞中，雕塑家随着罗汉的意境将之恰到好处地安放于天地之中。这里的罗汉塑像也一改金身金面金服袈裟的俗见之态，而随类赋彩，令人耳目一新，还透出神人一体的结构。顾颉刚又意外地发现了赵孟頫所题的对联。这为“唐源宋塑”的时代判定找到了根据。这一发现令顾颉刚震撼不已，自此四处奔走，拉开了一场抢救国宝大戏的序幕。其中先后参与的人有陈万里、蔡元培、沈兼士、沈柏寒、王翼之、胡适之、蒋梦麟、马叙伦、叶恭绰、陈去病、叶楚伧等民国文化界的风云人物。

研究中国美术史的日本人大村西崖，也从东京赶来保圣寺考察，他发现保圣寺的建筑结构一如北宋《营造法式》所述。这就更进一步确定了保圣寺为唐建宋修的国宝。

保圣寺西院有陆龟蒙墓。陆龟蒙晚年回到甪直过上了隐居生活并老死于此。他自称“甫里先生”，又号“江湖散人”和“天随子”。

陆龟蒙在甪直有数百亩农田，雇了不少农民打理。他也会亲自挽起裤脚下到水田，扛畚执锸，中耕锄草，久而久之就成了庄稼活的技术流。他写出了一篇《耒耜经》，分门别类地叙述农械的功用，书生也成了横跨文理的通才。

晚唐饮茶风已然大盛，陆龟蒙嗜茶如命。在著名的吴兴顾渚山下他还有个茶园，每岁采下的新茶（想必就是名茶“紫笋”）都会自己先制先尝，日子一久他也成了这方面的行家。陆龟蒙还写有《茶书》一篇，是继陆羽《茶经》和皎然《茶诀》之后的又一部茶学专著，只可惜已经失传。

纤夫号子运河情

1962年，中国邮政出版发行了《中国古代建筑——桥》特种邮票（特50），全套共4枚，其中三座分别是河北赵县安济桥（赵州桥）、四川灌县珠浦桥、广西三江程阳永济桥，还有一座就是苏州宝带桥。从此，在一直似小家碧玉的苏州桥中便有了“天王巨星”般的领军大桥，一座大家闺秀般的百米长桥。近半个多世纪以来宝带桥在不少影视作品中出镜，引得天南地北的游客纷至沓来，尤以海内外集邮者居多。

澹台湖上这座建于唐代的长桥的历史因年代久远，详情殊难稽考，这也为人们的幻想插上了翅膀，于是童话的朦胧美便出现了。

一日，天庭里的一位仙女悄悄地驾着祥云，来到姑苏澹台湖上。澹台湖湖面虽小却风急浪高，只见一叶小渡舟在巨浪中艰难地搏击风浪，南来北往的过客在两岸聚集，担忧地看着小船颠簸起伏，十分焦急。仙女动了恻隐之心，解下腰间的玉带抛向湖面。玉带在风中飘飘荡荡，落到湖上便化为一座五十三孔的石桥。两岸民众欢呼雀跃，首次踏桥步行走过了澹台湖！

宝带桥

实际情况是宝带桥的建造同历史上的漕运关系十分密切。漕运就是将从地方上征来的钱粮运到京城或其他指定地方。隋大业六年（610）隋炀帝开凿江南大运河。通航后，江浙的粮食以及名花奇石和珍宝沿着这条运河，源源不断地被运进京都。当时船只航行，顺风扯帆，逆风拉纤。

到了苏州城南七八里处，南北向的京杭大运河与澹台湖这个圆正好“相切”。这个“切点”使得四五百米纤道要绕水而行。唐代漕运已空前繁忙，有人提出在这个“切点”处填土作堤，“以为换舟之路”，如此也就切断了太湖经吴淞江入海的通路，泥筑的堤坝也很可能被汹涌湍急的湖水冲垮。唐元和年间（806—820），苏州刺史王仲舒为保证漕运的顺利畅通，下令整治纤道，建长桥于澹台湖上。为解决资金问题，王仲舒带头捐出一条自己心爱的玉质宝带，当地士绅百姓也纷纷解囊捐赠建桥，历时四年建成了此桥。苏州民间还流传着八仙吐枣核帮助宝带桥打桩的故事。桥造好后，两岸百姓欣喜若狂，受益最大的是船工纤夫。为纪念刺史捐带建桥的义举，人们将此桥命名为“宝带桥”。从此，这条“宝带”就与姑苏一千多年来的存亡兴衰紧密地联系在一起。

元代薛兰英的《苏台竹枝曲》是这样写的：“翡翠双飞不待呼，鸳鸯并宿几曾孤。生憎宝带桥头水，半入吴江半太湖。”实际上宝带桥不仅没隔断河、湖相接的水流，53 个桥孔还将运河和太湖紧密勾连起来，成了捆绑河湖的“红丝带”。

宝带桥屡经兴废，有史记载的便有：南宋绍定五年（1232）重建；明正统年间（1436—1449），吉水周忱如以工部右侍郎巡抚此地，与苏州知府及吴县、长洲知县重建；道光十一年（1831）林则徐也主持过一次维修……

宝带桥宽4米左右，全长约316米，桥下53孔连缀。每年中秋之夜，若明月当空，则53个桥孔里的53个水中月影连成一串，这就是苏州一年一度的“宝带串月”奇观。诗曰：“涛声荡夜起，并入榜歌后。”

清末民初吴江才子金松岑的《宝带桥》一诗向我们讲述了风光霁月背后的故事：“长桥宝带横，挽路频此经。落日明官渡，垂杨隐驿亭。一帆秋水白，七子远峰青。烟水无边际，渔歌入杳冥。”“挽路”即纤道。如今此景何待？相信宝带桥的神奇童话、悲凉史话会伴着运河不舍昼夜的流水和纤夫的号子自水面汩汩而来。

说起纤夫的号子，今天人们很容易联想到“巴东三峡巫峡长，猿鸣三声泪沾裳”这两谚语描写的川江号子以及俄罗斯油画家列宾那幅《伏尔加河上的纤夫》所描绘的苦难与悲怆。

蓝蓝的天空，辽阔的伏尔加河河畔，十几个姿态各异的纤夫正艰难地拉着逆水之舟。仔细观察揣摩纤夫的神态，那种说不清的凄美与雄浑交织在一起，撞击着每一颗敏感的心灵，让人仿佛听到了那遥远的被低沉呐喊覆盖的呻吟。不朽的画作《伏尔加河上的纤夫》完成了绘画不可能完成的任务，它将声音画出来了，让它在亚麻布上永无休止地吟唱。

《伏尔加河上的纤夫》是俄国批判现实主义画家列宾于1870—1873年创作的一幅油画，现收藏于圣彼得堡的俄罗斯国家博物馆。该画描绘了在伏尔加河河畔沉闷压抑的气氛中奋力拉纤的纤夫群像，反映了俄国纤夫的苦难生活，寄托了画家对底层人民群众悲惨生活的同情，艺术地体现了画家的民主主义革命思想。

中国人以另一种无声的方式完成了对历史回声的记录。

列宾《伏尔加河上的纤夫》

1870—73

吟咏宝带桥的诗中就有这样一首：

休说逆水不行船，岁岁江头送远帆。
赤脚磨平千仞岗，裸肩扯断百年纤。
风吹血汗如苍雨，日晒肌肤若紫烟。
口号低沉浑若吼，居家儿女要吃穿。

如果说这首民谚般的七言诗直白地道出了纤夫的心声，那么晚明阳羡派词坛领袖陈维崧的《贺新郎·纤夫词》则为文三曲，意味深长：

战舰排江口。正天边、真王拜印，蛟螭蟠钮。征发棹船郎十万，列郡风驰雨骤。叹闾左、骚然鸡狗。里正前团催后保，尽累累锁系空仓后。捽头去，敢摇手？

稻花恰称霜天秀。有丁男、临歧诀绝，草间病妇。此去三江牵百丈，雪浪排樯夜吼。背耐得、土牛鞭否？好倚后园枫树下，向丛祠亟倩巫浇酒。神佑我，归田亩。

不言风餐露宿，日晒雨淋；不畏风刀霜剑，凄冷行程，只在心底轻轻地呼唤："神佑我，归田亩。"温暖的希望，无奈的人生，这是怎样的运河谣啊！今天，当你漫步在近三百多米长的宝带桥上，眺望天边的湖光山色，你能听见这声音吗？你找到纤夫留下的脚印了吗？

万帆下西洋

太仓之于苏州好像是个不起眼的存在。老苏州给人的印象总是姑苏、相城、虎丘、吴中多地合一的概念，再加上东边工业园区和西面高新区。苏州本地人在说今日苏州城建设的成就和变化时，也只用了“化茧成蝶”来比喻，是就这些板块的构成来说的。

太仓的知名度也不如昆山、常熟、吴江、张家港这几个“老苏州”的“新城区”。用行政术语“省辖市管”来解释这个关系和现象虽无不可，但毕竟不能说明太仓文化和苏州的亲缘关系。太仓南临上海宝山，东挽沪西嘉定，北接常熟，西连昆山，与崇明分江对望，向东伸展着滚滚长江的浩然之气、江南文化的殷殷底气和奔向东海的喜悦与自信。太仓之于苏州虽不起眼，但并非不重要。

人们对太仓历史谱系认识上的模糊不清渊源有自。早在春秋战国那个长达几百年战火不绝的年代，太仓就分属过楚（娄邑）、越（会稽）、吴（吴郡）三列国。后来又不断变更管属，一度还曾归扬州治下。尽管变来变去，太仓和苏州“打断骨头连着筋”的关系仍然不变。自唐以后，太仓便和昆山一起从心理和地理上找到了苏州归属，最终文化基因起了决定性作用。

太仓绝非苏州一个可有可无的板块。放大了看，就像俄罗斯西伯利亚东端海参崴，虽然它与俄罗斯的彼得堡、莫斯科这些中心地区相隔遥远，但太仓就像苏州的“海参崴”。早在元代，太仓的刘家港疏浚后，沟通了太湖流域和长江流域以及南北沿海的航运关系，成了漕运万艘，行商千舶，高樯大桅，集如林木，四方谓之“天下第一码头”的东南大港。太仓也就成了吞吐大荒、呼吸海潮的海上丝绸之路的一个起点。

比哥伦布1492年发现美洲大陆早87年，比达·伽马从地中海出发绕过好望角到达印度的新航路早93年，比麦哲伦1519年的环球航行早114年……这就是伟大的航海家、杰出的外交家郑和率领当时世界上最庞大、最先进的“联合舰队”从太仓启动了七下西洋的丰功伟业。

李约瑟博士在《中国科学技术史》一书中写道：“在波涛万顷之中国海面，直到非洲东岸之辽阔海域，呈现出一幅中国人在海上称雄的图景……”这一光辉灿烂之景象，就是郑和下西洋。

永乐元年（1403）秋，郑和秉承成祖旨意，开始建造下西洋用的海船。参天大树轰然一声倒下来！江西、湖广的无数个山头被砍光。巫山深处的巨杉被拖下了悬崖……木料铺满江面，在长江的波涛里翻滚、漂浮，日夜不停地流向安庆、南京、苏州……

十几万工匠从京师、闽、浙征调而来，聚集到南京城外西北角的龙江船厂、安庆镇江寺边的船厂、苏州太仓的船厂……拉锯解木的声音持续了一年多，在数里之外也能听见，飞扬的锯末飘散在天空……

永乐三年（1405）五月，龙江船厂等承建造的六十二艘巨舶全部完工。这六十二艘宝船装下了从江西运来的几万担瓷器和无数丝绸、茶叶等货物，由上百艘八橹船牵引着，在成千上万市民的欢呼声中驶出秦淮河进入长江，顺流而下至苏州府太仓的刘家港驻泊。

刘家港在前朝就是下西洋船只上粮秣、补淡水之处，是海船发舶要地。现为停泊巨大的宝船，明成祖于年初便敕命户部尚书夏原吉主持疏浚。疏浚后的刘家港，港深水阔，面貌一新，可将规模庞大的船队全部容纳在内。气势磅礴的港湾，宛若水中市井。宝船队在刘家港又吞下数以百万计的贮丝彩币、粮秣蔬果、菜蛋鱼肉和十多万桶淡水，腹肚满满，在太仓所造“护卫舰”的伴随下，时刻准备驶向大海。

六月六日是钦定的黄道吉日。

卯初朝阳升起，船阵中数百根参天巨桅和擎天云帆被镀上了暖金。这时在刘家港通往府城苏州的大路上，响起了骤雨般的马蹄声。烟尘渐渐腾近，雾尘中锦衣甲士们的队伍策马汹汹奔来，后面紧跟着执龙虎星宿五行五岳旗帜、豹尾大纛黄罗伞盖、刀斧戟钺羽幡节杖的金吾卫，以及一大群黄衣白裳神气活现的太监。卤簿仪仗导引着一辆十分显眼的大辂车向港口驰来。

一时莫名的骚动在人群中蔓延开来。

“皇爷来了！”

“皇爷亲驾送行！”

明成祖登上“旗舰”和郑和殷殷话别。在如歌如诉的诵经声中，火铳震耳冲天，万帆升空，中国大航海起航啦！

太仓人不务虚名，高效做事，低调做人，完全契合苏州人的气质。他们不事张扬，好像把这些陈年往事、昔日辉煌都忘记了。但历史不会忘，丝路不会忘。帆樯穿浪，苍鹰掠空，好像无迹可寻，然而发生过的一切一定不会消失。

我们今天走进太仓时，千万不要忽略了脚下那些承载过千挑万担但在今天看起来貌不惊人的石桥，它们正是沉甸甸的历史留下的见证。

从苏州东北角的娄门开始，有一条运河“昆山塘”流经昆山、太仓，从浏河口出海，这条运河多年来一直承担着漕运的任务。宋至和二年（1055），朝廷对这条运河进行大规模修治疏浚，筑堤成塘，依年号将其改名为“致和塘”，明弘治年间改称“娄江”。习惯上，苏州人将苏州到昆山的一段称为“苏州塘”，“昆山塘”也称“西娄江”；将昆山至太仓一段称为“太仓塘”，也称“东娄江”；而太仓到入江口一段，就称为“浏河”。“致和塘”是东西横穿太仓古城的一段支流的名称，两者不能混淆。目前，还有三座元代石拱桥坐落在致和塘上，即被称为“犹忆海门第一桥”的周泾桥、“阅尽人间悲喜剧”的州桥和“西门锁钥壮山河”的皋桥。

周泾桥又称“南周泾桥”，位于太平南路和新华东路交叉口东侧，跨致和塘。即使是严冬，远看周泾桥，也是藤蔓缠绕，郁郁葱葱，古意盎然。此桥建于元至顺元年（1330），为三孔石拱桥，桥身用青石建成。桥栏虽新修过，但仍保留着600多年的沧桑和元王朝拙朴厚重的大气。桥面中央是一块3米长的刻有图案的千斤石。原桥身有“海门第一桥”等字样以及“乳钉”装饰带，后来由于缠绕的枝藤过于茂密，已无法辨认。

周泾桥在太仓古城的最东面，离出海口最近。600多年前周泾桥畔热闹异常，至元二十三年（1286）建有规模可观的天妃宫。随着海运规模的扩展，天妃宫香火日益鼎盛，据说天妃宫募集善男信女的捐款，建造了这座周泾桥。周泾桥在元代既是漕船入海的门户，又是船只返航归来见到的第一座海门三孔石拱桥，因此被称为“海门第一桥”。

周泾桥桥身石雕别具一格，无论是券石上的田田荷叶、飘逸云纹，还是栏板石上屈曲盘绕的缠枝莲和追逐腾越的奇禽怪兽，技法都非常精熟，且不乏当年游牧民族彪悍粗犷的风格。这些沉默的石头既是不可多得的石刻佳品，更是珍贵的历史物证。

地灵人杰，不可分割。太仓人陆世仪，明末清初著名理学家、文学家，文武双全的“江南大儒”，经历了明亡清兴“天崩地裂”的改朝换代。明亡后，他归隐乡里，在海门第一桥南“凿池十亩，筑亭其中”，建“桴亭书院”，专心读书、著述、讲学。陆世仪一生为学不立门户，志存经世，天文、地理、河渠、兵法、封建、井田等无所不通。其理学以“经世”为特色，这既是对晚明理学空疏学风的批判，也适应明清之际社会变革的需要。陆世仪著有《思辨录辑要》《复社纪略》及诗文杂著等四十余种一百余卷。顾炎武读《思辨录辑要》后大为折服。如今，在周泾桥畔的太平路西，仍有刻着“陆世仪先生读书处”的石刻。茵茵绿草，殷殷希冀。

陆世仪曾有名言：“择婿须观头脚，择妇须观庭训。”一语道尽选择婚姻时既重形象，又求气质，希望伴侣能够秀外慧中的理想标准。理性与感性相结合的择偶标准往往是幸福婚姻的一种保证。只是今非昔比，这些生活中的至理名言早已被年轻人抛在脑后。幸与不幸，对与不对，当下的婚姻状况已是结论，无须多言。

画坛首席的故里

在致和塘仅存的三座元代古石桥中，建于元天历二年（1329）的州桥历史最悠久。此桥原是三孔石拱桥，南北两孔淤塞后，很长时间内人们都以为它是“单孔石桥”。近年来政府对此桥进行大整治时挖出了南北两孔，它才露出“天生丽质”。

桥栏浮雕是卷草图案并刻有“大元天历二年”等字样。桥面正中千斤石上没有雕刻，只有一个大圆圈，圈内圈外凿着防滑沟槽，古朴苍劲。

从侧面看，州桥的桥栏下，有一层“乳钉”装饰带，组合成一个个扁扁的菱形，尖角对着尖角。这种装饰在相关专业书籍中，尚无确切名称。古桥的“特立独行”可见一斑。

州桥北堍东侧有一座气派的四柱三间的石牌坊，南面镌着“两世鼎甲”，北面刻着“四代一品”。牌坊面对着王锡爵故居。王锡爵（1534—1610）是嘉靖四十一年（1562）殿试一甲第二名（榜眼），其子王衡参加万历二十九年（1601）会试，也获一甲第二名（榜眼），这就是“两世鼎甲”；“四代一品”系指王锡爵与儿子王衡、孙子王时敏、曾孙王掞均为朝廷一品大员。

关于王锡爵的出身传言颇多。一说他明嘉靖十三年（1534）在太仓出生时群雀万数飞集王家院宅，因古时“雀”“爵”通假，遂起名“锡爵”。一说其父海外经商遇风暴翻船，被岛上土人救活，与土人女子结合生下王锡爵，后其父带孩子返乡却未带回异国亲人……王锡爵未当大官时曾当面斥责权倾朝野、炙手可热的张居正“贪权不孝”，《明史》称其“性刚负气”“廉洁自律”。

“四代一品”的王氏一门最应被记住的是王锡爵的孙子，即“统治”了中国画坛数百年的“四王”之首王时敏。

王时敏，字逊之，号烟客、西庐老人，祖父是王锡爵，家境优裕、收藏极为丰富。王时敏入清不仕，有遗臣风骨。他不仅秉承了博雅好古之家风，对宋元以来的名画更是垂青，每遇名迹则不惜重金收藏致以为潜心研究之用。黄宾虹在《古画微》中说他“每得一秘轴，闭阁沉思，瞪目不语。遇有赏目会心处，则绕床大叫，拊掌跳跃，不自知其酣狂也”。这就是为什么王时敏后来能“领导”画坛，左右时风，被后世视为正宗。看来“狂人”自有狂人资本，“狂人”自有狂人道理。

清初“四王”以王时敏为“首席”。不仅因其成就高、年岁长、影响大，也因其与另外“三王”的特殊关系。王鉴小他六岁，同为太仓人，是其族侄，二人长期切磋，共臻佳妙，对后世画坛有开启之功。王原祁是其嫡孙，得其亲授，遂明“六法之要”与“古今异同之辩”。后王原祁因艺晋爵，深得康熙垂青，祖孙二人被推为“娄东派”代表人物。王翚是常熟人，虽是“虞山派”之首，但也与王时敏为“大同乡”。更重要的是，王翚后来日夜精进，集山水之大成，被尊为“画圣”。他能脱颖而出，正是因为王时敏、王鉴二人对他的指授、奖掖，以及王原祁向康熙帝鼎力推荐他。至于皇家画苑待诏的王翚在京师完成了那幅著名的高头长卷《南巡图》后辞官归隐，就只能另当别论了。

《夏山飞瀑图》是王时敏78岁时的作品，采用全景式构图。远山如屏，中景飞瀑，近景则为岩壑平坡，茅舍草亭点缀其间。层峦叠嶂，长松杂树，郁勃苍翠，秀润华滋。山后用披麻皴，点苔用小横笔，施以石绿、赭石色。左上题款云为仿黄公望之作，但其技法已融合黄公望、高克恭两家之长。作者在山水中摈去了人的活动，其笔下的山水形态也与自然山水相距甚远。他是通过构图的疏与密、用笔的轻与重、疾与徐，以及厚与薄、洒脱与蕴藉，用墨的浓与淡、枯与润等笔墨形式的组合变化，传达出一种从容不迫、恬淡潇洒的意境。王时敏的山水画确实与董其昌一脉相承，但对“形”的认识与理解又非董其昌那种走火入魔似的“不求形似”，这大概是王时敏能被尊为“真源嫡派”和“画苑领袖”的重要原因。300年来，学不学“四王”，宗不宗“四王”，是中国画家是否继承传统的一个分水岭。

西门锁钥壮山河——皋桥横跨的致和塘是太仓古城的母亲河。太仓国家重点文物石拱桥皋桥、州桥和周泾桥都是致和塘上的桥。

皋桥因单孔显高，俗称“高桥”。“皋”“高”相通，古时文人为显雅趣，常把“高桥”写成“皋桥”。

桥身主体为青石，间有花岗石块。桥身上部采用长系石拉固，长系石两端也有花卉图案。除具有美观大方、敦厚朴拙的气质外，其承重坚固是苏州其他桥所不及。

过去的数百年中，皋桥无声承担着“桥”的职责，不知多少人通过它跨越致和塘，更不知多少水运货物由此在太仓进进出出。这座太仓桥，也像苏州人一样，可以负重但不可受辱。皋桥记录过太仓农民

王时敏《夏山飞瀑图》

在第一次鸦片战争中抗击侵略者的事迹。英军破城后，大肆抢掠，城市变成了一片瓦砾。江南的老百姓忍无可忍，自发组织起来抗击侵略者，就在皋桥边演奏过一曲气壮山河的乐章，“手拈锄耰，击杀犯者无数”。

皋桥东端粉墙黛瓦、肃穆庄重的深宅大院是“张溥故居”。张溥，明代著名文学家，社会活动家。自幼刻苦自励，勤奋好学，每次读书一定要先亲手抄一遍，抄后读过即焚去，然后再抄，再读，再焚，至七次始罢，学霸就是这样炼成的。张溥“焚书”与秦始皇“焚书”不可同日而语。一是学习，一是毁弃。“古之学者为己，今之学者为人。”为己之学是心性塑造，为人之学是轻浮表演，效果当然天差地别。张溥一生投身于反对阉党、宦官等腐朽势力的斗争中。他那篇流传青史的散文《五人墓碑记》，为平头百姓颜佩韦、杨念如、马杰、沈扬、周文元立传，碑记笔墨淋漓、气节千秋，描述了五位平凡人临大节而不退不惧，行当所行，担大担当，“激昂大义，蹈死不顾”的事迹，由此引申出关于生死大义价值观的讨论。

明代大奸臣魏忠贤无恶不作，东林党人与之决绝抗争是正义与邪恶的生死较量，催生出我国历史上第一次反增税斗争，天启六年（1626）又升级为声势浩大的抗暴斗争。苏州市民以五义士为代表作出了旗帜鲜明的选择，不惜为之付出生命代价。

“然五人之当刑也，意气扬扬，呼中丞（魏奸）之名而詈之，谈笑赴死。断头置城上，颜色不少变。”“曾有惊天动地文”的《五人墓碑记》也为张溥自己立起了一座不朽的纪念碑。

在明末那场声势浩大的抗暴斗争中，颜佩韦、杨念如、马杰、沈扬、周文元五人为保护群众，慷慨赴义。后人们为了缅怀英雄，拆除了大奸臣魏忠贤的祠堂，建成了五人墓。

五义士墓碑

如今，皋桥作为“桥”的功能正在逐步隐退，但它作为历史见证者的功能正在不断延伸。它记得作为“六国码头”的太仓昔日的繁华；记得张溥在它的身旁诵读四书五经，高谈阔论；更记得太仓人演绎的一个个动人故事……

太仓，顾名思义即规格高、规模大的官仓。有人说，皋桥驮起了半个太仓。也有人说，太仓装得下半个苏州的钱粮。

不见井亭话凄凉

苏州古桥虽多，但多是清以后翻新再造，能挂上国家重点文物保护单位牌子的寥寥可数，太仓的井亭桥却在此列，足见其在苏州桥梁家族中的地位。

这座原汁原味的元代古石桥今天看来已破败不堪，孤寂地静卧于娄江张冈河上。桥以“井亭”得名，本应有“井”有“亭”相伴，如今这些兄弟建筑早已无迹可寻，唯有桥面外侧原先插装木栏杆的两排卯洞空余惆怅。

桥北有初建于南宋绍兴二年（1132）的“南广寿院”，在毁于战火三百年后重修定名“南广教寺”。再三百年后又得“东南第一名园”——弇山园主王世贞后人捐赠木石而增建天王殿。井亭桥连接太仓嘉定，每逢重要法事，善男信女跨桥而来，于井亭汲水洗濯，以示虔诚。一时香火缭绕、梵呗阵阵，有过一段风光岁月。

以诗文名世的太仓王世贞曾独领晚明文坛风骚，是文学复古运动“文必秦汉，诗必盛唐”的倡导者，足见其影响之大。王世贞在官场沉浮几十年，与王锡爵、张居正、严嵩、戚继光等多有交集。而他能让后世记住的还是那部古典文艺理论扛鼎之作《艺苑卮言》。书中诸多文论皆是文学教科书般的存在，为世所重。其中关于戏曲的研究兼有时代特色、地方特色，已经由艺及史，成了戏曲史研究经典之章。王世贞已较深刻地认识到戏曲艺术的美学特点，“不唯其琢句之工，使事之美而已”，而关键在于“体贴人情，委曲必尽；描写物态，仿佛如生；问答之际，了不见扭造，所以佳耳”。如此精当理论如无繁荣戏曲的大量实践是难以想象的，明代苏州戏曲盛况可见一斑。后人将王世贞的戏曲理论单刻印成《曲藻》一书行世，影响更见之广大。

王世贞还有一件可称为伟绩的功德，那就是他慧眼识珠，促成了李时珍《本草纲目》的刊印发行，泽被苍生。

为求当时文坛领袖王世贞写序言，万历八年（1580）秋天，62 岁的李时珍背着重重的一袋书稿，从蕲州乘船沿江东下，一路劳顿，于九月九日到达江苏太仓王世贞的家。

李时珍将自己写的《本草纲目》给王世贞看，他说了写书的经历和成书后难找刻印处的苦衷，真诚恳请王世贞为此书写一篇序文。王世贞被李时珍的精神所感动，留下了李时珍的手稿，答应为其作序。临别之时，还作诗一首以赠之，李时珍深受感动，称赞王世贞身居高位，却没有架子。现摘录该诗如下：“李叟维肖直塘树，便睹仙真跨龙去。却出青囊肘后书，似求玄晏先生序。华阳真隐临欲仙，误注本草迟十年。何如但附贤郎舄，羊角横抟上九天。”

王世贞仔细阅读了《本草纲目》，凭着大文学家的眼力，他认为这部书的价值不可估量。序文中写道：“纪称，望龙光知古剑；觇宝气辨明珠……”他还把李时珍的形象描绘了一番，说他瘦高的个子，精神饱满，言谈不凡，可称“北斗以南一人”，意思是天下少有的奇才。他说打开《本草纲目》，“如入金谷之园，种色夺目；如登龙君之宫，宝藏悉陈；如对冰壶之鉴，毛发可指数也。博而不繁，详而有要，综核究竟，直窥渊海，兹岂仅以医书观哉？实性理之精微，格物之通典，帝王之秘录，臣民之重宝也”。

有了王世贞的序文，南京书商胡承龙才承印《本草纲目》。要命的是出书的周期长达十三年，年迈的李时珍不知多少次往返于南京与蕲州之间，寒来暑往，日渐衰老，终于在75岁那年病倒在床。他拖着病体，向朝廷写了一份遗表，倾诉自己编写《本草纲目》的意图，恳切希望朝廷“恩准礼部，转发史馆采择，或行太医院重修”，以便更多人读到此书。可惜，直到第二年去世，李时珍也未能看到自己的著作出版。

今天，再次见到这座没有井亭的井亭桥时，我们感慨更多的应不是“此地空余黄鹤楼”而是“昔人已乘黄鹤去”。李时珍之医世仁心、治学恒心、除病决心、经营苦心，王世贞之博学铭心、慧眼识心、坦荡胸心、助人热心……诚万世不朽之心矣。

无梦到廊桥

木渎之故事从桥说起，桥之故事从西津说起，西津桥之故事从一个错误说起。西津桥始建于明万历年间，重修于清康熙，今为同治年间重修构造的格局。

桥东侧柱上有一副字迹斑驳的桥联，《吴县志》记为：

立马望苏台，山翠万重拱虎阜；
扬鞭来震泽，风涛千古泣鸱夷。

桥联写得很有气势，至于文字上的不妥并未引起人们的注意。介绍西津桥的书籍皆从是说。今经仔细考证辨认，联中“鞭”字，实际应是“颿”（fān）字，“颿”简体同“帆”。如此，联中的不妥和疑问都能得以解决。“震泽”是太湖的别称，“扬鞭”如何能到达太湖？只有“扬帆”才能沿胥江一路西下太湖。更何况“扬鞭”与上联的“立马”意思雷同，乃对联之大忌。

这副对联关联的典故是2500年前的吴越之战。上联中“苏台”

应是“姑苏台”，吴王夫差8年的心血在越兵灭吴后被付之一炬。“虎阜”，苏州虎丘的别称，吴王阖闾墓所在地。

下联中“鸱夷”，即皮袋，其借代义两解：其一，吴国的忠臣伍子胥被迫自杀后，吴王夫差竟将伍子胥的尸体放在皮袋中任其在江上漂流，所以，“鸱夷”代指伍子胥；其二，越国大夫范蠡认为伍子胥这样的忠臣被杀是自己的罪过，所以当越灭吴后，也自称“鸱夷子皮”，“耕于海畔，苦身勠力，父子治产”。

西津桥原名永平桥，木渎古镇声名远播的“十景”中有“西津望月”。后人常在“月明星稀，乌鹊南飞”之夜携友游桥，仰望冰轮，击节高歌。他们在唱些什么，他们的“眼前景，心中意”是什么，非亲历者不得而知。如果猜测不错，他们的歌声中一定有咏月之华美和对天下太平的期望与颂祝。

美丽的希望多离不开美好的爱情。

由罗伯特·詹姆斯·沃勒的小说改编的美国电影《廊桥遗梦》，向人们描述了一段柏拉图式的经典爱情。电影中弗朗西斯卡和罗伯特·金凯之间的一系列情感纠葛曾经激起了众多观者的情感波澜，倾倒了无数男女。值得一提的是，影片中那并不宏伟甚至有些破旧的廊桥，也因演绎了男女主人公的爱情故事而成为通向爱的幸福桥，成了人们心中的爱情圣地。

木渎古镇也有一座廊桥，名叫“和桥”。和桥建于明末清初，远比影片中的廊桥小巧、精致。

这座令人流连忘返的廊桥，也有一个足以让人动容的中国故事。廊桥本是一座普通的石板桥，桥边一户人家的小姐成婚后因思念摇着小船从南市河出去闯世界的丈夫，天天抱着孩子在石桥上守望归人。

寒暑不分，雨晴不弃，但“过尽千帆皆不是”，石板桥成了望夫归来的风雨桥、伤心桥。谁知一位小木匠早就暗暗地恋着这位邻家小媳妇，但囿于礼教，只能把这份爱藏在心底。为了使自己的心上人不遭日晒雨淋之苦，就倾其所有拆除石桥，造起了这座廊桥，让佳人立此守望归人。而他自己却远远地守在一个角落，看着心中的女神……爱之痴爱之纯爱之深爱之狠，中西同情，古今同心。

从南面看廊桥，在古老高大的香樟树的烘托下，木质廊桥就如姑苏园林嵌在风景中的一个玲珑精致的“轩”。这个小“轩”珍藏了一份并不轰轰烈烈的平凡婚姻，一份非以占为己有为终结的柏拉图式爱恋，因此它在不缺婚姻只少真爱的时代永不凋敝。

风雅桥上看 诗心逐水流

白居易先后担任过苏杭二州刺史，任上在两座城市的基础建设方面都有不凡建树。世人多津津乐道，杭州西湖的白堤和苏州的“白公堤”（七里山塘）是诗人的标志性“功德碑”。坊间传闻固然是对白居易这位唐朝“诗魔”（与“诗仙”李白、“诗圣”杜甫被诗界奉为三大领袖）的推崇和“亲切记忆”，然其与史却一虚一实，一真一假。

公元 822 年，朝散大夫白居易上书朝廷论河北军事不被采纳，遂自请外放任职，同年 7 月受命任杭州刺史，10 月到任。他在任内修筑西湖堤防、疏浚六井等，确确实实为杭州人办了好事实事，让百姓既有美景饱眼福又有甘泉美口福。四年后任期届满离开时，白居易又将俸银留在府库，以作后来者治水种树等市政工程的“慈善基金”。如此诗美情真、行善德仁、智睿思空的人怎么能不受到后人的仰慕与记怀呢？世人在颂扬乐天功德时，将杨柳依依的白沙堤改为“白公堤”也就顺理成章了。但其实白沙堤早已有之，后因白居易的善行传播太久太广，后人更愿意相信白沙堤是白乐天所造。“花非花，雾非雾”，诗境胜“史实”。不过白居易慧根禅觉、绝不掠前人之美，早就写下了《钱塘湖春行》以为纠误声明。

孤山寺北贾亭西，水面初平云脚低。
几处早莺争暖树，谁家新燕啄春泥。
乱花渐欲迷人眼，浅草才能没马蹄。
最爱湖东行不足，绿杨阴里白沙堤。

这首七言律诗，句句大白话，句句真精彩！不仅如歌般行云流水地唱出了西湖的迷人春天，也逸笔草草地勾勒出江南风光典型画面和诗人热爱自然、流连忘返的浪漫兴致。

相较于杭州西湖白堤“假作真时真亦假”的偏颇，苏州的“白公堤”山塘街倒是个真正的乐天纪念碑。

山塘街上的桥，素有“横七竖八”戏谑之称，也就是说横跨山塘河的桥有七座，如普济桥、彩云桥等；纵贯山塘街的桥有八座，如青山桥、绿水桥等。“横七竖八”的桥，一是言其多，二是说其乱，多则方便，乱则丰富，这类自然形成的城市结构看似无序，却往往都能经得起推敲，成了无人设计的天成文章。它们将山塘街串连成一条令无数游人流连忘返的画廊，更将姑苏小桥流水之风情演绎得入木三分。

绿水桥，又名普福桥，在青山桥的西面，也是纵贯山塘街东西的一座桥。虽然只是一座条石青砖铺就的小桥，但它周围绿树掩映，青山在望，地理位置绝佳，深夺人心，歌咏不绝。

曾有诗云：“碧海青天路可通，琼楼玉宇写难工。梦回蛱蝶屏风里，秋在琉璃世界中。一水软云环画舫，万花冷露润歌丛。分明七里山塘月，千里相思邪许同。”诗中引用庄周梦蝶的典故，写出了梦幻般中秋月夜景色的同时，将绿水桥头琉璃世界的朦朦胧胧和水软云环的天上人间叠加起来，真耶幻耶？

清代任兆麟诗云：“花事晴暄绿水桥，画楼红袖倚吹箫；春风不管离人恨，依旧青青到柳条。”又：“白公堤畔草如烟，绿水桥边花欲然。最是江南春色好，鹧鸪飞过木兰船。”两首诗中，前者显然受杜牧“商女不知亡国恨，隔江犹唱后庭花”影响，并巧用了古人灞桥折柳的故事；后者与白居易《忆江南》有异曲同工之妙。美则美矣，但终因脂粉气太重，且是红袖依舷、绿柳摇风一类的写景套路，让人入耳不入心。与此相较，陆放翁“……东风恶，欢情薄……春如旧，人空瘦……”的锥心之叹才能与眼前风景、心底波澜有更深层次的纠结。

唐朝诗人崔护《题都城南庄》，一直被赞为以不动声色之笔写出了对命运捉弄无可奈何的哀叹。故事只有安在典型真实背景下才会有戏剧效果，不动声色地讲述爱情悲剧而千古流传。崔护清明节独游长安城郊南庄，走到一处桃花盛开的农家门前，一位秀美的姑娘热情地接待了他，彼此留下了深刻的印象。第二年清明节崔护故地重游时，但见院门紧闭，姑娘不知在何处，只有桃花依旧迎着春风盛开，平添一份惆怅。于是，崔护题诗于门上：“去年今日此门中，人面桃花相映红。人面不知何处去，桃花依旧笑春风。”

这个故事版本的后半部在唐人孟棨的《本事诗》中有记录。只是我们对这野史轶闻的真实性着实要打一个大大的问号。桃花春风，微雨清明，崔护怎么会从江南跑到千里之外的长安去呢？当年汪伦用“十里桃花，万家酒店”将李白骗到江南来，岂不正是子虚乌有的闹剧吗？“此曲只应天上有”，如此美丽的爱情，其故乡非“天堂”苏杭二州莫属。

绿水桥畔，确实也演绎过类似“人面桃花”的故事：山塘街绿水桥边，一个少女叫沈飞香，知书达理秀外慧中。杭州秀才花栩来到苏州山塘游玩时，一见神往，遂与少女邻居阿婆约好次日再访。第二天花栩接阿婆传书的是少女写的两首诗，其一云：“门前杨柳淡烟笼，夹岸桃花树树红。却喜出门南向望，郎舟移向小桥东。”其二云：“淡著罗衫春暮初，与侬相见赠琼琚。郎来行尽山塘路，绿水桥头是妾居。”花栩以诗答谢并由老太引见，契趣谈吐。临别时约定明年秋日再会。第二年，花栩赴京赶考路过苏州，再到山塘街绿水桥边。此时少女因思念成疾，卧病未见。可惜的是，待花栩考毕回来，少女已经谢世三日了。千古风流终自恨，一株夭红照桃花。

“斟酌”二字不像桥名，可山塘街偏偏就有一座斟酌桥，此桥也因名字怪得人青眼。“白公堤外水迢迢，吴女花船背橹摇。最爱桥名是斟酌，也须春酒变春潮。”（汪懋麟《斟酌桥口占》）便是一例。

斟酌桥就在山塘街绿水桥西，跨山塘河支流的虎丘环山河东山浜上，离虎丘山门约 200 米。

斟酌桥原为木桥，明万历十三年（1585）乡人将其改建为石桥。清嘉庆三年（1798）苏州知府任兆炯重建。道光二十一年（1841）重修时改桥栏为铁栏。1977 年修建拓宽。

倒酒不满曰“斟”，太过曰“酌”，故“斟酌”原意为倒酒，如《后汉书·方术列传》：“慈乃为赍酒一升，脯一斤，手自斟酌，百官莫不醉饱。”另外，“斟酌”也引申作饮酒，如陶潜《移居二首》中有“过门更相呼，有酒斟酌之。”如此看来，斟酌桥应与酒有关，因

“酒”而得名，斟酌桥是“饮酒桥”。确实，这座离虎丘山门不足200米的斟酌桥自是饮酒好去处。清朝初年山塘酒肆林立，当时享誉最著的当推斟酌桥头“三山馆”，是往来过客游览虎丘时的必经之处。加之赵姓店家深知经营之道，把酒馆环境布置得幽雅舒适，饭菜也丰俭由人，可操办上台面的酒席，也顾及供应普通客人。斟酌桥畔旧时风景绝佳，凭栏西北望，满目苍翠簇拥着虎丘塔影；向东“青山”“绿水”如一对姐妹倚栏向下，绿水蜿蜒，碧波荡漾。古人可以拿《汉书》下酒，面对如此美景则更可开怀一饮。斟酌之际，口福眼福共享中，也许能更深一点领悟生活的真谛。

“半塘春水绿如渑，赢得桥留斟酌名。”清人姚承绪《斟酌桥》诗点透了桥名之深意，中庸之为用。

“渑”（shéng），山东的一条古河流，《左传》记载：晋昭公与齐景公在宴席上投壶，齐景公说“有酒如渑”，形容酒之多。可见，此处是说春水绿如酒，正因为有酒，所以桥名“斟酌”。

斟酌桥南侧，面对山塘河有桥联一副。上联为“鹤市人家通一水”，“鹤市”，苏州的别称。《吴越春秋·阖闾内传》：吴王阖闾父女失和致爱女自杀。吴王后悔痛心，乃将女儿厚葬于阊门外。下葬之日，吴王令白鹤舞于吴市，使万民随而观之，然后将人与白鹤都骗进墓门，发动机关全部掩杀。杀活人以殉死人，“鹤市”风雅荡然无存，帝王以爱之名制造的血腥与残暴无须斟酌，直当声讨。

下联为“□□花舫聚三汊”。“汊”，交叉口，斟酌桥下，河道呈“丁”字形，一横为山塘河，一竖为东山浜。所缺两字，一般认为是“虎丘”，从格律平仄来看，似乎无甚不妥。明代李士标《秋日偕卞润移棹虎丘》有句“虎瞟北拒通关路，鹤市西来尽佛宫”。相传公元前210年，秦始皇南巡求吴王剑，挖掘阖闾墓，见白虎蹲在虎丘山上，率部追赶20余里，虎不见处即名为“虎疁”。这个“虎疁”就是当今的浒墅关。所以，有人认为所缺两字应是“虎疁”，是说从浒墅关来的花舫都聚集在这个三汊河道口。

如此，上联在东面，指向东方苏州古城；下联在西面，指向西方浒墅古关。既合平仄又意境深远。下联末一字“汊”为去声，此乃对联大忌，或许撰联人从吴语方言出发，在理解中原音韵时有所失误，但这丝毫不影响今天人们对它的欣赏。

如今，斟酌桥畔的酒店正在恢复，若在月圆之夜把酒临风，在桥畔斟酌佳酿，也斟酌“过去”“未来”，真愿意选择不醉不归！

斟酌桥乃饮酒桥看来是被坐实了。如若刨根问底：斟为浅，酌为深，斟为不足，酌为太满。面对夕阳青山，绿水微澜，苏州人选择“斟酌”二字自有智慧考量。人生得意莫尽欢，留一半清醒留一半醉，感恩惜福的苏州人并非不思进取，而是不把事情做过头。尽善尽美非穷尽所然，而是恰到好处，止于当止，止于至善。

剑胆琴心 家国情怀

“横七竖八”山塘桥虽然是人们对这条“姑苏繁华第一街”的戏谑描述，但也真正说到了山塘街街巷格局的关键点，“桥即是街，街连着桥”。两者挽手延伸，让这条1400年历史的“珍珠串”延伸至无数人的心底。

你可以在青山桥上眺望虎丘苍翠；你可以在绿水桥边拨开如玉清波；你可以甩着麻花辫子唱着“柳树姑娘，辫子长长，风儿一吹，甩进池塘，洗洗干净，多么漂亮……”，蹦蹦跳跳跨过桐桥上学堂；你可以独立星桥对晴空朗月；你可以桥畔访友，共话通达人生；你可以追逐“诗敲驴背桥上过”的昔日风雅；你可以笑看“花照梁底拍水流”的今朝生活。

繁花似锦，风月旖旎的山塘街啊，那一树夭红桃花，一团金黄夕阳，两排滴翠垂柳，四弦湛蓝船歌合起来，也唱不尽它的千古风流！这就是将姑苏市井生活的温暖烟火和诗画天堂的丰富色彩合二为一。弱水三千，只取一瓢饮下，就会一醉千年，忘却身在他乡故乡水乡梦乡……

健忘是不少人的通病，只是不该遗忘的确当永远铭记。

山塘街上的玉涵堂是姑苏城外体量最大、保存最完整的明代民居建筑，建于明朝嘉靖十年（1531），为明代弘治年间礼部尚书吴一鹏故居。

吴一鹏在明弘治六年（1493）考中进士，任翰林院编修，后来做了正德皇帝的老师，晚年致仕归乡，回到苏州山塘，修建了玉涵堂来安度晚年。他为官仁厚正直，关心民生民情，开仓济民，疏通河道以接运河；他好古乐善，仰慕范仲淹慨然有志于天下，捐义田百亩创建崇正书院，让乡人子弟前来读书，接受教育。他淡泊宁静，知足常乐，对“世道荣辱，升沉之事，一不动心”。文徵明曾在《寿吴白楼先生》中称颂他“冲襟淡宇渊而静，儒雅风流更辉映”。

山塘街不光有黛瓦粉墙、小桥流水的典型江南文化符号，还有吴尚书“玉涵堂”的如玉美德，雄风浩荡“五人墓”“义风园”的剑胆琴心，以及中国近代史上第一个革命文学组织“南社”发祥地“张公祠堂”的家国大义、时代风雷。苏州文化、江南文化深厚的底色就这样在七里山塘的有限空间里无限延伸……

1909 年 11 月 13 日，陈去病、高旭、柳亚子等 17 位文人在张国维祠堂结社雅集，宣告“南社”成立。不久，晚清的文史哲精英，如李叔同、于右任、马公愚、马君武、邓散木、黄宾虹、秋瑾、丰子恺、包天笑、刘半农等一千余人纷纷加盟，诸君同声相应，同气相求，为推翻中国数千年黑暗帝制奔走呼号，成了孙中山领导的辛亥革命队伍“武有黄埔，文有南社”的双翼之一。莫谓书生空议论，头颅掷地血斑斑……

山塘街玉涵堂

山塘

这些血色记忆才是苏州城市精神中最美的风景和亮色啊！它不仅呼应几千年来的中华文化，“道器并重、文武双行”的学统和道统，也将中国“士”之家国情怀、个人操守，放大铸造成新型知识分子的“铁肩担道义，妙手著文章”，并开启了走出“书斋小天地”，踏入“社会大学堂”的大门。

今古看园

“人可坐可卧，可箕踞，可偃仰，可放笔砚，可瀹茗置饮，以人之逸，待水之劳，取九天银河，置几席间作玩……”袁子才《峡江寺飞泉亭记》中的这几句话，后人以谓“尽述园林之用，尽得园林之趣”。其实不然，至少它错在一个“尽”字。中国园林之态之用之趣之变之得之失之生之死怎可尽述尽收？就算有些园林丛谈一类的文章书籍妙悟有得，要言不烦，也是一家一人的经验和孤赏，离穷尽园林旨意还有相当大的距离。

清代人欧阳兆熊、金安清所写的《水窗春呓》被陈从周认为写一园之景“楚楚有致，极为倾人”。

这些推崇之言对也不对、妙也不妙不重要，关键是作者欧阳兆熊、金安清承认这是梦呓之说，而非理法之论。这一点太重要！中国园林乃中国人的造梦之举，非梦呓之语不能与之匹配。

今天如果非要对园林一科做出概说，方法论的“因地制宜”和本格论的“士心匠作”这八个字勉强可以概括造园、读园的法则。其中“士心匠作”四字尤为重要，是打开园林艺术的金钥匙。

无论是“城中景”还是“郊外旗”，园林造设首先都要对大环境、小格局仔细考量。叩其两端，然后才能随其高置江楼，随其低置溪亭，随其夹涧修桥，随其湍流添舟……不一而足。“因地制宜”是造园首要之法，也是中国艺术“师造化”精神寄托和无法之大用的经验总结。不过人们要以“中国心”去体悟，这与西哲亚里士多德认为的艺术就是模仿不是一回事。

说不是一回事也不尽然。园林之叠山理水虽不能和治理江河湖海的水利工程同日而语，但许多精妙构思却是“抄袭”自然。如拙政园之水系仿虎丘白莲池，颐和园之学西子湖以及瘦西湖与北海公园之互学互仿。故能读懂生活读懂自然（具体到苏州，则还要加上读懂人生和历史）是读懂园林的第一步。古建学术的理论讲：能品园亦能造园；眼高手可随之高，眼俗则无可救药。故造园一端主事者之学养心襟必超乎实际施工者。明代苏州造园家在《园冶》一书中说“三分匠人，七分主人”，就是强调园主参与造园的重要性。这里的三七分说并非说谁比谁重要，一如相声一术常说的“三分逗，七分捧”，也是强调二者不可缺一。更非匠心独运，而是“士心匠作”的双剑合璧。

……

关于苏州园林的欣赏和解读有许多书籍，千人千说。本书更侧重述说那些以园林山水为生活背景，以餐花饮露为精神追求，以亭台楼阁为情感舞台，以假山花窗为壁上图画，以舟桥水环为生活节奏的造园主人和一代代接续这份遗产的后续者的故事。当代人和这份温热的文化遗产之间的关系，绝不仅仅是品园造园的审美关系。读园就是读诗、读书、读史、读艺、读自然、读人心、读自己……

今天的年轻人对园子的概念大多是从公园、游乐园之类公共认知开始的。百年以前，中国只有私园没有公园，即使是颐和园、圆明园、避暑山庄那样规模宏大的建筑和园林，也都是帝王的私家园林。“私”之所指绝非仅指财产归属之私，更多的是说园林趣味、特色、个性，园林空间的私密性，以及园林主人的精神秘密。私是园林特色。苏州的沧浪亭、狮子林、拙政园、留园等经典之作，虽不如皇家禁苑那样墙高门禁，将万千姹紫嫣红锁在园内，但也常以一抹粉墙、一湾溪水、一片丛竹将之与世隔开。园中世界便是主人逃避尘嚣的净土，徜徉山水的芳洲，诵经苦读的书房，“调素琴，阅金经”的风雅座，“课子侄教后学”的学府……这都是因为一个“私”字。那些无力改造天下“公”态的士人便退而求其次，在自己一亩三分地的园内叠山理水，修亭建阁，广植花树，坐井观天。再加上园林中的题石刻碑、楹联匾额和悬挂的书画提摄，主人的精神面貌便鲜活灵动地呈现出来。这就形成了以苏州园林为代表的中国园林，一份特别珍贵的“园以人名，人以园存”的文化遗产。

当然，私家园林终究还是园林而非禁地。所以它与外界疏离而不隔绝，“门虽设而常关”，但也会慢慢打开。随着时代日新，它的敞开怀抱只是时间问题。早在前清，大才子袁枚在金陵的“随园”就任人随意进出游玩，变私园秘密为公园公赏。促成公私之变的原因除了袁才子与世同乐的豁达外，一些经营私园的商业理念也是助推器。

“士心匠作”一词是我杜撰的。开始是形而下地考虑中西建筑学差异，即西方经典建构无不有一份完整的设计图和施工图，而中国民间古建（当然包括园林）则大相径庭，大多是工匠根据建筑主的意愿和功能需求，自己“随心所欲”创造的。园林主人往往就是建筑的总设计师，和工匠一起去完成作品。

说到“士心”，就园林而言，首先是“诗心画心文章心”。是言有尽而意无穷的迁想妙得；是曲径通幽的气韵生动；是以少胜多，计虚代实的假作真时真亦假；是借山偷水，暗度陈仓的兵法演绎；是挥斥方遒又小心收拾的天成文章……

园林之妙，尤其是以苏州私家园林为代表的中国古建旨趣与中国文化儒释道三家皆暗合，予取予弃全凭人之个性所尚，那种雅俗同体，和谐共存的智慧真乃妙不可言！不可说破的核心是真幻之境的互换，真假之意的坦白。如是观之，或许可领略其欢喜与忧怀之一二。

曲则全 苟完美

道光三十年（1850），一个秋水澄澈、碧空如洗的日子，一向肃穆庄严的故宫保和殿此刻显得格外安静，庚戌科殿试正在进行。伏案思忖的众考生中，来自浙江德清的30岁举人俞樾拿到了试题为“淡烟疏雨落花天”的卷子时，脸上虽不动声色、平静如潭，内心却像被一石击破，波澜顿起，于是提笔疾书：“花落春仍在……”

俞樾的这份答卷后为主考官、晚清中兴名臣、洋务运动发起人曾国藩所激赏，称其有宋人遗韵，与大家宋祁的诗“将飞更作回风舞，已落犹成半面妆”有异曲同工之妙。俞樾此科中进士，授翰林院庶吉士，仕途一片光明。天意难测，不料咸丰七年（1857）成了俞樾人生之途的转折点，遭弹劾的河南学政俞樾被革职永不续用。从此，晚清官场少了一小吏，学界却多了一大儒。

俞樾号曲园，有近五百卷的皇皇巨著《春在堂全书》传世。民国时流传“曾国藩、李鸿章拼命做官，俞曲园、章炳麟拼命著书”之说。俞樾除著书立说外，还相继主讲于苏州紫阳书院、上海求志书院、杭州诂经精舍等。古今中外，概莫能外，凡甘作文化阶梯的教育家总是鼎鬲亲炙、桃李自栽。一时“门秀三千士，名高四百州”，晚生后学受业者良多。学生中有戴望、黄以周、朱一新、袁昶、章太炎、缪荃孙等一大批精英，若从章太炎论，俞樾还是章太炎学生鲁迅道统上的师爷爷。

山不在高，水不在深，园不在大，林不在杂。

在什么呢？当然是在人。山水如此，遑论园林。姑苏城清朝时有一百七十多座园林，虽不能讲座座精彩，但大多也都有不少可观之处。其中沧浪亭、网师园、拙政园、留园、狮子林等代表作大小各异、年代不同，原本应各美其美，但在近年的修葺复建中的趋同性，以为园林只是移来自然，尺水兴波，叠床架屋，曲径通幽。然而它们毕竟是螺蛳壳里做道场，终难免繁缛过头，精细失当。自这些“私园”被辟为人们观赏之“公园”，则更欲求大求精求巧求奇。只为游人观赏一时的拍案叫绝，而忘记了它本来是园主既可安放肉身又能寄放灵魂的一个家。

所以，最袖珍、最有文化、最简朴，最保留了原汁原味，藏在苏州马医科巷深处的俞樾故居“曲园”，最得读书人青睐，最夺懂园人心魂。拥有“德清俞太史著书之庐”门匾的小园成了热爱园林和赴苏游览文化人的朝圣之地。

曲园占地仅 2800 平方米，亭、廊、堂、阁，假山池水，应有尽有。走进曲园门楼，经过一个遍植修竹的天井就是小竹里馆。穿过廊屋，可以看到一座轩敞明亮的春在堂。这是曲园主要建筑之一。堂内陈设简朴，中间有一张坑床，左边置一书桌，桌上放有文房四宝。这里原是俞樾读书著作的书斋，也是他接待宾朋、谈诗论文的所在。春在堂之东的乐知堂是正厅，取“乐天而知命”之意。

春在堂

春

曲园是一座日用住宅与古典园林浑然一体的小园。春在堂西北是一个花园，西边有一条长廊，廊中有一曲水亭，廊下便是一泓清水，名曲水池。东面有一座假山傍池崛起，山上花木荫翳，山石崚嶒，山上筑有回峰阁，据说俞樾常在此间小坐玩月。山下有达斋与认春轩南北相对而立。认春轩是因白居易"认得春风先到处"的诗句而得名。

俞樾自己对曲园多有题咏，其中一首写道：

园中一曲柳千条，但觉扶疏绿荫绕。
为惜明月无可坐，故于水面强为桥。
平铺石板俨成路，俯倚红栏刚及腰。
处置梯桄通小阁，差堪布席置茶铫。

由此也可窥见俞樾建造曲园的初衷和构想。曲园早就作为祖产传给了曾孙俞平伯，1954 年俞平伯又将曲园捐赠给了政府。私产化为公器，这大概是刚刚经历了天翻地覆时代后的最佳安排。

如何读园？读园可分为读形和读神两部分。一般是建筑专家读形之构造、布局、材料、花木、装饰、动线、功能等；文史专家读心之期许，情之喜乐，意之所属，趣之所在。当然，形神不可分割疏离，这里只是说他们各自关注的重点不同。

对于曲园，我主张以读心读神为主。理由是曲园太袖珍太朴素，即使建筑与园艺方面有无数的设想与创意，在这里也无法施展，何况一个"曲"字已道尽其形。我们在陈从周、贝聿铭、齐康等人谈园的文章中从未读到过详说曲园之佳思奇构。这是疏忽是轻慢还是园艺家们都认为曲园不足观？我曾经问过一位古建筑专家曲园得名由来，他认为曲园的“曲”是因中庭小池由曲廊回环而得名。这显然是望文生义的附会之说。曲园被世人怠慢可见一斑。

文史学者胡晓明的《春在堂》一文所记曲园游感，显然比那些园林专家们要高明不少。

> 曲园的中心是春在堂。堂前堂后，略有空地，便顺其地势，莳花垒石，小筑亭台。曲园的大体格局，正如一张弓，然绝无曲径通幽之妙。在其他的园林，我完全不能想象那里的主人会是什么样的人，而在曲园，我则很容易亲近曲园老人的朴学家气质。这应是苏州第一文化名园。

曲园的精气神，用曲园老人的话来说，就是一个“苟”字。他说这个主意是得于曾任吏部尚书的许文恪（滇生）的启发。《春在堂随笔》卷六云：“曩在京师，许文恪招饮于其养园。花木翳然，屋宇幽雅，颇擅园林胜事。文恪云：‘冉地山侍郎尝病吾以杨木为屋，恐不耐久。吾曰：“君视此屋可支几年？”冉曰：“不过三十年耳。”吾曰：“然则君视许滇生尚可几年耶？”冉亦大笑。’余谓公此论真达人之见也。未及数年公归道山，屋固未圮，而已易主矣。余在吴下筑春在堂，旁有隙地，治一小圃名曰‘曲园’。率用卫公子荆法，以一‘苟’字为之。或虑其不固，余辄举文恪语以解嘲焉。”

《论语·子路》对“苟”字的解释是“将就”，即勉强可以。“苟合”“苟完”“苟美”中的“苟”都是这个意思。曲园记事诗对这个“苟”字说得更清楚：“但取粗可居，焉敢穷土木。”“吾学公子荆，一苟万事足！”不炫富不求贵，不抵押生命给物质，不消耗时光于低俗。宽松自足的心情，是自律与自信的收获。唯有理解曲园老人的

“一苟万事足”，方可理解高贵的生命无不是朴素的生活（亦非穷困潦倒）和高贵的精神合二而一。亦如老子所言：“曲则全。”

我喜欢曲园，当然也喜欢“春在堂”。

这是一种真喜欢，一种一见倾心、别后不忘的喜欢。一个园子像一个家、一个人，往往只因有人居停生活，园子才鲜活才神完气足，否则，即使它再富丽堂皇、宏深宽广、摇翠扶风、雕金饰钿也会失去生气。今天见到的中国古名园，包括故宫在内，大都免不了在游人如织的热闹背后潜伏着一种装腔作势的颓然之气，就是这个道理。曲园是一珍稀个案，正是因为在建园、用园、修园、养园、护园、捐园诸环节中的无数偶然“苟完美”，曲园老人遗产才形神兼备、完完整整地保存下来了。

太希望自己能早生百年，侧身“春在堂”，听一听曲园老人谈经论子辨字说文，话医药、评《左传》、按《国语》、演戏文、焚香篆、品茶经……

以梦为马，心驰神往。

一天，恍恍惚惚间踏入了春在堂。早已神归化鹤的老人见一后学青年徘徊于堂前屋后，便捻须微笑而言：“汝心有疑惑，莫非是想知道此朴居之地何为‘曲园’何为‘春在堂’？”随即慢声吟出：“名之曰曲园，为钩不为弦。吾闻之老子，所谓曲则全。”吟罢渐渐淡出身影后又留下“文存春在”四字。

好一个“文存春在”！把自汉魏以来的传统，所谓“经国之大业，不朽之盛事”的文章事业说得太通透、太直白、太意味深长。曲园老人在记事诗中仍然继续讲学布道，讲文化家产，讲文化传家传统中家庭、家业、家风、家训等物质与精神的关系，指出“身为物”与“心上求”孰轻孰重。人生无非就是轻重取舍的平衡选择，在妥协中找到平衡，在奋斗中突破自己。

中国士文化历来重视文化传家，而不重视家产传世。曲园老人的记事诗中又提到一个故事："昌黎三十年，辛苦成屋庐。作诗夸儿曹，意溢词之余。东坡读而叹，谓不渊明如。"然而据胡仔《苕溪渔隐丛话》，东坡云："退之《示儿》云：'……开门问谁来？无非卿大夫……'又云：'凡此坐中人，十九持钧枢。'所示皆利禄事也。至老杜则不然……所示皆圣贤事也。"韩愈《示儿》诗说："始我来京师，止携一束书。辛勤三十年，以有此屋庐……"接下来摆谱自夸位高、妻荣、丁旺、客贵，得意之色，溢于言表。而杜甫《又示宗武》诗则说：

觅句新知律，摊书解满床。试吟青玉案，莫羡紫罗囊。假日从时饮，明年共我长。应须饱经术，已似爱文章。十五男儿志，三千弟子行。曾参与游夏，达者得升堂。

无论是"本为圣朝除弊政，敢将衰朽惜残年"的韩昌黎，还是"国破山河在，城春草木深。感时花溅泪，恨别鸟惊心"的杜工部，忧国忧民是他们的底色，但也绝非没有饮食男女之欲和温馨生活渴求的机器人。他们找到的平衡点是不俗。

回想着先贤之志的"春在堂"，我们渐渐明白，内心充盈、自给自足、安富乐贫的风雨人生并非只有负重前行，也可以是眺望苍穹、满心欢喜、安步当车地走在春天里。

曲园因简朴小巧而受激赏，实在是因为它的主人气场太强大，又离当下时间不太长，"至今襟袍犹有香"。这并不是说曲园的建构不美，只是建筑终究因人而名，完全沾了主人的光。曲园在园林建筑学意义方面提供的资源并不惊人，但它却是园林精神和审美意义上的典范，亦即此处要强调的“士心匠作”。这是将建筑视同艺术和文化的关键，是将匠、术、技的物质认识上升到理、艺、哲的精神审视。如是观园林，则理性和感性皆应兼顾。对古文物善加珍摄、妥为保护是一代又一代人的历史责任。将园林作为审美对象，则在审美时也要能“尽精微，致广大”，不光是只看见眼前一些风景。

梁思成出于保护古建之殷忧，曾批评过这类普遍的社会性审美缺陷。他指出：“中国金石书画素得士大夫之重视。各朝代对它们的爱护欣赏，并不在于文章诗词之下，实为吾国文化精神悠久不断之原因。独是建筑，数千年来，完全在技工匠师之手。其艺术表现大多数是不自觉地师承及演变之结果。这个同欧洲文艺复兴以前的建筑情形相似。这些无名匠师，虽在实物上为世界留下许多伟大奇迹，在理论上却未为自己或其创造留下解析或夸耀。因此一个时代过去，另一时代继起，多因主观上失掉兴趣，便将前代伟创加以摧毁，或同于摧毁之改造。亦因此，我国各代素无客观鉴赏前人建筑的习惯。在隋唐建设之际，没有对秦汉旧物加以重视或保护。北宋之对唐建，明清之对宋元遗构，亦并未知爱惜。重修古建，均以本时代手法，擅易其形式内容，不为古物原来面目着想。寺观均在名义上，保留其创始时代，其中殿宇实物，则多任意改观。这倾向与书画仿古之风大不相同，实足注意。自清末以后突来西式建筑之风，不但古物寿命更无保障，连整个城市，都受打击了。”

作为建筑学家，梁思成在他生活的时代能有如此清醒认识，并在战火纷飞的年代和开国建设的狂热中指出古建保护的重要，实属功莫大焉、善莫大焉。可梁思成的意见并未被完全重视，也不可能被完全重视。于是今天的人就有“悲莫大焉，失莫大焉”的叹息。那么到底为何悲，为何失？即使梁先生本人也未必能说到要害。中国优秀古建，当然包括古园林，皆是“士心匠作”，如果只悲匠作之毁而不问士心之存，则未必能绝后患。

当代中国之发展早已和昔日不可同日而语。人们几乎可以建设和消费所有的物质文明和精神文化，包括古典建筑风格的园林，今天也成了许多人的文化消费对象。我国园林，如从历史上溯源的话，当推古代的囿与园，以及《汉制考》上所称的苑。《周礼·天官冢宰·大宰》：“九职……二曰园圃，毓草木。”《周礼·地官司徒·囿人》：“掌囿游之兽禁，牧百兽。”《周礼·地官司徒·载师》：“以场圃任园地。”《说文解字》：“苑，所以养禽兽也。”“囿，苑有垣也……一曰禽兽曰囿。”“园，所以树果也。”“圃，种菜曰圃。”据此，则囿、园、苑的含义已明。我们知道豨韦的囿、黄帝的圃已开囿圃之端，到了三代，苑囿专为狩猎的地方，例如周姬昌（文王）的囿，刍荛雉兔，与民同利。秦汉以后，园林渐渐变为统治者游乐的地方，兴建楼馆，藻饰华丽了。秦嬴政（始皇）筑秦宫，跨渭水南北，覆压三百余里。汉刘彻（武帝）营上林苑、甘泉宫，以及建章宫北的太液池，在历史记载上都是范围很大的。其后刘武（梁孝王）的兔园，开始了叠山的先河。魏曹丕（文帝）更有芳林园。隋杨广（炀帝）造西苑。唐李漼（懿宗）于苑中造山植木，建为园林。北宋赵佶（徽宗）之艮岳，为中国园林之最著于史籍者。宋室南渡，于临安（杭州）建造玉津、聚景、集芳等园。元忽必烈（世祖）因辽金琼华岛为万岁山太液池。明清以降除踵前遗规外，并营建西苑、南苑，以及西郊畅春、清漪、圆明等诸园，其数目比前代更多了。

苏州园林冠中华。冠有冠的光荣，也有冠的责任。就是要把园林恢复、重建、保护、研究、传播和审美作为一个完整的体系来关注；是返本开新，回到经典园林阅读学习，并要去粗取精、去伪存真、去丑追美、存形探魂地观照以重新认识和解读这些历史遗珍。

曲园虽小实大，似浅而深。你看懂了吗？

一块石头颠覆一个王朝

在江南私家园林这个古雅空间里，筑堆假山、供赏奇石是不可或缺的情节。作为文化符号被观照的玩石之风有漫长历史，所谓：

> 赏石之乐，肇自太古；藏石之风，起于秦汉。凡昆仑、秦岭、长白、岱宗诸山，一石之微，已能得坚寿静色形纹质；盖桃江、燕子、太湖、龙尾数坑，片块之末，可尽收诗乐和孕意理神。是故昆仑巍峨、泰山担当、燕子泣血、龙尾金声，如道存老庄、禅照明镜、花分冬夏、月映诗书，石不能言，人可对语耳。

历史上最著名的爱石“疯子”非米芾莫属。出生于湖北襄阳的宋四家“苏、黄、米、蔡”之一的米元章成就斐然，不遑多述。米芾爱石故事也为后世津津乐道，他常常与石对坐，共话契趣，见到心仪之石如见尊者佳人，纳头便拜。米芾之痴癫使他成了与石捆绑在一起的“这一个”。明朝陈洪绶所绘《米芾拜石图》记录的就是这个瞬间。此图绘的是北宋米芾拜石故事。米芾做濡须（今安徽省无为县）

留园冠云峰

太守时，听闻河边空坝上有一块怪异大石，世人视其为神异之物，莫敢搬动。米芾命人将奇石搬回郡府赏玩。等运回时，米芾见其奇崛峥嵘有出凡入胜之姿，便设宴石前，纳头跪拜，称："吾等老兄已二十年矣！"左右以为太守老爷疯癫了，怎么会以石为兄呢？他们并不知道，米芾这一拜将赏石境界大大提高了一步，别样解释了中国审美视物为物和视物为人的统一。"米颠拜石"的典故也成了中国人物画家常画常新的题材。

米芾以个性化的独特审美体验在传世著述《砚史》中言简意赅地提出了"相石四法"。

砚石古又称"研山"，属文房石类。米芾不仅收藏、赏玩各种天然奇石，还是痴迷于收藏和研究砚石的先驱者之一。《四库全书提要》对他所著的《砚史》曾给予很高评价，此书对后世研究砚石的影响很大，而他收藏名砚的故事也十分传奇。南唐后主李煜藏砚甚多，其中"三十六峰砚"和"七十二峰砚"都曾被米芾收藏并研究过。李后主死后，此砚石流落民间，流转数十人家，米芾爱极，曾以五百两黄金购得，后不慎又将此物丢失。米芾痛惜万分，曾赋诗云："严山不复见，哦诗徒叹息。唯有玉蟾蜍，向余频泪滴。"

米芾所作《砚史》虽逾千年，但对后人研究、认识文房古砚的材质、形制、纹饰、制砚工艺等方方面面都有着重要的参考价值。他的"相石四法"在中华赏石文化史理论中的地位也极其重要，这一理论引领了当时的赏石潮流。今人常说的"瘦、漏、皱、透"，即"四法"，多多少少是已经变了形的"相石四法"。

米芾的《砚史》对"相石四法"并无明确阐述。"瘦、漏、皱、透"的出处最早见于清乾隆朝的郑板桥题画："米元章论石，曰瘦、曰绉、曰漏、曰透，可谓尽石之妙矣……"然而在清以前的诸石谱中

明 陈洪绶《米芾拜石图》

并无“相石四法”。宋《渔阳公石谱》一书中有“相石四法”的出处记载：“元章相石之法有四语焉，曰秀、曰瘦、曰雅、曰透，四者虽不能尽石之美，亦庶几云……”这是不是终极答案，我们先不作结论。其中“秀、雅”二字被“漏、皱”替换实在是对审美法则的篡改，更是审美价值的打折贱卖。“秀、雅”是虚写，“瘦、透”是实写，米芾用虚实相生之法写相石之法，实在是高妙的书画修养和艺术造诣融汇结合之天成文章。“瘦、漏、皱、透”四字则一实到底，自然暴露出审美上的缺陷与病态，更令人精神上生出“肥、塞、滑、闷”的油腻粗俗。人俗尚可医，国俗无药救。以爱石而害国更不可取，于是发生了一块石头颠覆一个王朝的悲剧。言辞虽夸张，但教训不可不记。

北宋时期的历史，今人多以“艺术繁荣、国势衰颓”来概括。其实艺事即人事即国事。对青史误读千年的订正，当从一块石头说起。说到底，今天流行的，以学术之名颂扬的，以院画、官窑瓷等皇家风雅为代表的“艺术繁荣”只不过是“盛世风景”的一块遮羞布而已。且莫说苏轼、米芾等大家都喜作“竹木枯石”一类题材的绘画，就是《清明上河图》一类盛世繁华景象的写实之作，其中的“曲笔”和弦外之音也被后世有意无意地忽略了。其中的警世深意，不知是古人有意为之还是创作者的思想局限，恐非短文所能概述。然有一点可以肯定，以宋徽宗赵佶为艺坛领袖的北宋文化，确实到该重新审视检讨的时候了。

留园，曾名“东园”“寒碧山庄”，于明万历二十一年（1593）始建。现存留园为大型清代风格古典私家园林，以建筑宏富著称。厅堂宽敞华丽，庭院富有变化，整个园林采用不规则布局形式，使园林建筑与山、水、叠石相融合而呈天然之趣。利用云墙和建筑群把园林划分为中、东、

留园

北、西四个不同的景区。留园内亭馆楼榭高低参差，曲廊蜿蜒相续有七百米之长。中部以山水见称，东部以厅堂庭院建筑取胜，北部陈列数百盆朴拙苍奇的盆景，不是田园风光，却胜似园林。西部颇有山林野趣，其间以曲廊相连，迂回连绵，通幽度壑，秀色迭出。

曲园东部重门叠户，庭院深深。院落之间以漏窗、门洞、长廊沟通穿插，互相对比映衬，成为苏州园林中院落空间最富变化的建筑群。主厅五峰仙馆俗称楠木厅，厅内装修精美，陈设典雅。其西，有鹤所、石林小院、揖峰轩、还我读书处等院落。林泉耆硕之馆为鸳鸯厅，中间以雕镂剔透的圆洞落地罩分隔，厅内陈设古雅。厅北矗立着著名的留园三峰，冠云峰居中，瑞云峰、岫云峰屏立左右。冠云峰高 6.5 米，相传为宋代花石纲遗物，系江南园林内最高大的一块湖石。峰石之前为浣云沼，周围建有冠云楼、冠云亭、冠云台、贮云庵等，均为赏石之所。

在苏州园林中，留园的建筑数量是最多的，其布局合理，空间处理巧妙，咫尺山林，移步换景，小中见大，处处可圈可点。

留园处处可赏，一任游园人各取所需，各爱其爱，各美其美。人们流连忘返，目不暇接，但最终总会把目光聚焦于几块太湖石上。

留园所见“冠云、瑞云、岫云”三石原皆为“花石纲”旧物，这就确定了它们不仅是审美对象，更是一种政治符号。

花石纲是中国历史上专门运送奇花异石以满足皇帝喜好的特殊运输组织名称。宋徽宗时，“纲”意指一个运输团队，往往是十艘船称一“纲”。当时指挥花石纲的部门有杭州“造作局”、苏州“应奉局”等，它们奉皇上之命对东南地区的珍奇文物进行搜刮。花石船队所过之处，还要百姓供应钱谷和民役；甚至有的地方为了让船队通过，拆毁桥梁，凿坏城郭。因此它往往让江南百姓苦不堪言，《宋史》有记载花石纲之役“流毒州县者达二十年”。

《水浒传》中青面兽杨志便是深受其害的一个人。先是因丢失“花石纲”而遭贬谪，后又丢失生辰纲，彻底断了生路，不得不投奔梁山，做了与官府为敌的“逆匪”。以梁山为代表的一干反民终成赵宋皇室的掘墓人。以此观史、以此观石，这就不仅仅是“一个馒头引起的一场血案”，而是“一块石头引起的王朝倾覆悲剧”。石头和园林既是艺术经典又有特殊历史背景，我们当然不能单纯欣赏其“悲剧美”，至少不能为“赏心悦目”的假象所迷惑而欢欣鼓舞，更不应不假思索地模仿抄袭。

对于历史和艺术的复杂性不可一味地作是非价值判断。而玩物丧志、玩物误国的教训，我们无论如何也不能忘记。苏州人朱勔是宋徽宗一朝苏杭应奉局中负责花石纲事务的人。他的人生故事既令人咬牙切齿，又让人扼腕叹息。

元代陆友仁的《吴中旧事》记载了朱冲和朱勔父子之事。称朱勔背负北宋“六奸之一”的恶名，其罪其恶，臭名昭著。但他在造园方面的造诣也不应一笔抹杀。

朱冲、朱勔父子，平江人。先以做小买卖为生，为人精明，善于算计。后贿赂蔡京得赏识，父子俩赴京城做官。又凭借园艺才能和官场谋略担任苏杭应奉局要职，主持大规模的花石纲事务。其间，劳民伤财，草菅人命，在社会上激起极大民愤。朱勔与蔡京、童贯等六人臭味相投，狼狈为奸，人称“京城六贼”。此后方腊农民起义，即以诛杀朱勔为号召。

宋徽宗赵佶写过一篇《艮岳记》。文章回顾了造园历程，总结了造园经验。园子的总体设计与审定由赵佶负责。而假山的堆叠，主要由朱勔具体营造。艮岳园内有错落有致的65座著名立峰，称为“宣和六十五石”。这些立峰摆放的具体位置，相互之间的对应关系与园内花木和建筑物的有机联系，都十分讲究。可见朱勔园艺水平之高超。

花石纲后来因为朱勔被罢免而偃旗息鼓。一些来不及运往京城的珍贵太湖石散落江南各地，遗珍冠云石等后成为民间私家的镇园之宝。

在山塘街斟酌桥东堍，有一条通幽小巷名叫“花园弄”，它是苏州园艺文化的一个重要发源地。清代《元和县志》记载：“虎丘山塘，吴中游赏之地……其间花市则红紫缤纷……有欲栽培花果，编葺竹屏草篱者，非其（山塘）人不为工。相传宋朱勔以花石纲误国，子孙屏斥，不与四民之列，因业种花，今其遗风也。”这段史料说明，朱勔的子孙因受其牵连，不能从事“士、农、工、商”之职业。

朱勔的一支后人羞于祖先丑事，就移居到山塘街，从事花卉业。他们除了种花，还制作各类树桩盆景和山石盆景，并且为私家园林堆叠假山，因为技艺高超，被称为“花园子”。其居住地也因此得名“花园弄”。《吴风录》：“自朱勔创以花石进媚……至今吴中富豪竞以湖石筑峙奇峰阴洞，……以凿琢而嵌空为妙绝……虽闾阎小户亦饰下产亦设小小盆岛为玩。”

明清以来，以山塘街领衔主演的苏州园艺业大戏，不仅影响到江南地区，还辐射至全国。在苏派盆景艺术史和苏州古典园林造园史上，朱勔及其后人占有一席之地。其罪当惩，其人当诛，其史当记，其艺当传。

“留园”留下的这一切精彩与荒唐、“脏水与婴儿”的予弃予取，是历史留下的一份考卷，望后人深思。切莫只顾消费、一味狂欢，吃了不该吃的毒药，忘了不该忘记的经典。

拙政与巧思

拙政园是一个奇迹。

与留园同获“中国四大名园”称号的拙政园是苏州园林领袖群芳的另一件代表作。

盛名不虚的拙政园从来不缺观赏不缺赞美。游姑苏不游拙政园犹如入宝山而空归，徒留遗憾。

错失游拙政园是游人的一种遗憾，游而不识不懂则是另一种深层次的遗憾，更是拙政园的失落和遗憾；是古今中外经典艺术无知音、遭误读、无可奈何的遗憾；是繁华热闹、烟火璀璨落幕后的寂寞；是灯火阑珊尽头的一声叹息：乐之者众，知之者稀，唉！

人分韵神骨肉，艺分道技工材。欣赏者可以各选其选，各美其美。然由表及里、由浅入深、由局部而全局、由骨肉而韵神、由工材而技道地欣赏解读，才是不负春光不负卿的深爱，亦是美的渴求和呼唤。人们皆知审美是艺术哲学，需要一双发现美的眼睛和艺术素质与修养。故而审美亦是对人的秉性即心灵智慧与道德的考量。

爱因斯坦临终前最后一次接受记者采访，在被问到生命结束的遗

拙政园一角

憾时，他没有说家庭与爱情，祖国与事业，甚至没有提为之奋斗一生的物理学，而是轻轻说出：“我再也听不到莫扎特的小夜曲了。”相信这样的回答一定令闻者动容，让人由诧异转而沉思。无独有偶，中国航天之父钱学森的《论建筑科学》和《论山水城市》等著述也让人大感意外。

我不是艺术家，也不是建筑家，但每次游览我国的一处园林……总为祖国有这一独创的艺术部门而感到骄傲……不久前又重新刊登……《不到园林，怎知春色如许？——介绍园林学》；后来感到意犹未尽，又写了一篇《再谈园林学》……现在想来，园林毕竟首先是一门艺术，称“学”不太合适……

什么叫“园林”？什么叫“园林艺术”？现在用词很泛，报刊上常把哪个园子种了些树就称“园林”……其实这不叫“园林”，应该叫“林园”，因为这只是有林的园子。我们说“园林”是中国的传统，一种独有的艺术。园林不是建筑的附属物，园林艺术也不是建筑艺术的内容……把园林作为建筑的附属品，这是来之于国外。国外没有中国园林艺术……

中国园林艺术是祖国的珍宝，有几千年的辉煌历史。中国的园林可以看成四个层次。第一，最小的一层是“盆景”——微型园林……第二层次是“窗景”。苏州的窗景在室内看出去有“高山流水”之感的景观……第三层次就是“庭院”园林……第四层次是“宫苑”。如北京的北海、圆明园……

猜想钱学森对作为建筑一科的园林艺术语言未必比那些园林古建

专家高明，他对“园林学”的先提后放也可以继续讨论，但那洞穿现象、直击本质的思想为读懂园林指出了方向，确应引起我们十二分重视。

苏州是集江南园林诸美于一地的园林城市，读懂园林也是读懂苏州不可或缺的一门必修功课。

沧浪亭、狮子林、网师园、环秀山庄、留园、曲园、虎丘、耦园等各擅其秀，无一不是天人合一的大块文章。难分轩轾，遑论一二。亦即人们常说的“文无第一，武无第二”。若以书法艺术来类比，则沧浪亭似《祭侄文稿》，网师园如《寒食帖》，曲园像《大观帖》，虎丘比《万岁通天帖》，拙政园就是《兰亭序》……一撇一捺，点画流美；一砖一瓦，妥帖舒服；一字一句，气韵生动；一亭一阁，承接有序；一水一石，相映成趣；一起一伏，绵绵不绝；一楼一台，照花围树……处处收放自如，笔笔心手洽合，情情温润如春，意意肃然似秋。天成文章，天籁之音，天堂模样。

若作物我观照，这些园林就是苏州人人心真善美之画图，思想儒释道之殿堂，智慧文史哲之书写和古今对话、天空眺望、畅想未来的一块块高地。

拙政园始建于明正德初年，五百多年来，拙政园几度分合，或为“私人”宅园，或做“金屋”藏娇，或是“王府”“将军宅”高堂喧哗，或是琼楼玉宇、神仙洞宅，或是人殁迹灭、田园荒芜……世之治乱，园之兴废。拙政园留下了许多诱人探寻的遗迹和典故。

明正德初年，官场失意还乡的御史王献臣，以大弘寺址拓建拙政园。自讽“拙政”，自号“槐雨”，有山林之志。拙政园初时，中亘积水，浚治成池，弥漫处“望若湖泊”。园多隙地，缀为花圃、竹丛、果园、桃林，建筑物则稀疏错落，共有堂、楼、亭、轩等三十一景，

拙政园

形成一个以水为主、疏朗平淡、近乎自然风景的园林，“广袤二百余亩，茂树曲池，胜甲吴下”。嘉靖十二年（1533），参与构建的文徵明依园中景物绘图三十一幅，各附以诗并作《王氏拙政园记》。

王献臣死后，其子赌博一夜将园输给阊门外下塘徐氏的徐少泉。徐少泉“以己意增损而失其真”。此后，徐氏在拙政园居住长达百余年之久，后徐氏子孙亦衰落，园渐荒废。明崇祯四年（1631），园东部荒地十余亩为刑部侍郎王心一购得。王善画山水，悉心经营，布置丘壑，园子于崇祯八年（1635）落成，名“归田园居”，中有秫香楼、芙蓉榭、泛红轩、兰雪堂、漱石亭、桃花渡、竹香廊、啸月台、紫藤坞、放眼亭诸胜，荷池广四五亩，墙外别有家田数亩。园中多奇峰，山石仿峨眉栈道。

拙政园这个“美人”诞生百年间便有两位画家“加持”，终于形成不同凡响的格局。入清后，康熙南巡曾来此园，有记录，“廿年来数易主，虽增葺壮丽，无复昔时山林雅致矣”。此后又几度兴废略去。

同治二年（1863），李鸿章占领苏州后，将太平天国忠王府作为自己的江苏巡抚行辕，藩臬司均在其中办公。同治五年（1866），巡抚衙门迁离拙政园。新主人是江苏巡抚张之万。张能书画，经营修治，渐复旧观。有远香堂、兰畹、玉兰院、柳堤、东廊、枇杷坞、水竹居、菜花楼、烟波画舫、芍药坡、月香亭、最宜处诸胜，绘有《吴园图》十二册。

民国时，拙政园做过会馆、医院、军营，园已不园。

1951 年拙政园划归苏南区文物管理委员会管理。文管部门立即修缮，延请专家名匠，规划整治，山、水、桥、亭、厅、堂、墙、门，务期按原样修复。1952 年 10 月，工程竣工，同年 11 月 6 日，整修后的拙政园中部花园和西部花园正式开放。拙政园起死回生。

拙政园占地78亩，分为东、中、西和住宅四个部分。东部原称“归田园居”，明崇祯四年（1631）东部归侍郎王心一后得此名。因归园早已荒芜，全部为新建。布局以平冈远山、松林草坪、竹坞曲水为主，配以山池亭榭，仍保持疏朗明快的风格，主要建筑有兰雪堂、芙蓉榭、天泉亭、缀云峰等，均为移建。拙政园的建筑还有澄观楼、浮翠阁、玲珑馆和十八曼陀罗花馆等。中部是拙政园的主景区，为精华所在。布局以水池为中心，亭台楼榭皆临水而建，有的亭榭则直出水中。池广树茂，景色自然，临水布置了形体不一、高低错落的建筑，主次分明。总的格局仍保持明代园林浑厚、质朴、疏朗的艺术风格。

中国绘画和中国园林是中国文化遗产之沧海双珠，从某种意义上讲，读懂中国山水画是读懂中国园林的必经路，读懂园林是读透山水画的揽胜台。二者渊源有自，不可割裂。拙政园是一个讨论研究画理园艺互融互通的绝佳范本，使解读这一艺思哲理既非一空依傍无迹可寻，又令目阔胸抒，自由徜徉其间，踏歌而行，步舞洗尘于登堂入室。

对“明四家”之一的苏州人文徵明所绘《拙政园三十一景图》进行研究，会令人目光豁然开朗。仿佛翻过那一抹粉墙，重回山光水色、天高地阔的自然怀抱，又会被他的笔墨牵引，印屐苍阶，摇竹窗影，一步步渐入园林深处……这套图册既是文徵明参与营造拙政园的历史记录，又是艺术家博古纳今，以园景实体为衬托，寄山水理想于笔端的自由挥写。依图赏园和游园读图，虚实相融，生出精妙绝伦的美感。

文徵明是中国艺术史上起转折作用的重要艺术家之一。作为“吴门画派”的领军人物和沈周、仇英、唐寅共同组成“明四家”方阵，矗立在十五、十六世纪中国画坛。他们的成就和影响堪比同时期的意大利“三巨头”达·芬奇、拉斐尔、米开朗基罗。这种远隔重洋看似无关的现象，今天却成了东西方比较研究中的一个热门话题。

书画家是学界对文徵明身份的形而下界定。其实他的多方面才华很难用一家归类来判定，这也束缚了人们对他的认知。他擅长诗文与经济之学，还是一位敢于在皇帝“头上”动刀的狠角，曾为皇帝捉刀代笔修改文案。最令人想不到的是，他还是一位园林营造大师和园林理论家。拙政园就是他的心血所系。

拙政园主王献臣邀请文徵明绘《拙政园三十一景图》并作园记诗文，对园林全面进行概括记录和精神观照。可见二人关系密切，惺惺相惜，互相激赏。文徵明在《王氏拙政园记》中如此评述王献臣：“虽古之高贤胜士，亦或有所不逮也，而何岳之足云。”这种建筑主和建筑家的相互信任，正是成就古今中外经典建筑的关键所在。例如意大利西斯廷教堂之教皇与米开朗基罗使金钱、权力、艺术完美结合，中国拙政园让王献臣与文徵明互相成就。

中国古代园林，是中国历史积淀下来的艺术珍品。园林艺术是一门涉及多个学科的综合艺术，它完美融合绘画、书法、诗歌、工艺诸元素，于有限空间内创造无限意境。特别是明代，随着社会经济文化各方面的蓬勃发展，市民阶层开始形成并成为城市主角，造园艺术得到空前发展，私家园林增多。这时的园林设计大多出自文人与画家之手，将绘画空间的营造方法沿用于园林空间的营建，出现了不少描绘园林的绘画作品，为明代苏州城的一个个历史图景提供诗意的蓝图。可以这样说，没有城市经济与文化的双繁荣，何来雅俗共赏、美不胜收的苏州园林？

明 文徵明《拙政园十二景图》之小飞虹

从狮林寺到狮子林

苏州名园中有狮子林和网师园，同音不同字的“狮”和“师”两个字容易让人混淆，甚至误以为是一个园。

网师园始建于南宋，是在绍兴年间侍郎、大藏书家史正志“万卷堂”故址上构筑的一座宅园合一的“隐园”。从元、明、清三朝网师园频繁易主中也可窥王朝更迭之一斑，时荒颓、时复修，情理自可想见。对于今天的人来说，网师园给人印象最深的事件恐怕还是在民国二十一年（1932）。淞沪抗战前，暨南大学附中自沪迁苏，先是曹聚仁居此园，后又有川籍画师张善孖、张大千兄弟借寓于此与文化大咖叶恭绰等同住四年，加上张大千挚友谢玉岑、谢稚柳兄弟时来一聚，一时“谈笑有鸿儒，往来无白丁”，网师园才真正成了网罗天下名士于一园的浪漫风雅之园。张善孖擅画虎，便在园中养幼虎一只，每当幼虎出没于假山石洞之际，张氏兄弟笑而视之，默而识之。虎啸乳声，流莺酬答，庭廊幽静，翠竹摇动。此番景象想想都令人陶醉。

网师园曾经有虎出没应景，六百余年来狮子林却从来没有见过狮子，算不算浪得虚名呢？

网师园

元至正二年（1342），天如禅师惟则的弟子们相率出资，买地结庐，以居其师，筹建道场“狮子林寺”。园内丛竹百杆，竹下多怪石，状如狻猊（佛教中的狮子），又因天如禅师得法于浙江天目山狮子岩普应国师中峰，取狮子座衣钵传承之意，另外佛教传法有狮子吼一说。1703年清康熙南巡为之题“狮林寺”，可见至清时狮林寺仍香火未绝。这些就是狮子林的渊源所自。

中国古时只有老虎没有狮子。狮子是从西域经丝绸之路传入，汉以后的文献中多有记录，是中国与伊朗等中亚、西亚各国往来活的见证。至于狮子何时来到中国，《后汉书》中有好几种说法，勘定时间不在我们一般人关注范围之内。

狮子初入中国，最初写成“师子”，后来才加上反犬旁，写成“狮子”。但在此之前，早在公元前3世纪左右，中国典籍就已提到狮子的外来译名。

中国有一本带小说性质的游记《穆天子传》，内容是讲周穆王（生于公元前1000年左右）周游天下，到过很远很远的地方。该书于晋武帝太康二年（281）从河南汲县（今卫辉市）战国大墓出土。墓主相传是魏襄王（前318—前296）或魏安釐王（前276—前243），此墓墓主如果是魏襄王或魏安釐王，则该书可能成书于阿契美尼德王朝晚期或帕提亚王朝早期。值得注意的是，此书提到一种名叫“狻猊”的猛兽，原文是：“名兽使足：□走千里，狻猊□野马走五百里。”晋郭璞（276—324）注：“（狻猊）即师子也，出西域。汉顺帝时，疏勒王来献犎牛及师子。”可见狻猊就是狮子。

有趣的是，上海博物馆藏战国楚简有题为《三德》的一篇，也提到这种神奇的动物，但写法不一样。

（豻）貌飤（食）虎，天无不从。好昌天从之，好贞（丧）天从之。好发（废）天从之，好长天从之。川（顺）天之时，起地之（纪）。

狮子来华证明远古欧亚本为一体，那时是一个无国别的自由世界。

狮子一落地中国，其形象就深深扎根于中国艺术，无论是庙堂还是江湖，狮子都不可或缺。这里可举以下三类例子。

看门狮子：中国古代建筑中，自汉以来，神道石阙和陵园的门口，宫殿和祠庙的门口，通常都有一对看门的狮子，显然是受西方影响。汉魏到两晋南北朝，狮子的形象分两种，一种无翼，一种有翼。有翼的狮子还长角，单角的是雄狮（有雄性生殖器可辨），双角的是雌狮（有雌性生殖器可辨），显然混合了鹿类动物的特点（西方翼狮也有带角者）。这类翼狮也叫“天禄”“辟邪”。“天禄”的意思是“天降之福”，谐音“天鹿”，暗示麒麟。麒麟是中国瑞兽，汉代也把这类独角有翼的神兽叫“麒麟”。“辟邪”的意思则是辟除邪魅。这是中国人起的中国式名字。

装饰狮子：狮子在中国不仅当作瑞兽见于建筑，也用于装饰、服装和器物上的花纹。

狮子舞：狮子与印度佛教有不解之缘。佛教北传，是经安息、大夏。狮子进入中国，除经上述地区而来，还可能自印度传入。如佛教造像塔、造像碑上多半都有一对狮子。舞狮见《洛阳伽蓝记》，本来是一种佛教法事中的表演，后来深入民间，成为中国民间节庆必有的节目。世界各地的唐人街又把这种节目带到世界各地。这种形象是如此深入人心，在西方人的眼中，舞狮已经成为中国文化的标志，就连中国人自己也忘了，中国本来没有

狮子林图景

战国楚简《三德》篇简18

狮子，狮子是外来的，他们还以为这是天生的中国动物。其实狮子是一种“国际动物”。

狮子林是狮子国际大家庭的一个另类：是出没于太湖石假山间的、有时抽象又有时具象的石狮子；还是无处不在又寻而不见、默而有声却形灭神活、俗眼看不见慧根知其在的妙悟赏心之园。

狮子林自元末创建至今已六百余年，与苏州别的名园相比较，狮子林原貌依然、元气未伤，虽经反反复复的兴废弃取，修旧补新种种折腾，但狮子林的基因谱系是清晰的，也就是“根”未断。而其他名园多系康熙之后在宋元明园林旧址上翻修新建，先时初建的样貌已模糊莫辨了。

关于狮子林的历史，人们最喜欢说的是元末大画家倪瓒参与建园画园的“加持”之功。

公元1373年，倪瓒宦游吴越，泛舟太湖，开启了人生最后一次远行。途经苏州时，狮子林主持如海特意邀请倪瓒参与狮子林的修建，并请为之题诗作画。这就是《狮子林图》的创作背景。

园成图毕之后，狮子林迎来了一批又一批文人墨客，他们在这里品茗题诗作画，逸兴遄飞，声名远播。按现在的话来讲，倪瓒完成了一次非常成功的营销，很好地为狮子林做了一番宣传。

如今狮子林是世界文化遗产和国家重点文物保护单位。虽面积仅15亩，然园内湖石精美、桂馥荷香，主要建筑有燕誉堂、见山楼、飞瀑亭、问梅阁等，每一处都故事多多，大有来头。如“燕誉堂”之名即出自《诗经·小雅》的“式燕且誉，好尔无射”，意指此处是宜居乐人之堂。

其实《狮子林图》也不大，里面出现的园景不多。画一展开，就能看到道路两侧的六株矮松，然后是两株柏树。视线的前方，还有一棵老

置于建筑入口重要位置的石狮

梅树，接着就是几座排列较为规整的房屋。房屋背后的竹林交相掩映，以俯视的角度能看到此园的中心风景，即描绘得很细致的复杂的假山叠石，可见它是倪瓒想要突出的狮子林的特色之处。叠石呈环抱围合状，形成了一圈石山，中间有一间庐舍——“禅窝”，是供奉佛像的重要场所。

《狮子林图》展现了初建时叠石的基本形态和布局。这也可以算是一张园林的“婴儿照”。

倪瓒在画的题跋中写道：“余与赵君善长以意商榷，作狮子林图，真得荆关遗意，非王蒙所梦见也。如海因公宜宝之。懒瓒记。癸丑十二月。”

今天的人们大概不清楚，倪瓒的加持为什么如此重要呢？

“黄（公望）、王（蒙）、倪（瓒）、吴（镇）”元四家在中国画坛上接唐宋下启明清，是一座难以企及的高峰，至今仍是世人追捧的大网红。其中倪瓒以性格孤冷、行为怪诞为世人津津乐道。倪瓒爱石，被称为继北宋米芾后“石痴”第二。倪瓒的洁癖大概是古今第一人，无人能出其右。坊间传闻倪瓒年轻时不仅每天洒扫庭阶、洗刷窗案，甚至命仆人连院子里的梧桐树也要洗净擦叶，令之一尘不染。

倪瓒爱干净真是爱到骨子里去了。倪瓒性情清高孤傲，从不与俗人俗物周旋，更不耻与富商权贵为伍。一日，倪瓒泛舟太湖，与游湖的吴王张士诚之弟张士信相遇。张士信曾赠金帛求倪瓒作画被拒，此刻正是报复的好机会，遂命家奴将倪瓒痛打一顿。倪瓒自始至终未出一声。后来有人问倪为何不出一声？倪瓒答：“出声便俗。”这一点和“何以息谤曰无辩”有相似之处。

正是这种人品与画品的高度统一，眼前景与心中诗的天人合一，才能创造出物我和谐的大境界。从“见物皆画似”，到“逸笔草草，不求形似，聊以自娱”“聊写胸中逸气”的率性天真，变异为世人眼

倪瓒《狮子林图》

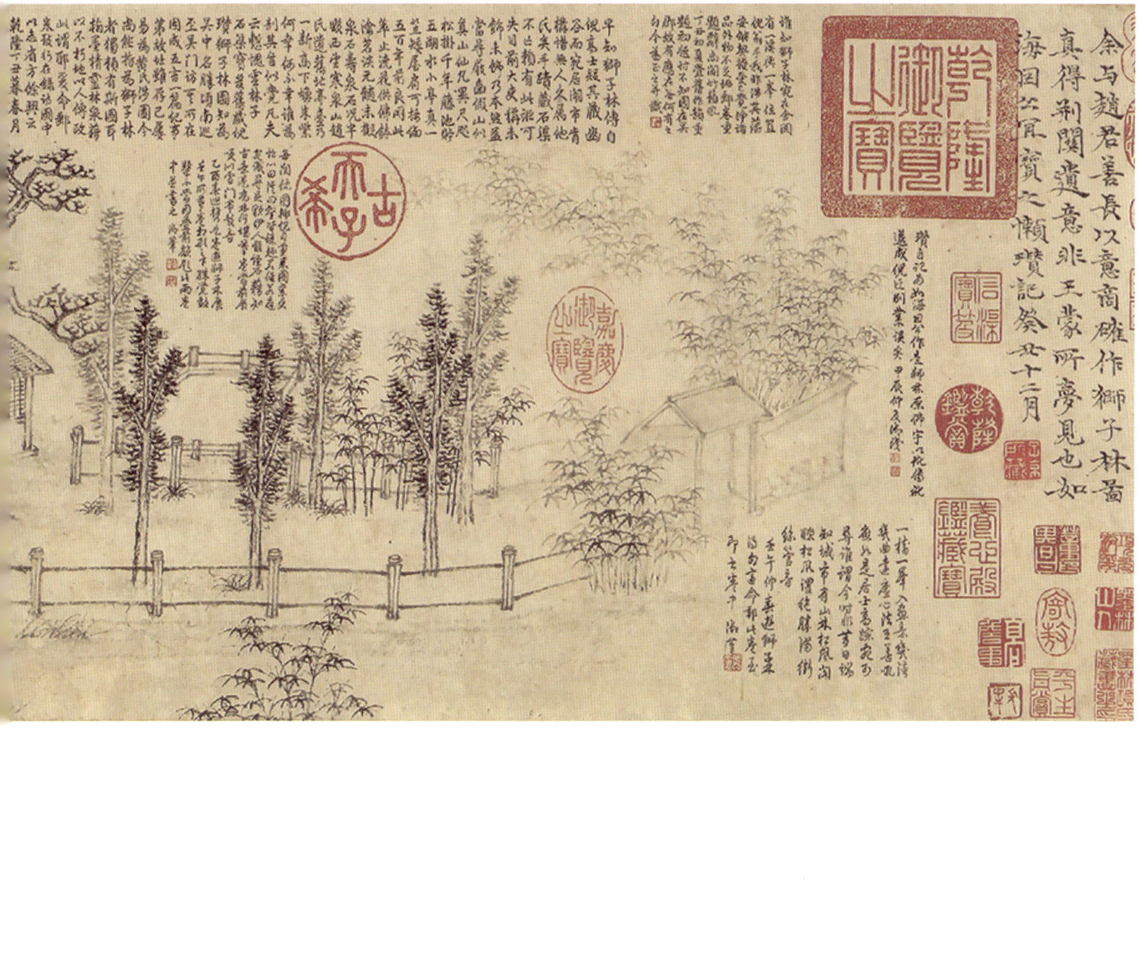
余与趙君善長以意商確作獅子林圖
真得荊關遺意非王蒙所夢見也如
海因公宜寶之懶瓚記癸丑十二月
乾隆御覽之寶
嘉慶御覽之寶
古稀天子

中的一空依傍、孤标傲世。唯其如此，倪瓒应狮子林方丈如海和尚之请，参与狮子林营造设计，绘《狮子林图》就成了一个大大的意外。究竟又是什么样的因缘际会，才让倪瓒将自己的绝笔（此图完成的次年倪瓒谢世）留给了狮子林呢？答案还是要从《狮子林图》的题跋上去寻找。

倪瓒题跋中“余与赵君善长以意商榷，作狮子林图……”赵善长是个关键人物，可惜被历史和世人忽略了六百年。

从《元代画家史料》和《明画录》中可知，苏州人赵元（字善长）擅画墨竹，尝与王冕合作《三友图》。明代李日华云：“赵善长山水雄丽，可雁行叔明，其墨竹尤得简贵一法。”此外，倪瓒还与赵元合作《狮子林图》。而赵元本人也参与了狮子林的造园活动：“狮子林在吴郡齐女门内潘树巷，今画禅寺法堂后墙外。元至正间僧天如惟则延朱德润、赵善长、倪元镇、徐幼文，共商叠成，而元镇为之图，取佛书狮子座而名之。”

相对于其他史料，《元代画家史料》和《明画录》的真实性是可靠的。狮子林是当时艺坛大家朱德润、赵善长、倪元镇、徐幼文共同“商叠而成”，而非倪瓒一人之功，《狮子林图》也是倪瓒和赵元双剑合璧绘制而成。

狮子林精神由寺而园的变化，是一个由出世冷而入世热的蜕变；是由风雅而风流的风俗大变；是由殚精竭虑孤赏到皆大欢喜众乐的大出禅心之意表却尽得慈悲之佛怀的天道之变。促成这些变化的根源还是《狮子林图》作者倪瓒和一个绕不过去的风流皇帝乾隆。

清初时，高宗乾隆为了督察黄河河务和浙江海塘工程，先后六次南巡。据《苏州府志》等文献记载，从第二次南巡始，乾隆每次必到狮子林，并先后题诗十首，可见其喜爱程度。第二次南巡时，乾隆还随身携带已入内务库府的倪瓒《狮子林图》，并以按图索骥，对照园林前后变化，同时也是揣摩画意、参悟园趣和标榜风雅。乾隆御题的“真趣”二字是赏园的点睛之笔，现悬挂于园中核心位置“真趣亭”。乾隆虽然在北京仿建了“狮林寺”，但终不如苏州狮子林的原汁原味。他在诗中叹道：“山庄御苑虽图貌，黄氏倪家久系心。”上有所好，下必效焉，于是皇帝身边的一帮画师便纷纷画起了狮子林。这批“狮子林即景图”为今天保留了200年前珍贵的图像资料。其中钱维城的《狮子林图卷》（今藏加拿大博物馆）因画家写实功夫了得，又着意于画狮子石，可谓在倪瓒写意图的基础上，让今人又更清晰地看到了狮子林的全貌。钱维城的画成了狮子林壮年时的“身份照”。

传闻称乾隆原题“真有趣”三字，因担心过于直白，经人提醒，便从善如流，剪除“有”字。且不问此传说真假，“真趣”二字实在是古今赏园之要旨，切不可忽略。

1917年，狮子林为民国颜料买办贝润生（贝润生是大建筑家贝聿铭叔父）购得。贝氏又斥巨资修旧如新，增添贝家祠堂等新建筑的同时还以西洋建筑格局略作改造；并饰以欧洲进口彩色玻璃装点花窗，使之中西合璧、姿彩入时。新中国成立后，贝氏将狮子林捐给国家。“旧时王谢堂前燕，飞入寻常百姓家”，也算是功德无量。有人曾指出贝氏之改造，破坏了狮子林纯正的“中国血统”。此一时也，彼一时也。“菩萨保佑”下才免遭“文革”等无妄之灾冲击毁损，怎能苛责前人、吹毛求疵？何况狮子本来就是舶来品，中西合璧也是变也不变，不忘初心吧。至于狮子林今天的湖石玲珑、咫尺山林、洞壑宛转、假山王国等姿彩万千的“时装照”则非入园揽胜不能尽赏，也难得真趣。

钱维城《狮子林图卷》局部

桃花流水　梅林香雪

一直以为“浪漫”是个外来词，查了辞书才知道它是正宗的汉语词汇。意指纵情，富有诗意，充满幻想，不拘小节和婚外情。大多中国人一直以不苟言笑为脸谱，至少表面上总是板板正正，对戏谑调笑之饮宴歌舞和越礼教而纵天性之“花事”出墙一直是恨在脸、爱在心。浪漫有时也指不检点。所以，中国浪漫的别名叫“花心”。

狭义上的浪漫诞生于19世纪西欧的浪漫主义思潮，特指对现实世界深感不满，对未来充满期望，对生活充满热情，对未来无限憧憬，对理想勇敢追求，对真情说是，对堕落说不的英雄情怀。欧洲人认为贝多芬开创了浪漫主义先河，因为他的音乐便是对浪漫最好的诠释和对命运的不屈抗争，“我要扼住命运的咽喉”。当浪漫和英雄合体的时候，生活才能叫生活，盛世才可称盛世，天堂才能是天堂。

西方的浪漫象征是玫瑰，中国的浪漫意象是桃花。

尽管有陶渊明的“桃花源”，李太白之“桃花潭”，但桃花那一抹粉嫩夭红的魅惑好像还是缺了一点让人心颤的感动。桃花绽放时浪漫，谢落时忽然，所以它们不仅有欢乐明亮的花朵还有悲情灰暗的种子。这样的桃花不仅仅开在湘西武陵，开在皖南泾县，也一直开在苏州平门内桃花庵里，在一个超时空的风景里颤动摇曳。桃花不是花而是人，是桃花庵主唐伯虎，乱世佳人陈圆圆和举止蕴藉、吐纳风流同时又让人捉摸不透的神仙中人冒襄。

唐伯虎是苏州的一张名片。

中国画家中若论名气之大，大概没有人能超过唐伯虎。他那“三笑点秋香”的故事，自 15 世纪末便在坊间广为流传，成了妇孺皆知的典故。近世更被弹词、戏曲、电视、电影等大众传媒敷衍得花团锦簇，说姑苏唐伯虎“粉丝”遍天下一点也不为过。唐伯虎如此受追捧，是因为女人爱其风流，男人爱其才华，他自己也颇为得意地自命“江南第一风流才子”。可惜，同是一个人，如果说到“唐寅”，其知名度便会大打折扣，至于六如居士则更是闻者鲜矣。可见爱之者众，知之者稀。这大概也是天才的宿命。

唐寅（1470—1523）初字伯虎，后更字子畏，号六如居士，苏州人。在中国画史上，唐寅是明代著名的“吴门四大家”之一，他既不像沈周的书香世家，又不同于文徵明的官宦门第，与画工出身的仇英也有区别。他出生于吴趋里一商贾人家，自幼聪慧和天性豪放造就了他一向“跌宕不羁，不问生产”的特点，不幸的仕途遭际与坎坷的人生经历更磨砺了他的意志。“不炼金丹不坐禅，不为商贾不耕田。闲来写就青山卖，不使人间造孽钱。”这不单是画家本人不傍豪门、孤傲不羁的表白，同时也宣示了以唐寅为代表的一个自食其力的职业文人画家群体的成熟。与日渐发达的社会经济相适应，以后像松江、海阳、金陵、扬州诸画派的一批画家都不同程度受到他的影响，使得艺术史中以唐寅为个案的市场化城市化现象初露端倪，并引发诸多可供思考的课题。

《秋风纨扇图》是唐伯虎最具代表性的仕女画之一。图中仕女纨扇轻擎，楚楚动人的身姿伫立在微风将起未起之时，平静的面容若有期待，不动声色地勾起了画题诗意的无限凄婉。这个“纨扇仕女”是谁呢？第一个答案是明朝的大收藏家项子京给出的。他在此画的题跋中写道：“唐子畏先生风流才子而遭谗被摈，抑郁不得志，虽复佯狂玩世以自宽，而受不知己者之揶揄亦多……此图此诗，盖自伤兼自解也！”数百年来，这个解释一直被“道统”视为唯一的正解。其实未必。首先是唐伯虎的自题诗明明写的是：“秋来纨扇合收藏，何事佳人重感伤。请把世情详细看，大都谁不逐炎凉？”尽管自古就有诗人以芳草、美人自喻的比赋之风，但总不能说佳人一定与美人无关，皆为讽喻。所以这个仕女为何人？答案至少不止一个。也许有人非要考证这位仕女是唐寅生命中的哪一位瓜葛女子，其实也无必要。如果更关注自题诗中的“收藏”“世情”“感伤”“炎凉”几个字，就可从中揣摩这个浪子的哀怨和忧伤到底为谁而唱。

说到哀怨，再联系到画中仕女手执团扇，自然会想到班婕妤的《团扇歌》。“新裂齐纨素，鲜洁如霜雪。裁为合欢扇，团团似明月。出入君怀袖，动摇微风发。常恐秋节至，凉飚夺炎热……”猜想唐伯虎的本意，这位“纨扇仕女”应该就是历史上这位著名的幽雅贤德的汉成帝妃班婕妤。班婕妤于成帝初年入宫，因美而贤，深获殊宠。一次，成帝邀其出游，她言道：“贤圣之君皆有名臣在侧，三代末主乃有嬖女。”退而不奉诏。这就是“班女辞辇”成语的出处。正因为她的不邀宠、不争宠而愈获宠，故而能长时间入主长信宫。然而“人心不如水，平地起波澜”，她的一切荣宠随着舞女赵飞燕和妹妹合德的出现，戛然而止。山盟虽在，情已成空。可是她却清醒依旧，不仅没

明 唐寅《秋风纨扇图》

有纠缠于得失，而是自请去服侍太后，并在成帝死后为成帝守陵，孤独终老。

如果一定说“纨扇仕女”画的就是班婕妤，也许失之武断。但唐寅下笔时一定想到了孤灯映壁、房深风冷的长信宫中的这位美人。唐寅用三白开脸法和金针衣纹描的“随意丹青”塑造了这位“纨扇女”，其中寄寓的情爱理想大概是后世难以察觉的才子“花心”。

如果这些都只是他人关于唐伯虎的揣摩，那么就来听一听他自己的心声，他在《花下酌酒歌》中唱道：

> 九十春光一掷梭，花前酌酒唱高歌。枝上花开能几日？世上人生能几何？
>
> 昨朝花胜今朝好，今朝花落成秋草。花前人是去年身，去年人比今年老。
>
> 今日花开又一枝，明日来看知是谁？明年今日花开否？今日明年谁得知？
>
> 天时不测多风雨，人事难量多龃龉。天时人事两不齐，莫把春光付流水。
>
> 好花难种不长开，少年易老不重来。人生不向花前醉，花笑人生也是呆。

这首不合唐诗规矩的“唐诗”被文学界称为歌诗。不歌不诗才能又歌又诗，才能成就这个“龙虎榜中名第一，烟花队里醉千场”的特殊之人。天才往往是苦难喂大的。命运之幸与不幸也看怎么看怎么说。文艺家可说他是玉树临风、画笔生辉、文才盖世的真君子，道德家也可指责他是夜夜笙歌、花间卧醉、浪子无状的假斯文。如何评价唐伯虎，对于这位昔日风流才子已经无关痛痒了，但对于今天的人仍不无警示作用。如果你也想像唐伯虎一样风流不羁，那么你首先得有风流的本钱，等你也能“落笔桃花泣，诗成世人惊，咳吐千山绿，酒吸长江鲸”的时候再说也不迟。也许有人会说，此诗并未点明唐伯虎酌酒花下的花就是桃花，以此来证明唐才子的“桃花情结”多少有些勉强。不过这首诗对后世的影响不可低估。清乾隆朝曹雪芹的《红楼梦》中黛玉的《葬花吟》便是明显受此诗影响。其中“桃李明年能再发，明年闺中知有谁？”即明确点出黛玉葬的落英缤纷中必然有桃花，同时也可佐证前朝唐伯虎酌酒桃花下，也正是由桃花灿烂外表下的哀愁品格决定的。

公元 1523 年，唐伯虎在留给世界一连串惊喜和问号之后辞世，然而桃花的故事并没有停止。整整一百年之后，在平门下的这座桃花坞中，一个让人更烧脑更具争议更无法置评的人物在一个清贫的货郎之家呱呱坠地，她就是陈圆圆。

朱明王朝此时已到了风雨飘摇的末世，仿佛一切世相都应了那句“乱世必有妖”的俗话。陈圆圆初入梨园，后上青楼。舞台上，她人丽如花、莺声呖呖，似出岫云霞，令看客凝神屏气，入迷着魔。青楼中，她更是琴棋书画无所不善，谈吐谐趣，虽摄魂而不伧俗，是“秦淮八艳”中颇为出挑的一枝。获赞：“声甲天下之声，色甲天下之色。”唯其如此，她才能当得起乱世佳人这顶不红不黄不绿不蓝的帽子。

崇祯十四年（1641）春，明末四公子之一的冒襄省亲衡岳，道经苏州时经友人引荐得会陈圆圆。二人一见倾心，并订盟约。当年八月冒襄移舟姑苏再会时，圆圆许嫁冒襄，并不顾兵火之险至冒家拜见冒母。冒陈二人感情缱绻，申以盟誓。《影梅庵忆语》载，此是崇祯十四年秋。原本谈婚论嫁已提到日程上来了，后冒襄因家事牵累，未能及时践盟。次年春，当冒襄再去苏州时，不意陈圆圆已于十日前被劫入京。面对空门桃花，冒襄徒生崔护之叹。从此和陈圆圆人生陌路再无相见之日。惆怅凄然，造化弄人。谁之过？谁之错？冒襄也许可以忘却这一过错的失落和遗憾，但对涉世未深的陈圆圆来讲却留下了无法抹平的刻痕。她或许误以为冒襄游戏人生，言而无信，甚至以为天下男人皆如此轻薄。爱情不可信，家庭空游戏。她从此以一种处变不惊的淡然生活态度，从弋阳腔的小戏台跳上了时代风云大舞台，而且扮演着一动惊世界，一静思万人的女主角。

陈圆圆入京后，成为皇戚田弘遇家庭演员。田弘遇因田贵妃去世，日渐失势，为了巩固自己的地位以及在乱世中找到倚靠，有意结交当时声望甚隆且握有重兵的吴三桂，遂置办丰厚的妆奁，将陈圆圆当成一件礼物送至吴府。李自成农民军攻占北京后，陈圆圆又为农民军悍将刘宗敏所夺。当时镇守山海关的吴三桂本欲投降大顺李自成，但得知陈圆圆遭劫后，冲冠一怒，愤而降清。《明史·流寇传》称："初，三桂奉诏入援至山海关，京师陷，犹豫不进。自成劫其父襄，作书招之，三桂欲降，至滦州，闻爱姬陈沅被刘宗敏掠去，愤甚，疾归山海，袭破贼将。自成怒，亲部贼十余万，执吴襄于军，东攻山海关，以别将从一片石越关外。三桂惧，乞降于我大清。"

在吴三桂所部和清军的夹击下，李自成农民军遭受重创，仓皇逃离北京，尽弃所掠辎重、妇女于道，吴三桂在兵荒马乱中找到了陈圆圆。

陈圆圆，虽远不如梁红玉击鼓抗清，豪气干云，但她以美貌倾倒了吴三桂，倾倒了刘宗敏，倾倒了大顺王朝，也倾倒了许多年后的无数男人。尤其是吴三桂冲冠一怒为红颜，由原来的归顺李自成转而投降多尔衮，一下子改变了历史的轨迹。其对时局影响之大，不仅令无数人感慨唏嘘，恐陈圆圆也始料未及。

陈圆圆一生，皇戚田弘遇将她当礼物，义军大将刘宗敏将她当玩物，平西王吴三桂将她当宝物。无论怎么说，她这个“宝贝”总是活得太被动，太无奈。其命如不系之舟，何曾有一天把舵桨握在自己手里？所以红颜祸水的帽子也不适合她。她之罪是桃花般多情美丽，背后是少不更事时冒辟疆给她留下的游戏人生阴影。

陈圆圆一生唯一的一次主动追求是在遇到冒襄之后，屡次寄书冒襄促其践约婚盟。只是锦书难托，渺无回音。那么冒襄究竟是什么样人物，能让陈圆圆如此倾心呢？

冒襄是忽必烈第九个儿子镇南王脱欢的后代，明万历三十九年（1611）三月十五日出生在一个世代仕宦之家。幼年随祖父在任所读书，14岁就刊刻诗集《香俪园偶存》，文苑巨擘董其昌把他比作初唐的王勃，期望他“点缀盛明一代诗文之景运”。自万历以来太监弄权，朝纲倾颓，面对这种危亡局势，知识分子怎不忧心如焚呢？1636年，冒襄与张明弼联手，参加复社，同陈贞慧、方以智、侯朝宗过从甚密，人称“四公子”。他们年龄相仿，意气相投，或结伴同游，或诗酒唱和，或抨击阉党，或议论朝政，希望改革政治，挽救国家危亡。这一切在孔尚任的传奇剧本《桃花扇》中有生动描述。

公元1644年甲申之变翻云覆雨，李自成攻入北京，明亡；随后清兵入关，建立大清国。在南京建立弘光政权的明朝旧臣，恰巧又是冒辟疆宿敌。真是国破山河碎，屋漏连阴雨。他的日子之艰难可想而知。

清朝平定全国后延揽人才，怎么会忘了这位“天际朱霞，人中白鹤”的大名士呢？康熙年间开“博学鸿儒科”，下诏征“山林隐逸”，冒襄也属应征之列，他坚辞不赴。与此同时，他缅怀亡友，收养东林复社和江南抗清志士的遗孤，以示决不做“贰臣”的心态节操。

随着岁月的流逝，冒襄已是垂垂暮年，生活穷困潦倒，只能靠卖字度日。他自述道：“献岁八十，十年来火焚刃接，惨极古今！墓田丙舍，豪家尽踞，以致四世一家，不能团聚。两子罄竭，亦不能供犬马之养；乃鬻宅移居，陋巷独处，仍手不释卷，笑傲自娱。每夜灯下写蝇头小楷数千，朝易米酒。”这与侯方域、陈名夏等当年意气风发，如今委身新政权的软骨头是天壤之别，也是冒襄一生中最为闪光的地方。

1942 年田家英在延安《解放日报》上发表了一篇题为《从侯方域说起》的文章，有传毛泽东阅后很是赏识，特地找田谈话说，所谓明末四公子中，真正具有民族气节的要算冒辟疆，冒辟疆是比较着重实际的，清兵入关后，他就隐居山林，不事清朝，全节而终。就这一点来说，陈圆圆倒是没看错人。

除了政治上大节不亏，生活中的冒公子也是至情至性之人。有知己评价他：头上顶戴父母，眼中只有朋友，疾病妻子无所恤也。因此这位大公子虽然科考失意，仕途坎坷，但他有六福“闲、钱、缘、才、貌、趣”，所以女人缘不错。“秦淮八艳”中就有几位与他渊源颇深。

董小宛和冒辟疆是从露水一沾到修成正果的一对。

董小宛出生于苏州山塘街“董家绣庄”，父亲是位平生不得志的老秀才，自幼视小宛如至宝，悉心调教她诗文书画、针线女红。渠料才女练成，家道变故。人生从小康堕入破落后，董小宛只有两条路可走，一是青灯黄卷尼姑庵，一是灯红酒绿万花楼。她选的是第二条路。

冒襄与小宛邂逅，名士与名妓，一般都会上演一出始乱终弃的老戏码。但“冒董姻缘”却一直是坊间津津乐道的才子佳人天仙配。董小宛诗才了得。“江左三大家”之一的诗人吴梅村在《题冒辟疆名姬董白小像绝句·其六》中写道：“念家山破定风波，郎按新词妾唱歌。恨杀南朝阮司马，累侬夫婿病愁多。”

董小宛才名诗名颇高，后世有人附会她是被顺治宠爱的董鄂妃。顺治是因董夭亡而堕入空门。董小宛也就被卷入清宫第一大疑案，足见苏州姑娘的影响力确实非同凡响。

冒辟疆、陈圆圆和董小宛的故事让后人不胜扼腕。除了颠沛流离个人遭遇外，还有一个时代根源，那就是弥散在清初的“遗民情节”。如大名鼎鼎的“四高僧”——渐江、八大山人、石涛、髡残也是打不开心结，才选择了与清王朝新政权不合作的遁世态度，这也就是选择了清贫与绝望。这种家国一体的孤忠和从一而终的婚姻颇相似，至今仍在影响人们的历史观和人生观。

桃花不向流水开，但终究淋落成泥回归大地，这就是宿命。

苏州佳人也不完全都如陈圆圆、董小宛等人那样倾城倾国、颠倒乾坤，悲喜起落，如月沉升，动静特别大。如果说到女人中“最苏州”的那一个，则非陈芸莫属。若不是其丈夫沈复在散文体自传《浮生六记》中以传神之笔，记录下其一颦一笑和丝丝缕缕的生活琐碎，恐后世无人会知道世界上曾有过这样一位苏州姑娘：朴素如泥土，芬芳若茉莉，平凡邻家女，聪慧蚌中珍，动时风拂柳，静处花对石，烛下勤针线，灶前问夫羹，无师通经史，小人即真人。所谓真人，即可以真风雅、自风流，亦可以本尘土、自沉默。可惜今已绝迹。

沈复的文名当然不能和曹雪芹、汤显祖相提并论，然而《浮生六记》雅俗无间的细腻美感却是区分灵魂粗糙与敏感的一块试金石，同时也是一册认识苏州的必读书。

沈复，字三白，号梅逸，乾隆二十八年（1763）出生于苏州城南沧浪亭附近一文人之家。除46岁时以“司笔砚”（秘书）身份随使节出使琉球一年外，平生籍籍无功名、无业绩、无多少可记可书之事。然所撰薄薄一册《浮生六记》却为他赢得了生前身后名。《浮生六记》中的“四记”曾被译成英文介绍给英语世界的读者，此后又有德译本、法译本、丹麦译本、日译本、瑞典译本、马来译本相继问世，使沈复成了一位“世界性”的中国作家。

《浮生六记》是一本以夫妻生活为主线的叙事性散文集，也可以说是一个平民百姓的“起居注”。写的无外是布衣蔬食之类的种种生活琐碎。由于一种本真的诗性和对细微生活情趣的关注，再加上一种斧凿无痕的文字功夫，此书于轻描淡写的不经意间完成了“真名士，自风流”的人物塑造。作者的妻子陈芸被林语堂称为“中国文学上一个最可爱的女人”。转述和评价是无法完全体现文字的真正美感的，还是撷取两小段来读一读吧。

> 芸……每日饭必用茶泡，喜食芥卤乳腐，吴俗呼为臭乳腐，又喜食虾卤瓜。此二物余生平所最恶者，因戏之曰：“狗无胃而食粪，以其不知臭秽；蜣螂团粪而化蝉，以其欲修高举也。卿其狗耶？蝉耶？”芸曰：“腐取其价廉而可粥可饭，幼时食惯。今至君家，已如蜣螂化蝉，犹喜食之者，不忘本也。至卤瓜之味，到此初尝耳。”
>
> ……余曰：“始恶而终好之，理之不可解也。”芸曰：“情之

所钟，虽丑不嫌。”

这一小段用“乾隆白话”写成的生活细节中如按经典文章的不成文格调，基本上都是些不可入书的内容，比如茶泡饭、豆腐乳、虾卤鸡爪、狗胃、蜣螂（屎壳郎）等词。然而在沈三白笔下如实写来，不仅不令人生厌，而且会被勾起滋味深长的味觉记忆和每个人的偏好。这就是真！芸语“情之所钟，虽丑不嫌”，更是以白话说出至理的箴言。

一日，芸问曰：“各种古文，宗何为是？”余曰：“《国策》《南华》取其灵快，匡衡、刘向取其雅健，史迁、班固取其博大，昌黎取其浑，柳州取其峭，庐陵取其宕，三苏取其辩，他若贾、董策对，庾、徐骈体，陆贽奏议，取资者不能尽举，在人之慧心领会耳。”芸曰：“古文全在识高气雄，女子学之恐难入彀，唯诗之一道，妾稍有领悟耳。”余曰：“唐以诗取士，而诗之宗匠必推李、杜，卿爱宗何人？”芸发议曰：“杜诗锤炼精纯，李诗激洒落拓，与其学杜之森严，不如学李之活泼。”余曰：“工部为诗家之大成，学者多宗之，卿独取李，何也？”芸曰：“格律谨严，词旨老当，诚杜所独擅。但李诗宛如姑射仙子，有一种落花流水之趣，令人可爱。非杜亚于李，不过妾之私心宗杜心浅，爱李心深。”余笑曰：“初不料陈淑珍乃李青莲知己。”芸笑曰：“妾尚有启蒙师白乐天先生，时感于怀，未尝稍释。”余曰：“何谓也？”芸曰：“彼非作《琵琶行》者耶？”余笑曰：“异哉！李太白是知己，白乐天是启蒙师，余适字三白，为卿婿，卿与‘白’字何其有缘耶？”芸笑曰：“白字有缘，将来恐白字连篇耳（吴音呼别字为白字）。”相与大笑。余曰：“卿既知诗，亦当知赋之弃取。”芸曰：“《楚辞》为赋之祖，妾学浅费解。就汉、晋人中调高语炼，似觉相如为最。”余戏曰：“当日文君之从长卿，或不在琴而在此乎？”复相与大笑而罢。

你能相信这是一位家庭妇女在谈文论诗吗？态度肯綮，议论精准，言辞爽利，洞见精深，恐如今之所谓文学史博士也难望其项背。如果你再知道陈芸是从听声习字起步到秉烛夜读到锦心绣口的如此境界，你还能将平凡与奇迹的界线划清吗？陈芸天赋聪慧自不待言，最主要的大概还是沈陈夫妇的生活态度。俞平伯《浮生六记》德语版序言指出：“文章之妙出诸天然，现于人心。及心心相印，其流传遂远。”

《浮生六记》让我们见到了由街巷、流水、桂花、石桥钩织的苏州人家生活图景下的一往情深。

千娇百媚的桃花是苏州人心之所爱，香雪似海的梅花也是苏州人心之所属。

苏州梅园位于西山林屋洞西侧，对面是佛教圣地包山寺。素以万亩梅海著称的梅园景区，结合江南“小桥、流水、人家”的自然乡村特色，目标是让游人在此可以四季观赏。景区的道路自然曲折，灰色的古建筑隐现林间。这里大量种植果梅及花梅，间植柑橘、桃、李、柿、银杏、石榴等，拥有君子园、岁寒三友、四秀园、冬梅四个主题绿化观光区，中心景观有茶楼、碑廊、文史展室、休闲草坡。整个梅园五区一线，通过道路、水体及轴线引导，形成了一个分区明确而又有机统一的农林生态观光园。

说起苏州人爱梅的高情雅致和赏梅的尚古之风当然不能不提久负盛名的香雪海。苏州邓尉山香雪海的梅花与杭州超山、南京梅花山、无锡梅园合称为中国四大探梅胜地。邓尉山在吴中区光福镇，因东汉太尉邓禹曾隐居于此而得名。光福种梅的历史可追溯到秦末汉初，两千多年来经久不衰，还扩展到了周边地区。明人姚希孟曾在《梅花杂咏》序中写道："梅花之盛不得不推吴中，而必以光福诸山为最，若言其衍亘五六十里，窈无穷际。"可见那时已"邓尉梅花甲天下"了。一年一度的邓尉梅花招邀无数游客，久而久之，"邓尉探梅"就成为岁时风俗，每至花季，寻芳者络绎不绝。

在邓尉山香雪海，最早大出风头的是清代康熙年间的巡抚大臣宋荦。他来此游览闻见梅花暗香浮动，花枝纷披一望白皑皑，似乎无边无垠，不禁雅兴勃发，就在山崖上题了"香雪海"三个大字。此后"香雪海"便名扬海内。康熙帝六次南巡，曾数度于此驻跸。乾隆皇帝六下邓尉探梅，使"香雪海"成了江南梅苑中的一个"宠儿"。

康熙、乾隆爱热闹是出名的。他们的赏梅恐怕附庸风雅成分居多。真正爱梅入骨与梅花精神往还相许的古意，还要从冷峻孤寂处探寻。清末思想家龚自珍有《病梅馆记》一文，可谓别具只眼，得梅之形、神、骨、肉，诚知梅之言，可医古今"病梅""病人"。龚自珍视梅如人，不可一味以残曲为美、以孤绝为唯一意向。他还是希望抖擞精神，做一个正大光明的君子。这也是梅之本格的另一面。

香雪海

病梅馆记

江宁之龙蟠，苏州之邓尉，杭州之西溪，皆产梅。或曰：“梅以曲为美，直则无姿；以欹为美，正则无景；以疏为美，密则无态。”固也。此文人画士，心知其意，未可明诏大号以绳天下之梅也；又不可以使天下之民斫直、删密、锄正，以夭梅、病梅为业以求钱也。梅之欹之疏之曲，又非蠢蠢求钱之民能以其智力为也。有以文人画士孤癖之隐明告鬻梅者，斫其正，养其旁条，删其密，夭其稚枝，锄其直，遏其生气，以求重价，而江浙之梅皆病。文人画士之祸之烈至此哉！

予购三百盆，皆病者，无一完者。既泣之三日，乃誓疗之、纵之、顺之，毁其盆，悉埋于地，解其棕缚；以五年为期，必复之全之。予本非文人画士，甘受诟厉，辟病梅之馆以贮之。

呜呼！安得使予多暇日，又多闲田，以广贮江宁、杭州、苏州之病梅，穷予生之光阴以疗梅也哉！

梅之高冷与梅之接地气是和谐统一的。所以一样梅花别样看，在老苏州人心中，真正的梅园不在西山而在虎丘，梅花山不是包山而是虎丘山。因为那里有一栋梅花楼。

胡晓明的《梅花楼》一文对它有详记。

西湖一地，吟不尽的名章秀句；秦淮一水，说不完的国士名姝；虎丘一山，数不清的胜迹珍闻。江南为中国人文荟萃之地，西湖、秦淮、虎丘，又为江南之人文渊薮。且说虎丘。茶磨山人顾铁卿的《桐桥倚棹录》一书，仿虎丘旧志之例，专记山塘一带之山水、名胜、寺院、祠宇、第宅、古迹等凡十二卷，是虎丘胜迹最权威的文献，遂使虎丘一山，不啻为一部明清文化大观。顾颉刚先生曾于江苏文物管理会得见其书，“以索价奢，会中不能购”，深以为憾，后多番周折，终归己有。俞平伯先生题顾颉刚藏《桐桥倚棹录》诗曰：“茶磨山人《倚棹》编，阊西风物庶其全。”“写出莺花吴地记，不教明月擅扬州。”山塘七里，多少灯火樊楼、前尘梦影。这里且说一说明末清初的两位梅花楼主人。

梅花楼在虎丘山西侧，因文徵明画壁梅花而得名。文氏在此楼事迹已无可考知，而一座普普通通的旧观古园，因曾为另外两位同时代奇人高士的寓舍，却令人有无尽低回的意味。

这两位被称为奇士高人的梅花楼主人，一个是大名鼎鼎的归有光玄孙归庄，另一个是喜欢诗酒漫游的徐崧。

同为梅花楼寓主，徐崧与归庄不同，代表着明末清初两种文人志士的生命形态。徐崧是诗人兼地方志专家、旅行家，明亡后足迹遍及吴中，专事搜求吴地古今沿革之史事故实，被时人称为“吴地之董狐”。而归庄是诗人兼反清义士，明亡后与顾炎武等密谋抗清，曾亡命为僧。徐、归皆好游佳山水。徐崧是文化梦游者、文化招魂人。“时以一瓢两屐，行数百里，每遇名山大川，徘徊眺望，即至一丘一壑，亦必穷搜幽眇，寻章摘句，收拾奚囊中，荟萃成卷。”（尤侗《〈百城烟水〉序》）而归庄是文化哭灵人、文化浪子。“尝南渡钱塘，北涉江淮，所至遇名山川，凭吊古今，辄大哭，见者惊怪，而公不顾也……”（钱仲联《清诗纪事》）所以徐崧的代表作《百城烟水》是空间的，归庄的代表作《万古愁》曲是时间的。《百城烟水》将中国文化的千城百市化而为姑苏一郡，以姑苏的史地故实与名章逸文浓缩文化的精华。

明朝灭亡了，徐崧用阴柔的方式来讲中国文化，夕阳古寺之词有帝子湘妃的烟水迷离，而归庄则用阳刚的方式来讲中国文化，神气飞扬之间有屈子哀郢的痛哭流涕。

作为梅花楼主人，归庄与徐崧的共同点当然是种梅爱梅知梅惜梅。归庄的《观梅日记》中有“邓尉山梅是胜游”，“月明先醉梅花楼”，徐崧有“梅花落尽春风里，玉笛凄凉月影寒”，皆是“以眼前景写心中意”的好句，也是以枝为骨、以香为魂的梅花知音。

松竹梅乃岁寒三友，古今士人皆以其形色气喻志。故爱梅者众，咏梅诗多。北宋有“梅妻鹤子”之雅的林和靖的那首《山园小梅》可谓爱梅入骨写梅入神。

众芳摇落独暄妍，占尽风情向小园。
疏影横斜水清浅，暗香浮动月黄昏。
……

王安石的梅花诗也是迷梅入梦，闻香勾魂。

墙角数枝梅，凌寒独自开。
遥知不是雪，为有暗香来。

梅花当然也不是诗人专宠。历代画家的水墨丹青梅花图也将中国文化中特有的梅花意象表现得淋漓尽致。明末陈洪绶的《吟梅图》就是咏梅画人的代表作。

陈洪绶生性怪僻，行为放浪，贪酒好色，但为人正直，有民族气节。“国破家亡身不死，此身不死不胜哀”，他为明王朝的覆灭感到“偷生也无颜”，时而吞声哭泣，时而纵酒狂呼，人皆视为狂士。他

明 陈洪绶《吟梅图》

乐于为仆夫稚子、歌伎老卒、不得志的寒士作画，而权势新贵求画则不应，包括“失节”的好友。与他有二十多年深交的周亮工索画也遭拒绝，事后他又画《归去来图卷》寄周氏，意在规劝老友不要为清廷效力。

《吟梅图》为绢本设色画。此图近景画一坐于嶙峋奇石上的仕女，展纸小几上，回首凝视持瓶的侍女及静立扶杖的侍童。对面为一攒眉绞指的士人，面对展于长石几上的素纸，似在作迁想妙得的构思。此图人物造型夸张奇特，表情丰富传神，已具陈洪绶的典型风格。衣裙勾勒细劲古拙，虽为淡墨细笔，却有金石意味。款署“吟梅图为玄鉴道盟兄仿唐人洪绶己丑秋暮”。也许有人会说，画虽好，但题为“吟梅”，似未以梅为主，当叹，可惜无声。我们再来仔细欣赏这位“怪杰”的“怪”与“杰”。陈洪绶首先在“经营位置”上一反常法，他没有将主角梅花放在画幅中心，而是放在画中右下角。处于画幅中心的士人攒眉绞指，显然是在索句苦思，然后通过仕女回首凝视小侍女捧着的插有梅花的花瓶，表现她刚意识到：“原来主人正在为梅而吟！”陈洪绶用画中人的眼波流转，接力传递般编织出心灵交流的路线图，从而揭示了画之主旨，既高妙生动又蕴藉有趣。正可谓“此时无声胜有声”！

桃花妖娆，梅花清高，苏州人爱桃也爱梅，趋雅不避俗，是真正的懂诗画、懂自然、懂生活、懂人生的美的追求者。

苏州人之爱花已经爱到了骨头里，春桃夏荷秋菊冬梅无所不爱。白日踏园，寻访芳菲，夜晚秉烛，不忍花睡。于四时之赏外，还会将花蕊花瓣制成花露备用。花露有安神、止痛、香肌等功用，亦是人们用来表情达意的稀罕之物。

董小宛曾为冒辟疆手制花露。《红楼梦》第三十四回写宝玉挨打，大家都忙着为他递汤送药。王夫人想起“前日有人送了几瓶子香露来”，就吩咐拿了来：“一碗水里只用挑得一茶匙，就香的了不得呢。”“袭人看时，只见两个玻璃小瓶，却有三寸大小，上面螺蛳银盖，鹅黄笺上写着‘木樨清露’，那一个写着‘玫瑰清露’。袭人笑道：‘好尊贵东西！这么个小瓶儿，能有多少？’王夫人道：‘那是进上的，你没看见鹅黄笺子？你好生替他收着，别糟蹋了。’”

顾铁卿的《桐桥倚棹录》中“花露”一条详记其制作、产地、功用和种类，录兹于后，以为我们今天能闻香识人，对苏州人的精致生活有一个真切的了解。

花露以沙甑蒸者为贵。吴市多以锡甑。虎丘仰苏楼、静月轩，多释氏制卖，驰名四远。开瓶香冽，为当世所艳称。其所卖诸露，治肝、胃气则有玫瑰花露；疏肝、牙痛，早桂花露；痢疾、香肌，茉莉花露；祛惊豁痰，野蔷薇露；宽中噎膈，鲜佛手露；气胀心痛，木香花露；固精补虚，白莲须露；散结消瘿，夏枯草露；霍乱、辟邪，佩兰叶露；悦颜利发，芙蓉花露；惊风鼻衄，马兰根露；通鼻利窍，玉兰花露；补阴凉血，侧柏叶露；稀痘解毒，绿萼梅花露；专消诸毒，金银花露；清心止血，白荷花露；消痰止嗽，枇杷叶露；骨蒸内热，地骨皮露；头眩眼昏，杭菊花露；清肝明目，霜桑叶露；发散风寒，苏薄荷露；搜风透骨，稀莶草露；解闷除黄，海棠花露；行瘀利血，益母草露；吐衄烦渴，白茅根露；顺气消痰，广橘红露；清心降火，栀子花露；痰嗽劳热，十大功劳露；饱胀散闷，香橼露；和中养胃，糯谷露；鱼毒漆疮，橄榄露；霍乱吐泻，藿香露；凉血泻火，生地黄露；解湿热，鲜生地露；胸闷不舒，鲜金柑露；盗汗久疟，青蒿露；乳患、肺痈，橘叶露；祛风头证，荷叶露；和脾舒筋，木瓜露；生津和胃，建兰叶露；润肺生津，麦门冬露。施位《虎丘竹枝词》

云："韦苏州后白苏州，侥幸香山占虎丘。四面红窗怀杜阁，一瓶花露仰苏楼。"又郭麐《虎丘五乐府》有《咏花露·天香》词云："炊玉成烟，揉春作水，落红满地如扫。百末香浓，三霄夜冷，无数花魂招到。仙人掌上，迸铅水铜盘多少。空惹蜂王惆怅，未输蜜脾风调。谢娘理妆趁晓。面初匀，粉光融了。试手劈笺，重盥蔷薇尤好。欲笑文园病渴，似饮露秋蝉便能饱。待斗新茶，听汤未老。"尤维熊和词云："候火安炉，量沙布甑，蒸成芳液盈盈。凉沁荷筒，冷淘槐叶，输与山僧佳制。瓶罂分饷，倾一滴便消残醉。却笑辛勤蜂酿，只供蜜殊留嗜。试调井华新水。面才匀，扫眉还未。惯共粉奁脂盝，上伊纤指。向晚妆台一饷，又融入犀梳栊双髻。梦醒馀香，绿鬟犹腻。"

百工四美

当代有一个热词叫“非物质文化遗产”，其实原来大多就是各具地方特色的传统工艺，后来拓展为全息的传统的有地方特色的技艺和实物。如：竹刻、木作、牙雕、石雕、砖雕、玉雕以及造纸、制笔、染丝、刺绣、陶瓷、茶事、烹饪、服饰、戏曲、紫砂、装裱、制匾，林林总总，不一而足。细分起来大概远超百工之数。

先秦《考工记》说：“天有时、地有气、材有美、工有巧，合此四者，然后可以为良。”苏州自古以来就是这么一块人杰地灵、手巧心灵、材美工灵、时绥气灵的“四美”之地。所以苏工苏作不仅件件精良，行行神技，几乎囊括了所有“非物质文化遗产”类型，甚至连故宫太和殿的铺地金砖也是出自心灵手巧、做派严谨的苏州人之手。如果要将这些一无遗漏地记下来，则会是一部千万言不能详尽的工艺百科全书。故只能摘其一二，略述“四美”出姑苏的精彩。

苏州刺绣

冠戴服饰特别繁缛华美，乃古华夏文明之一大特色。《左传·定公十年》疏云："中国有礼仪之大，故称夏，有服章之美，谓之华。"而"黄帝、尧、舜垂衣裳而天下治"（《易经·系辞下》），是以刺绣之研究，意莫大焉。

这是一种微言大义的遥远声音。由于千百年间，刺绣一艺归属女红，她们都绣而不言、工而不述，所以关于刺绣的技艺专著很少，更不要说刺绣史方面的美学研究了。所以关于刺绣审美的最高境界也就只能归属到绘画中"应物象形"这一个层面。

刺绣，本是以针为笔，以线为墨，穿针引线在织物上构成图案之手工技艺。当其始，即贵为帝皇祭祀天地所穿之礼服，为"日月星辰山龙华虫，作绘宗彝，藻火粉米，黼黻絺绣，以五彩彰施于五色作服"，直至袁世凯复辟，仍着十二章天子服企求正名。汉代曾派绣衣御史"衣绣衣，杖斧，分部逐捕，刺史郡守以下皆伏诛"，绣衣者，赫然权力之象征。刺绣虽服务于礼，然遍身华服者，不是刺绣人。绣娘千针万线也都是为他人作嫁衣裳。明清官员品级补服以绣不同图像为不同身份地位之标志。所谓文官为鹤禽，武官为麒兽，故有“衣冠禽兽”一词，只不过后世此词已专用于咒骂官场中恶人，于初造时意思完全相反。剧装戏衣业有“宁穿破，不穿错”之行话。绣服，封建之标识明矣。看来，重视的也还是绣品而非绣娘绣艺。刺绣虽然有大量的社会需求，但很长时间内它是在理论和实践脱节的悖论中成长的。

刺绣在朝廷为宫货绣，在富庶人家为闺阁绣，在民间为日用绣，明清时在市场上流通为商品绣。除服饰绣外绣品还有册页、屏条之画幅绣；有寺院绣幡，绣佛像、绣经文，绣经袱之宗教绣；有历朝历代之各类日常生活用品绣，包括绣枕、绣被、绣帐幔，绣帘、绣帕、绣肚兜，绣巾、绣鞋、绣佩饰；还有绣旗、绣伞、绣剧装。绣品，用途之广识矣。绣，从“丝”旁，近“修”音，是通过丝绒或丝线在布帛上使图文修饰完美的一种工艺过程。用彩色丝线、绒线、棉线或金银线、头发丝，在绸缎、布帛等织物或化纤原料上，凭借针的穿刺运动，构成花纹、图案、文字或物象，称为“刺绣”或“绣花”，在古代也称“针黹”“针指”或“女工”，女工亦作“女功”“女红”。

苏绣，乃总五色而极思，借罗纨而发想，具万物之有状，尽众化之为形。有的直言织绣品，有的则成为秀美的修饰词。曹子建七步成诗，被称为“绣虎雕龙才子笔”。“锦心绣口”，形容文思优美，辞藻华丽，天成文章；大好河山、光明前程，谓“江山如画，前程似锦”。

由于地方风水和人文素养的丰厚，苏绣走的是一条技进乎道的求精求新求道之路。

闻一多说，龙是中华民族“发祥和文化肇端的象征”。古吴地区之人断发文身，“以像龙子”，也正是我们民族历史文化发祥和肇端的一个表征。

对于苏州地区的早期刺绣，古籍中也有记述。苏州第一部地方史志，汉代赵晔所著的《吴越春秋》卷六《越王无余外传》中载：“禹乃登山，仰天而啸，忽然而卧。因梦见赤绣衣男子，自称玄夷苍水使者。”这说明2500年前苏州已经流行刺绣。在《吴越春秋》中记述吴王夫差因听信谗言，最终败亡于越王勾践，吴王伏剑前顾谓左右曰：“吾生既惭，死亦愧矣。使死者有知，吾羞前君地下，不忍睹忠臣伍子胥及公孙圣。使其无知，吾负于生。死必连繄组以罩吾目，恐其不蔽，愿复重罗绣三幅，以为掩明。生不昭我，死勿见我形。吾何可哉！”夫差以罗绣三幅遮盖面目，可见绣帕在春秋时为常用之物。

刺绣功能当然不仅仅是遮羞，更多的是锦上添花，衣上添彩。

至于衣上添彩，除上文说的官服、戏服必绣外，宋以后民间使用刺绣最多的是嫁衣和寿服。这就使大多刺绣从隋唐时的御用、官用和豪门用的奢侈品一下子拓展成千家万户的生活必需品。刺绣如飞入寻常百姓家的燕子，在一个更为空阔、自由、阳光的世界里飞翔；绣品如开放了缠布的天足，走出了自信的步姿。刺绣的针法、技法、内容不断更新，在稳定的社会形态下，一直能与时共舞。

在苏绣的传统样式中，凡是男女婚礼中所用的绣品，鸳鸯是必有的图案，被面和枕套总是绣着双宿双飞的鸳鸯。鸳鸯的从一而终、白头偕老成了人们的婚姻祝福和爱情理想。然而现实生活中，许多人都是“贫贱夫妻百事哀”，等到青丝变白发之时，只能以花白对锦绣，枕着“事如春梦了无痕”终老一生。正是这些平平淡淡的日常生活，牵引出诗人词家的一声声叹息。

清朝太湖词人朱彝尊的《生查子》云：

刺绣在深闺，总是愁滋味。方便借人看，不把帘垂地。弱线手频挑，碧绿青红异。若遣绣鸳鸯，但绣鸳鸯睡。

西太湖董元恺的《应天长》又一体味：

> 水精帘卷东风院。枝上流莺声百啭。绿窗轻，香梦软。清泪朝朝曾洗面。砌痕深，花样浅。出水芙蕖波溅。绣到鸳鸯偏倦。恼乱针和线。

词人道出了绣娘的苦闷，但未必能体悟到绣娘们飞针走线时本真的欢喜。那是生命寄托的挚爱，纵然不能梦想成真，有了这份爱才使日复一日的辛苦劳作有了养家糊口之外的收获和欣悦。有了这份深情和不断放大的市场需求，刺绣一技才能日益精进，佳作不断，名家辈出。刺绣一经服饰走进民间生活，生活就成了展示美的舞台，大街小巷都是T台，角角落落皆有惊喜，于是苏州在很长的一段时间里又是引领时尚的一块高地。这不是苏州人的自夸，而是来自争锋对手杭州人的赞许。

> 吾浙人极无主见，苏人所尚，极力摹仿。如一巾帻，忽高忽低；如一袍袖，忽大忽小。苏人巾高袖大，浙人效之。俗尚未遍，而苏人巾又变低，袖又变小矣。故苏人常笑吾浙人为“赶不着”。

这段话可不是出自一个见识短浅的俗人之口，而是明末文史大家张岱的《琅環文集》所载。书中对茶楼酒肆，说书演戏，斗鸡养鸟，放灯迎神，工艺书画的闲情逸致、浪漫巧思都观察精微，记录生动，犹如一本日常生活的百科全书。所以张岱对世风人情见地高、品评佳，他对苏州风尚的推崇极有分量。

入清以后，苏工苏作的上品又被称为“乾隆工”，成了皇家御用和中华工艺王冠上的明珠。

明代苏州商贸文化空前繁荣。中国的资本主义开始在苏州这块肥沃的土地上萌芽；人间天堂出现了“明四家”的吴门画派；小桥流水人家传出的昆曲风靡全国；历经千余年的刺绣也于此时成熟并形成了自己的风格。明代是苏绣发展千年不遇的契机，也是促成“吴中刺绣甲天下”的高峰期。

朱元璋建立明朝，因厌恶元代外族服饰，令恢复汉族装饰，“复衣冠如唐制”。蒙古之俗，有辫发，有胡服，明初改之以束发于顶，圆领束带。《明史·舆服志》载，洪武二十四年（1391）定制，“公侯及一品、二品，金绣云霞翟文；三品、四品，金绣云霞孔雀文；五品，绣云霞鸳鸯文；六品、七品，绣云霞练鹊文。”这是朝廷官服的刺绣需求。其中一部分就由苏州绣工刺绣。

早在元至元十七年（1280）就有宫廷特设的织染局置于苏州平桥南。至正年间，苏州织染局又在宋提刑司旧址改建。明洪武元年（1368）移建于天心桥东，集中织工绣匠专为朝廷织绣卤簿仪驾和皇室服饰，朝廷特派官员来苏督造。设采办刺绣宫货的织造馆于女冠子桥西。江南三织造中，苏州织造局规模最大，有房间245间，设织机173张；嘉靖二十六年（1547），在局各种人匠667名，其中有染手、结综、掉络、牵经、画匠、绣匠、织挽匠及各类管理人员。

苏绣的形成，当与苏州的文化艺术分不开。明清两朝江苏进士约6000人，其中吴地约有4690人，明清吴地殿试第一名，即状元有35名。苏绣受当时文人的影响，带有诗情画意的韵味。

“绣缋共工”，绘画艺术对刺绣的影响更为直接。据徐澂编著的

《吴门画史》统计，自三国至清末民初，苏州市区书画家有姓名及传略的达 1220 人，人数之多为全国之首。明代“吴门画派”影响深远，不仅在中国画历史上如潘天寿言“直使清代三百年之山水画，亦全属此派范围之下，其情况真有不可一世之概”，也使苏州刺绣的绣画达到更高的艺术水平。这时的刺绣工艺正以专门追求书画效果的绣画、绣字为时尚。苏州刺绣以各色丝线在各种丝织物上表达绘画的精神，运针如笔，针刺纤细如毫发，能以多种针法熟练地绣出各类精致日用绣品和工艺品。

明代正德年间（1506—1521）昆曲在苏州昆山兴起，促使苏州制作剧装戏服的行业也兴盛起来，文化艺术与刺绣艺术相互促进，共同发展。袁宏道在他的《迎春歌》中描述：“梨园旧乐三千部，苏州新谱十三腔。假面胡头跳如虎，窄衫绣绔槌大鼓。金蟒缠身神鬼妆，白衣合掌观音舞。”真实地记载了窄衫、绣绔、金蟒、白衣等剧装戏衣。

由于昆曲的流行，带动相关手工业制作也相应发展起来。如花线、金钱、缂丝、宋锦、苏扇、玉雕、木雕、灯彩等都得到了长足的发展。明代莫旦《苏州赋》中说：“其风俗人才之美，礼仪文物之懿，又非前代所能及焉。”引述物产则：“纱罗绫纻，五彩陆离；蟠龙绣纹，贡于宸居”；“至于蜡笺画笺，彩线绣线，类各不同”。品种多样的工艺美术品，在题材、技法、色彩装饰等方面有着千丝万缕的联系，起着相互促进的作用。苏绣风格的形成，自有其苏州文化艺术方面的深厚底蕴。

工欲善其事，必先利其器。飞针走线绘锦绣，小小绣花针也至关重要。苏针“坚而不脆”，针身匀圆，针尖锐利。苏州坊巷中有“邵磨针巷”者，大概就是因当年该处邵姓制针作坊而得名。

锦心欲度金针巧，妙手先分彩线长。花线的色彩优劣，直接影响着绣品的好坏。常言五颜六色，五光十色，而苏州花线可染一百多种色彩，一种色彩又可分许多色阶，而且纤维细致透明，抱合好，拉力强，能劈丝分缕，直至一丝一缕，都具“光、滑、细、柔”的特点，使绣出的绣品平薄匀，和色无痕，精美细致。

苏州“日出万绸，衣被天下”。著名的“吴绫”“苏缎”，色泽艳丽，平服光亮，轻软滑爽，质优耐用，为苏州刺绣提供了上好的原料，经过刺绣点缀，更加精致高雅。苏州利用地方特产原料发展副业，既无采购贩运之困难，又可随时染织，选配各色原料，使苏绣的生产大有可为。

总结苏绣的风格特点，明代王鏊在他主编的《姑苏志》卷十四中写道：“精细雅洁，称苏州绣。”

晚明王士性对苏州人了解得很透彻，他分析说：“姑苏人聪慧好古，亦善仿古法为之……苏人以为雅者，则四方随而雅之；俗者，则随而俗之。”苏州人由于自然环境和物质精神文明条件使然，时尚精神高雅超逸。这种时尚和追求，这种氛围，也无不对刺绣有所影响，并成为刺绣的一大特色。刺绣精工细作，色彩淡雅文静，绣面秀丽整洁，完全符合苏州人的好恶，而苏人以为雅者，也招至四方随而雅之。苏州之风尚成为天下先，实在是“上有天堂，下有苏杭”的又一注解。

苏丝苏绣与国人纠缠了数千年，既攀上了帝王的冠冕，也登上了显贵的衣襟，还沾染了女儿家的香帕，见诸诗家墨客的诗文，及至显于史家笔端，既彰显了庙堂之威严正大，亦流转于寻常百姓家，与饮食男女衣食住行犬齿交错、水乳交融、骨肉相连，幻化出一段段天光丽彩。

昆　曲

苏州文化生态圈中，除了苏绣，昆曲也是不可或缺的一环。

熟悉中国历史的人都会发现这样一个现象：几千年来，在中国政治舞台上一直刮着“西北风”。一股政治力量，无论开始有多弱小，只要占据陕西关中作为基地，然后伺机向东发展，其势往往不可阻挡。周、秦、汉、唐概莫能外。这使诗圣杜甫在安史之乱后写下了“回首可怜歌舞地，秦中自古帝王州”的著名诗句。多少回南北分裂，隔江对峙，到头来总是北军压境，统了南方。三国归晋，南朝入隋以及宋灭南唐，元灭南宋，无不如此。然而在思想文化领域，发展趋势却往往逆军事潮流而动。大到经学、禅学，小到画派、琴派，在南北流派的竞争较量中，最终都是南派占了上风，进而席卷全国。也许正是这种军事与文化逆向运动的总体格局，维系着中华民族的整体精神和生命活力。

五代时期，参军戏流行江南。这种只有两个角色的表演，至南宋即被南戏替代。这一嬗变趋势的背景是太湖名城苏州、杭州的规模和地位一直在稳步拓展、提升。中唐以后，苏州升格为江南唯一的雄州，其富庶繁华仅次于东、西两京而远在他州之上。

此刻，历史的目光凝聚在了大江之南。这一次，中国戏曲选择了苏州，苏州选择了昆曲。昆曲承担了中国戏曲中兴和创造的双重任务。戏剧史家周秦的研究为我们探源昆曲找到了正确的方向。中国古典戏曲成熟于何时？其自身的形式特征固然重要，而作为一种社会活动，人们对戏曲的参与程度，或者说戏曲在生活中的影响程度，无疑更具有决定意义。如果仅仅以文本、唱腔或舞台表演等形式特征为考察标准，那么唐代的《踏摇娘》《参军戏》，汉代的《东海黄公》，甚至先秦时代的《九歌》，都可以作为戏曲成熟的例证。我们难道就能据此将中国古典戏曲的成熟期拟定于公元前三四世纪屈原所在的时代吗？

中国戏曲和古希腊戏剧、古印度梵剧差不多同时起步，但是其成熟却远在其他两大戏剧体系早已消亡的多年之后，世界戏剧史上这一奇特文化现象一直被中外学者所关注和探讨。根本原因一般被归结为中国古代社会长期奉行“以农为本”“以食为天”，一直保持稳定的社会形态、文化意识和以古汉语为基础的文化生态。我们的先民既没有创作出像古希腊、古印度那样充满浪漫精神、极具想象之美的神话故事，也没有产生像《伊利亚特》《奥德赛》或《罗摩衍那》《摩诃婆罗多》那样场面壮阔、气象万千的长篇史诗。中国的诗本位格局自诞生之日起，其功能就被定位为言志抒情，与叙事、议论了无干系。由于诗体被赋予言志的不朽功能和崇高地位，于是骚赋不是诗，乐府不是诗，后起的文学样式词曲就更不是诗。尤其是戏曲，历来被视作游戏笔墨、玩物丧志的雕虫小技，与街谈巷议、道听途说的小说家之言同属不登大雅、不入九流，很少有“正经”的读书人自甘“堕入歧途”，更不用说去创造它、评论它、研究它。这种狭隘的文学观直到近代才在西方文化思潮的冲击下得到格正。梁启超才终于恍然大悟：原来四言的诗、杂言的骚、五言七言的乐府古风和近体律绝，乃至长短句的词曲，只不过是古典诗歌的不同形式，“皆应谓之诗”，像关汉卿、王实甫、汤显祖、孔尚任、蒋士铨这样的戏曲家，“一诗累数万言，其诗才又岂在拜伦、弥尔顿下耶！”

据孟元老《东京梦华录》所记，12 世纪初，瓦舍已遍布汴梁城东南西北，每个瓦舍中有数量不等的“勾栏棚”，瓦舍勾栏是各种艺伎长年卖艺的场所。伎艺种类很多，有小说、讲史、宫调、合生、武艺、杂技、傀儡戏、皮影戏、笑话、谜语、舞蹈、滑稽表演、装神弄鬼等。各类伎艺互相竞争，也相互融合。中国古典戏曲最早的成熟形式——宋杂剧，就是在这样的背景下登台亮相的，它是后来金院本和元杂剧的直系源头。

差不多同时，中国南方的戏曲艺术——南戏文也进入了成熟期。12 世纪 20 年代的宋室南渡使临安成为当时最繁华的都市，瓦舍勾栏远较东京汴梁时代为盛。

戏剧虽是一门综合艺术，但中国古典戏曲的本体无疑是“乐”，是声腔，而戏曲声腔的物质材料则是人声。因此，宋元戏曲北杂剧、南戏文的发展格局不仅是特定历史背景和政治环境下的必然产物，更是南北语音差异的合情反映。戏曲艺术要继续发展，就必须吸收南北两大声腔系统各自长处并有机融贯。

吴人善讴。吴地向有曼舞轻歌以抒情怀的风气，先秦典籍《楚辞·招魂》和《国策·秦策》的“吴歈”“吴吟”等词可证明这种风气由来已久。《诗经》十五国风中没有“吴风”，但正如顾颉刚先生《吴歌·吴歌小史》中所说，“这并不能证明吴人没有歌，不会唱”。有的学者甚至将吴歌推源到传说中的夏禹时代。据《吕氏春秋·音初》，大禹在治水过程中娶涂山氏之女，然后继续“巡省南土”。涂山氏之女思念久别不归的丈夫，命侍女在大路边守候，还作了一首歌，歌中唱道：“候人兮猗！”这首歌被认为是“实始作为南音”。歌词实际上只有两个字“候人”，即守候爱人，结尾的“兮猗”是语气词，说明乐歌的作者已经有意识地运用婉转起伏的尾音来烘托抒发情感，而吴音舒缓柔美的特点也由此得到初步的展现。稍后，则有《说苑·善说》所载《鄂君歌》，据游国恩考证断定为“公元前550年间的产品”，并称赞此歌“虽是寥寥短章，在《九歌》中除了《少司命》《山鬼》等篇，恐怕没有哪篇赶得上它”（《楚辞的起源》）。梁启超也说此篇歌词旖旎缠绵，读起来和后来南朝的吴歌发生联想，认为当时的江南地区完全“有发生这种文体的可能”（《中国美术史稿》）。《左传·襄公二十九年》关于吴公子季札聘鲁观乐、倾倒中原诸侯的生动记述，则反映出吴人在公元前6世纪已经具有很高的艺术修养和文明水平。不久，吴人言偃（前506—前443）成为儒学大师孔丘门下最优秀的学生之一而名列“孔门十哲”，他所擅长的学问恰恰是同诗歌艺术直接有关的“文学”。

史载吴王夫差“喜优”“淫于乐”（《国语·越语下》），甚至说他有“宫妓数千人”（任昉《述异记》）。史家的原意是剖析其玩物丧志、忘民失国的政治教训，而戏曲学家却从中发现了如下历史事实：原来2500年前，苏州城里就有那么多吃文艺饭的人！正是基于吴中擅歌舞、重倡优的传统，秦汉以降，历有中央政府派员到吴地采风和征选歌儿之举。《汉书·艺文志》著录各地歌诗，以吴声为最多。生活于三国孙吴末至晋初的大名士陆机（261—303）在所作乐府歌辞《吴趋行》中描写了演唱吴歌的情景：

楚妃且勿叹，齐娥且莫讴。四座并清听，听我歌吴趋。吴趋自有始，请自阊门起。

东晋南渡之后，吴歌成为当时流行的清商新声的首要组成部分，吴地民间歌舞《子夜歌》《团扇歌》《懊恼歌》《白纻舞》《春江花月夜》《玉树后庭花》等风靡六朝。吴歌中“充满了曼丽婉曲的情调，清辞俊语连翩不绝，令人情灵摇荡”（郑振铎《中国俗文学史》）。“在山明水秀的江南，产生着这样漂亮的情歌并不足惊奇。所可惊奇的是他们的想象有的地方较之近代的《挂枝儿》《山歌》以及《马头调》更为宛曲而奔放，其措辞造语较之《诗经》里的情诗尤为温柔敦厚。只有深情绮腻，而没有一点粗犷之气；只有绮思柔语，而绝无一句下流卑污的话；只有温柔而没有挑拨；只有羞怯与怀念，而没有过分大胆的沉醉”（郑振铎《中国俗文学史》第四章《六朝的民歌》）。因此，不仅鲍照、沈约、江淹等大名士竞相填词，甚至贵为天子的梁武帝、陈后主、隋炀帝也纷纷仿作，他们的作品有不少流传至今。随着乐府歌诗的广泛传播，还涌现出以善歌吴声而称绝齐梁间的乐人吴安泰、王金珠。

唐朝立国之初，因雅乐缺佚，唯吴声歌曲古蕴厚重，唐太宗下诏立吴音为大唐雅乐，延聘吴人传习，以保证其纯正。武则天当政期间曾一度废弛，及玄宗即位，又召吴人教习恢复。故唐宋两朝500年间的诗词名家骆宾王、高适、李白、韩愈、韦应物、刘禹锡、白居易、元稹、李绅、李商隐、温庭筠、曾巩、陈师道、陆游等人都有篇什写到吴歌的委婉清越、幽怨凄楚，无不为之叹息倾倒。他们中的一些热衷于创作新声吴歌的人，一篇甫成，往往传请歌伎，付诸管弦。李白外出云游，身边常跟随着一名能歌善舞的“吴姬”，《金陵酒肆留别》

有“风吹柳花满店香，吴姬压酒唤客尝”一句。刘禹锡有长篇乐府《泰娘歌》：“泰娘家本阊门西，门前绿水环金堤。有时妆成好天气，走上皋桥折花戏。”讲述了吴中一代名伎的坎坷遭遇。白居易任苏州刺史时，曾函请友人元结自京师寄来乐谱，亲教苏伎《霓裳羽衣舞》。晚年的白居易还在《忆江南》词中写道：“吴酒一杯春竹叶，吴娃双舞醉芙蓉，早晚复相逢？”眷恋之情溢于言表。难怪日本学者近藤元粹评论此词说：“香山所忆，恐推吴娃于第一。”这些雅乐即吴声的历史基础，此后皆是昆曲土壤。

曲之源，发于歌；歌之出，源自诗；诗有风颂，曲分雅俗。可有人认为，这时候的昆曲还没有发展到真正意义上戏剧一格的高度。戏剧史家关于这一看法的主要理由是，昆曲艺术不像西方戏剧那样具有精确摹仿现实的写实性，它是以写意性的泛美观程式化的表现手法塑造形象、反映现实的。如同中国画一样，昆曲艺术的美学理想不是作为生活对象的精确摹本，而是成为生活对象特征与本质的高度凝练含蓄、富于想象夸张的突现，或是说自身即为审美对象。为了实现这一理想，它像中国画一样把生活的自然形态提炼为具有典型意义的艺术程式，以来自生活而又为生活自然形态所无的艺术美来认识和再现生活。因而重神似、重意境，讲究以形寓神、以虚代实、以少总多、以无胜有的辩证法，在形神兼备、似与不似之间突破生活自然形态的囿限而达于真与美相统一的理想境界。在这儿，生活语言的自然形态被突破了，化为写意的诗歌艺术；生活行为与表情的自然形态被突破了，化为写意的舞蹈与表演艺术；生活环境的自然形态被突破了，化为写意的布景与道具艺术；甚至生活中人体的自然形态也被突破了，化为写意的脸谱、化妆和服饰艺术。昆曲写意艺术的泛美观程式化表现手法丰富灵活，寓变化于规整之中。

正如一位苏联戏剧家所言，它是“有规律的自由行动”。(俞振飞《戏曲程式与表演》)在昆曲舞台实践中，这一艺术原则集中体现在表演的程式化、时空的自由化、砌末的虚拟化以及人物的行当化等方面。

这一看似权威的学术观点，其实是把简单问题复杂化了，也是西方话语体系的主要特征。既没有把戏剧和戏曲的分野说明白，也没有将昆曲与戏曲的异同理清楚。西方（主要是欧洲）有一个非常悠久的戏剧文化传统。从古希腊悲剧之父埃斯库罗斯和喜剧之父阿里斯托芬起，戏剧即作为一种伟大的文化传统门类，和史诗、哲学一起构建希腊文明的圣殿。戏剧家不仅跻身殿堂，而且会和苏格拉底、柏拉图等雅典学院的巨子同享光荣。16、17 世纪莎士比亚的戏剧更是完整地继承和发展了这一传统。他的戏剧作品不仅名动朝野，受到广泛关注与追捧，甚至引领欧洲的文化思潮。17 世纪法国的莫里哀、19 世纪俄国的契诃夫和 20 世纪德国布莱希特等戏剧家又接棒传统，更新艺术，使戏剧作为一种主要的文学样式和艺术形式，始终与时共进。不过这一文化现象背后的西方只有戏剧而没有戏曲，这一点一直被我们忽略了。

作为狭义的文学样式，中国戏剧没有西方这样显赫的“家世”，也没有如此悠久的历史。但是中国既有“戏剧”又有“戏曲”，只是在“游于艺”的儒家道统思想笼罩下，它们在漫长的时间里一直是文人的自娱自乐和皇室与民间的文化消费对象。

从字源学上讲，汉字的“剧”（古写“劇”）从豦从刀。而豦，从虍从豕。虍豕之斗，斗相丮，不解也。表示老虎和野猪奋力搏斗。移之于人，则是手执武器，互相激烈搏杀，喻义爱恨情仇，纠缠不已。汉字的“曲”除表示曲折外，还形容有高有低的声音，如歌曲、乐曲。从这个角度来理解戏剧和戏曲的分歧，可谓一目了然。一是侧重人物纠结、矛盾冲突设计，用剧情进展完成故事叙述；一是侧重声腔咏唱，在叙述情节时完成内心剖析和人物塑造。这一点从结构上讲，中国戏曲和西方歌剧倒是颇有相似之处。这也是我们认知昆曲作为“百戏之祖，百戏之师”的最重要依据，并且是联合国教科文组织将之列为第一批“人类口头和非物质遗产代表作”名单考量对象之一的根本原因。

昆曲发源于苏州昆山，原名“昆山腔”，由昆山人顾坚草创。明中叶经魏良辅等艺术家改良而逐步走向全国，此后昆曲在中华戏坛独领风骚三百年。昆曲亦称昆腔，是合余姚腔、弋阳腔、海盐腔等地方戏曲声腔大成的新声腔。昆曲强调软糯、细腻，缠绵入耳如水磨粉汤圆入口，故又有俚称“水磨腔”。

明万历年间，昆曲出现爆发式发展，剧本多、演出多、角儿多，当时仅苏州一地吃昆曲开口饭的就多达六千余人。

“文武昆乱不挡”是个有着历史渊源的名词。我们知道徽班进京以前一直是昆曲占据北京戏曲舞台，徽班进京是奉皇室特召来做庆寿演出的。

皇上及皇室青睐的戏班，皇亲贵胄及平民百姓自然也就追随，以先睹为快了。皇室的青睐，确实使徽班在北京“闪亮登场”。而徽班自身板腔体的二黄腔，确实让人耳目一新，给舒缓冗长、只唱曲牌的昆曲带来了很大的冲击，对此前文人墨客所推崇的雅文化也有一定的冲击。此后的昆曲被称为“雅部”，昆曲以外的不论是皮黄还是各种梆子都统称“花部”或“花部乱弹腔”。

从乾隆五十五年（1790）到嘉庆八年（1803），这十几年间，四大徽班在北京舞台已具有压倒一切剧种、戏班之势。无论哪个演出场所必以徽班为主，或者说要由徽班安排，由此可见徽班已占据了北京剧坛的主导地位。而徽班素有兼收并蓄的传统，对昆曲不仅不排斥，而且取其精华，不断丰富徽班的艺术。一场演出有徽戏、有昆曲、有梆子，形成“两下锅”甚至“多下锅”，可谓异彩纷呈。在这种局面持续的时间里，有些能演文戏又能演武戏，能唱昆曲又能唱“皮黄乱弹腔”的演员，被叫作“文武昆乱不挡”。现在这句话也用来赞誉那些技艺比较全面的演员。

“花部”“雅部”概念出现后，原本梨园行那种城乡遍地开花，野蛮生长或者是“靠天收”的自然发展状态，开始出现了城乡分野，出现了乡村土台和城镇小舞台以及大都市大舞台的等级划分，并且导生出由“花”变“雅”的一种新趋势。短期内，这对京剧、昆曲这样的“雅部”当然有助燃之功，可长远来看，放弃雅俗共赏的艺术而单纯追雅则未必真的有益。所以不可否认，当时代的城市化进程加速，人们的文化生活方式日益丰富，电影、电视、网络传播成为主流的时候，中国戏曲便尴尬地暴露出萎缩之态。尽管有国家政策扶持，半个多世纪来，除了20世纪50年代新编的《十五贯》以及近年由白先勇组织新编的青春版《牡丹亭》等少数剧目昙花一现外，昆曲已经从一家独大变得越来越小众，面临着生死存亡的考验。

这也许就是有种说法说的那样，凡是曾经存在过的文明，最终都要毁灭。惟其如此，人们才对昆曲那些黄金岁月特别钟情。这种怀想早已超越了梨园行藩篱，成为全苏州的温馨记忆。

苏州人爱戏演戏看戏不一定非同民俗节候有关，婚嫁祝寿、生子弥月、中举迁官、经商发财，甚至友朋酬会、人来客往，都是其搭台演戏的充分理由。这种从康乾盛世就形成的风俗中最常见的要算是祝寿演出。文献（《王巢松年谱》）记载顺治十八年（1661）正月太仓

白先勇版昆曲《牡丹亭》剧照

王抃为其父预庆七十大寿，“召申府中班到家，张乐数日。第一本演《万里圆》，时人黄孝子事，见者快心悦目”。清代苏州人沈复《浮生六记》也载在“饮马桥之仓米巷”宅居为其母陈氏“诞辰演剧”的情景，其父素无忌讳，点演了《千忠戮·惨睹》等剧，“老伶刻画，见者情动”，使过门不久的新媳妇陈芸郁郁肠断，悄然退场，“支颐独坐镜奁之侧”。后其母续点《渔家乐·刺梁》《后寻亲记·后索》等热闹戏，“劝芸出观，方称快”。这是发生在乾隆四十六年（1781）前后的事。庙堂与草间同乐，也应是戏文折射的盛世光景。

如果说喜庆的日子里演戏尚合情理的话，那么办丧事也要演戏就有点匪夷所思了。《常昭合志稿·风俗》云：

> 苏俗丧葬，经忏之外，复用僧道唱曲演歌，谓死者乐观戏文。

丧葬时演戏的理由是“死者乐观戏文”，苏州人真是幽默得很。明隆庆二年（1568）十月，官府曾就“伤风坏俗”发布禁约，严禁市民喧杂游集虎丘山。康熙年间江苏巡抚汤斌曾下令禁止戏船，乾隆年间江苏按察使胡文伯也曾下令禁闭戏馆，都因民怨鼎沸而草草收场。据顾公燮的《消夏闲记摘抄》记载，18世纪中后段，“金阊商贾云集，宴会无时。戏馆数十处，每日演戏”。昆曲活动进入了全盛期。

昆曲活动如此广泛地为苏州人所钟爱沉醉，以致许多社会地位和文化水平不高的普通百姓成为此中行家。有一次演《琵琶记·剪发卖发》，“吴郡正旦某”扮赵五娘，“偶未袒其常佩之金约指，台下私议戚戚”。演员猛然警觉，急中生智，赶紧“颦蹙向台下曰：‘家贫如此，妾何人斯，敢怀宝以陷于不肖？’言次，袒约指掷诸台下，曰：‘此铜质耳，苟真金者，何敢背古人发肤之训，剪而卖之乎？’私议

《十五贯》剧照

乃息。”（徐珂《清稗类钞》）还有一次，以《西楼记》传奇驰名曲坛的剧作家袁于令“一日出饮归，月下肩舆过一大姓家。其家方宴客，演《霸王夜宴》。舆夫曰：‘如此良宵风月，何不唱绣户传娇语，乃演《千金记》耶？’”。袁无意中得知自己的作品竟然如此为苏州百姓所熟知和称道，坐在轿子上“狂喜欲绝，几至堕舆”（《两般秋雨庵随笔》）。

梨园行规中有“人保戏”和“戏保人”之说。其实说的是剧本和演员之间的关系作用。而说到底还是要看创作者有没有传世作品。如汤显祖的《牡丹亭》；如前清时“南洪北孔李渔翁”，即杭州洪昇的《长生殿》、孔尚任的《桃花扇》、李渔的《笠翁十种曲》。这些作品都是由戏文作家和表演名家共同完成的。从演出一时看，观众多是看演员，也就是冲着“角儿”才进戏园子的；从长远看，历史记住更多的还是剧作家。作为昆曲发祥地和极重要“戏码头”的苏州，好像还没有能和上述这些泰山北斗比肩的人物。苏州的这份遗憾，终于由明末传奇改编的昆曲《十五贯》在20世纪50年代闪亮登场而一抒胸臆。

被称为“救活一个剧种”的《十五贯》以双结构框架将“无巧不成书”的传奇特色演绎得淋漓尽致。其独特的成就在戏曲文学史上放射异彩。戏的结尾，作者借剧中人之口颇为自信地说：“笑有声，哭有泪，文章真率动人宜，可亲白雪阳春属和稀。”是说《十五贯》能使人笑使人哭，真率动人，这样阳春白雪一样高雅的作品当然是昆曲代表作。《十五贯》的剧作家正是苏州人朱素臣，《十五贯》的故事也是编自苏州作家冯梦龙的《三言二拍》。

当下昆曲的种种困局一言难尽，但有一点可以相信，那就是昆曲不会消亡。即使舞台上的风光不再，它也一定会在各类新的传播平台上复活，在太湖的山水之间回响。

守望太湖

地理分三类。一是行政版图，二是自然地理，三是人文区划。行政版图边际的线条虽清晰，却会因时而变；自然地理依江河可溯源，托山川知形变，却又因人生苦短，难识沧桑之微；只有述诸文化同质、话语同音、衣食同类、民风同淳的人文地理，才是根植于人心的一粒种子，会在每一个热爱故乡的灵魂里随着四序更迭，发芽开花，抽穗结果。

古人尤喜此道，遂有江南、塞北、关中、关外、河东、西域这样的江山认知。我们当然知道，它们大多已是失去温度的历史剪影，早已被热火朝天的时代所忘却。唯有江南，春浓似酒、夏热如茶、秋香胜景、冬静入梦，依然令人心生向往。江南不是万里长江之南的泛文字概念，而是特指镶嵌在吴越怀抱里那三万六千顷浩渺湖水旁的一方热土，是衣冠南渡后南京的“金陵百万户，六代帝王都”，是隋唐扬州的烟花三月和天下士人“腰缠十万贯，骑鹤上扬州”的梦游，是南宋临安“舟楫辐辏，望之不见其首尾”的西湖歌舞，更是“堆金积玉地，温柔富贵乡”的繁华姑苏。

宜兴、湖州、无锡、苏州包围的太湖，盛装的不是一泓湖水，而是金浪银波的富庶，桃花流水的美味，湖光山色的旖旎，帆影渔歌的逍遥和一壶紫砂的清香，一袭旗袍的锦绣，一声昆腔的悠长，一叶芦苇的招魂。有一种说法说这里曾是丝绸之路的源头，密如蛛网的水系沟通大运河，汇入长江，浸润神州大地，一路奔流至东海。太湖里装的是江南梦与中华诗。在人文江南的版图上，太湖还是太小了。只有最深情的守望，才能将它装在心里。所以苏州才是反哺太湖反哺江南原汁原味的轻声雅唱，“不太湖、无苏州，不苏州、缺太湖”，这就是太湖与名城不死不休的拥抱。

太湖古称震泽、笠泽、五湖。太湖成因有多种说法。一是泻湖说。即长江和钱塘江入海口淤积成“内海”，淡水反曲回投而成。二是构造说，即地壳运动而成。三是气象说，浙北苏南的洼地暴雨造成积水湖。还有风暴流说、火山喷发说、陨击说等等。

我喜欢有关太湖溯源的一个神话故事。相传，远在四千多年前，中国治水祖师夏禹奉舜帝姚重华之命在太湖治理水患，开凿了三条主要水道，即东江、娄江、吴淞江，沟通了太湖与大海，将洪水疏导入海。这就是司马迁在《史记》中记载的“禹治水于吴，通渠三江五湖。”太湖水面辽阔，东西二百里，南北一百二十里，广为三万六千顷。

传说在很久很久以前的一天，王母娘娘要做寿了，玉皇大帝叫四大金刚抬去了一份厚礼。王母娘娘看见后，高兴得合不拢嘴了。原来玉皇大帝送的是一个大银盆，里面有 72 颗特大的翡翠，而且还有千姿百态的各种五色玉石雕凿的飞禽走兽，简直是宝盆；远远望去，活像一个精致的大盆景，各路神仙都称赞不绝。大家看过《西游记》都知道，王母娘娘设蟠桃会，没请弼马温，结果齐天大圣孙悟空发了脾气，大闹天宫。他见一样打一样。当他看见玉帝送的这只大银盆，也不管三七二十一，一棒打了下去，银盆便从天上落了下来，跌到地上砸了个大坑，银盆便化作白花花的水，形成了三万六千顷的大湖。因为湖是从天上掉下来的，“天”字上面的一横落在下面成了一点，也就是“太”字，所以此湖就叫“太湖”。原先镶嵌在银盆上的翡翠就成了72座山峰，分布在太湖中间。玉石雕刻的鱼，就是太湖里肌白如银、肉嫩汁鲜的银鱼。彩石雕刻的飞禽，变成了一对对鸳鸯。只有走兽没有活成。

这个神话不仅有“陨击说”的科学支撑，其中也蕴积了人们仰望星空、俯瞰大地时的幻想与祈祷，以及天地关系、人神关系，宗教与哲学关系，灾难与幸福关系，偶然与必然关系……陨石从太空坠落，将大地砸出八百里汪洋而形成的“落星湖”难道不正是名正言顺的“太空之湖”？太湖变成大地的眼睛，它储满的是温柔、感恩、深情。

远古时代，这里就有人类居住。由三山岛旧石器时代古人类文化遗址的发现可知，一万余年前这里就已有人迹。后有夏禹治水，底定震泽，传为美谈。春秋时期，这里是吴王及其权贵的游猎娱乐场所。唐、宋、元、明、清的历代大官僚、大商人、大财主都在东山大兴土木，建造了为数众多的厅堂、楼台等豪华建筑，并形成了衣冠礼乐、博采人文的大邑之风和众多的名胜景观、文物古迹，也吸引着历朝文人名士邀游览胜。

清之前，东山名胜景点虽遍及全境，但向无景名。直至清康熙三十七年（1698）翁澍《具区志》中才有首举“东山十景”：丰圻探梅、武峰桃浪、白沙卢橘、葑山芰荷、翠峰松径、仙峤枫叶、化龙飞泉、寒山落照、菱湖秋月、莫厘积雪。至乾隆五十年（1785），曾任太湖厅司的李程思乐（字前川，汉阳人）又记太湖名胜云“东山八景”：莫厘远眺、西坞闲行、蓼溪桑市、葑山荷坊、秋街玩月、翠峰登高、长圻探梅、太湖归帆。

两者相距不足百年，而景观已有不同。今又历200余年的悠长岁月，沧海桑田，变化甚大，有的已不存，有的已变换，有的为新增。东山现有九大景区：莫厘峰景区、紫金庵景区、龙头山景区、杨湾景区、长圻景区、三山岛景区、陆巷景区、滨湖景区、市镇景区；37处景点：莫厘峰、雨花禅院、雨花胜境、紫金庵、西坞闲行、葑山寺、蛇王庙、路文贞公祠、杨湾古街、轩辕宫、明善堂、灵源寺、震泽底定桥、长圻咀、铜鼓山、碧云洞、三山岛、陆巷古村、含谷山、化龙池、王鏊墓、东山宾馆、启园、柳毅井、白马庙、余山岛、滨湖风光、雕花大楼、将军街、洞庭苑等。

1985年春，太湖中隶属东山镇的三山岛上发现了一处旧石器时代遗址，同年12月发掘石制品5263件。这次长江下游地区的首次发现，填补了中国旧石器文化分布上的空白，把长江三角洲地区特别是太湖地区的人类活动历史从新石器时代推前至旧石器时代，并为这一地区的史前考古学和第四纪地质学的研究提供了有价值的材料，史学界有人称之为“三山文化”。中国考古学家陈淳、张祖方、王闽闽、石泉森等为此撰写报告。“三山文化”的发现，使得原本拥有碧水青山的洞庭东山，更为锦上添花，驰名中外。

《论语》：“知者乐水，仁者乐山；知者动，仁者静；知者乐，仁者寿。”夫子以山水喻人，以仁智喻德，以动静喻行。故大德大智大行大美皆非独善独秀独乐独美，而是兼济兼善兼容兼爱，是各美其美、美人之美，是你我成全、交相辉映。所以太湖之美不是一湾湖水、一座山峰、一片枫林、一方茶园、一岸芦苇、一寺梵钟……也不

三山岛

是奇峰异洞、急浪排空、深潭悬瀑、万壑松风……而是风烟俱净，水天一色，淡淡一抹衬映下山峦蜿蜒、青翠起伏的远眺；是触之温热，嗅之芬芳，雨中跳珠，月下归帆的亲近。当然，狭义的游赏太湖，一般总是从东、西两山出发。

东山、西山合称洞庭山，原来是孤悬于太湖中两个最大的小岛。后来岛基与东岸连接，东山成了半岛，再后来，又有桥架空西水，西山也成了姑苏伸向太湖的长臂。东西两山想要拥湖入怀，这一份爱湖的执着多多少少泄露了苏州人的“贪婪”。

“入东山而不见山”，是东山线条优美、温婉无险之特色。苏州人习惯了，外地人不觉怪异，因为东山可赏可玩之处太多了。

雨花胜境是东山历史最悠久、风光最秀丽、面积最大的游览胜地。景区占地500亩，游径7500米，可直达莫厘峰顶。景区内有一百多株树龄百年以上的名贵古木，故又称东山森林公园，并保存唐宋元明清各朝的名胜古迹共二十多处。雨花胜境是一座集东山古代建筑艺术、雕刻艺术、书法艺术于一身的历史博物馆。

雨花景区的“雨花”一名来源于明代，时山坞中满栽桃林，每至春末，花瓣飘落，似花雨从天而降，“雨花”之名由此而生。景区内共有十八处景观，现已建成并对外开放的有观景草坪、洞庭轩（聚德堂）古宅、唐宋诗廊、明代双泉、八骏奔驰、宋桥明矶、印心石屋、荥阳探幽、环清胜迹、雨花禅寺、醉墨楼等十余景。

雕花楼原名春在楼，典出苏州清代诗人俞樾名句“花落春仍在”。大楼原为东山富商金锡之私宅，建于民国十一年，三年而成，花了17万银元，当时折合黄金3741两。全楼建筑砖雕、木雕、金雕、石雕、彩绘、泥塑、铺地艺术巧夺天工，雕刻精致，精美绝伦，且“无处不雕，无处不刻”，享有“江南第一楼”之誉。“藏宝阁、神秘暗道、孩儿莲”是景区的神奇景观，“进门有宝、伸手有钱（后改称拉手有钱）、脚踏有福、抬头有寿、回头有官、出门有喜”是大楼雕刻的精华。有赞：“此楼应是天上有，人间哪得几回闻。”

紫金庵，唐贞元年间废后复建，至今已有1400多年历史。大殿左右两壁十六尊泥塑彩绘罗汉像，相传为南宋雕塑名手雷潮夫妇作品，“精神超乎，呼之欲出”，堪称古代雕塑艺术精华。大殿三尊如来佛，形制古朴，为同类塑像中所少见。观音像神情安详庄严，有唐塑“吴带当风”之貌。殿内“慧眼”“华盖”“经盖”三宝著称于世。罗汉群像等彩绘装銮工艺精湛，是清朝苏州塑物彩画方面的代表作品。世人称紫金庵泥塑彩绘罗汉为“天下罗汉二堂半”之一堂，是我国雕塑美术史上的珍贵文化遗产。

轩辕宫坐落于杨湾古街，景色秀丽，环境幽雅，湖光山色尽收眼底。轩辕宫始建于元朝，轩辕宫中有三件宝，极为珍贵，皆为明代之物。一为文徵明的《东西两山图》，二为明代阁老王鏊的《洞庭两山赋》，三为阴亭。尤其是阴亭，极为罕见，是稀有的古石刻，是一种少见的特殊的墓葬形式。轩辕宫大殿建筑采用典型的元代建筑风格，外观飞檐翘角、百龙商瞻、琵琶撑；内殿楠木柱，断梁结构，是古镇东山建筑历史最早、保存最为完好的古建筑。殿内供奉轩辕黄帝石刻像。

裕德堂位于古镇中部古街上，始建于清代中期，原系江淮盐商周氏所建。主轴线上有门楼、花厅、住楼和书楼等建筑。

与东山隔湖相望的西山是我国淡水湖泊中最大的岛屿。相传是吴越春秋时吴国囚禁越国战俘的营地。

西山历史悠久，胜迹众多。三山岛曾出土1.2万年前的旧石器和古动物化石，把太湖流域的人类活动历史推前到旧石器时代。相传夏禹来此治水，“三江既入，震泽底定”。吴王夫差偕西施在此消夏赏月。吴越交战，留下烽燧墩、战船码头等古迹。秦末汉初，“商山四皓”在此避乱隐居。东晋南北朝，佛道盛行，建有三庵十八寺。南宋遗民在此建宅造园，留有古建百余幢。

西山是历代文人雅士游赏之地，唐代白居易、王昌龄、皮日休、陆龟蒙，宋代范仲淹、范成大、苏舜钦，明代文徵明、张宏、唐寅，清代沈德潜、汪琬等人曾到此数游，写下优美诗章。

> 西山多古树，1200～1500年的柏树有3株，1000年以上的香樟有2株，500～800年的香樟有12株，800年以上的罗汉松有1株，600年以上的紫藤有1株，500年以上的桂树有2株，400～500年的银杏有3株，300年以上的白皮松有2株。
>
> 缥缈峰，又名杳眇峰，整个山脉连绵起伏十余公里，支脉延伸，峰断脉连，重冈复岭，西野广袤，仙庭古刹，钟磬相闻，景秀石奇。
>
> 缥缈峰是诸峰之最，堪称太湖第一峰，海拔336.6米，峰居西北，风光旖旎。太湖风云变幻，缥缈峰常隐现在云雾中，故有“缥缈云场”之誉；因云雾绕山间，青峰出云霄，仿佛仙子飞舞的飘带落在峰腰间，古人将它列为西山十景之一——缥缈晴岚。

以上两段文字摘自某旅游网站，详尽简洁，但与太湖之魅关涉不深，离诗心史境更远。

游太湖游苏州需要做功课。不是整理好行囊，给汽车加满油就可以出发，就可以放飞自己。要准备一双发现美的眼睛，一种逃离俗世的欣悦，一份“偷得浮生半日闲”的珍惜，最好还要收拾好一颗怀旧敏感的心，这样才不枉你的太湖之旅、姑苏之行。

不要以为怀旧是老年人的事。怀旧不是回忆，回忆需要经历，需要岁月铺垫，而怀旧既有感伤更有捧起沉甸甸历史的青春之心。

让我们温习一下范成大那首《渡太湖》：

囊风阁雨半晴阴，惨淡谁知造化心。
委命浮沉惟一叶，计身轻重亦千金。
红尘犹道不胜险，白浪莫嗔如许深。
晚得芗山堪寄缆，卧听鼍吼与龙吟。

如果你此刻站在太湖边，倚杖听涛，泛舟斜阳、随波起伏，你还能看山是山，看水是水，听风是风，听雨是雨吗？在感慨江山无限、岁月沉浮的恍兮惚兮之际，能不徒生无限美感吗？

苏州的山水之胜不是只有一个太湖独美，还有昆承湖、尚湖、阳澄湖、淀山湖、澹台湖、独墅湖……也不是只有一座洞庭山，还有皋峰山、天平山、灵岩山、姑胥山、阳山、横山……可以说，无水不秀无山不美。更可以说，湖湖诗思饱满，峰峰藏典储经。

苏州还有一个非山非湖但非去不可的地方——横塘，横塘不是塘，是一个古渡口。

去天平山的路上，必经横塘镇。出了苏州城，往西南，沿着宽阔的苏福公路，过了唐寅墓，一会儿就进入横塘。

横塘在中国文学史上非常有名气，是一个很美的江南水乡。

北宋词人贺方回，在这里曾经有一片园宅。他的《东山词》中，最为传诵的作品，恐怕即是那首被称为“江南断肠句”的《青玉案》了，“凌波不过横塘路，但目送，芳尘去”。这一送，就送了好几百

太湖帆影

年。而那“一川烟草，满城风絮，梅子黄时雨”，简直用文字凝固了时间的流动，成为江南水乡的经典风景，也成为江南才子永恒的忧郁。到清代，还有人念念不忘：“唱遍贺家青玉案，一天飞絮过横塘。”（赵允怀《横塘》）横塘就是烟草、飞絮，就是雨丝、花片，就是美丽的爱与哀愁。

历史上咏横塘的诗中数南宋范成大《横塘》最有名：

南浦春来绿一川，石桥朱塔两依然。
年年送客横塘路，细雨垂杨系画船。

数明代高僧止庵法师《与侄自京还横塘故居》最情真：

桑麻田在水村中，千里归来共阿戎。
春水野航天上下，石桥林木岸西东。

横塘亦名横溪，是胥江与越来溪汇合处的渡口，春秋时是战火纷飞的争霸战场，太平时是商贾云集、帆樯插空的物资集散地，也是游子离乡逆旅揖别的挥手之地。苏州行是一条漫漫归乡路，既然到了驿站，那就是到了分手话别之际，那让我们轻轻地说一声：别了，苏州。

尾声·又见繁华

《苏州传》终卷搁笔之际，也到了该说再见的时候，和苏州挥手，和读者道一声珍重。可我知道在这时空交错的一刻：

我吹过你吹过的风，算不算相拥？
我走过你走过的路，算不算相逢？
所以难说再见。

我曾经说过，城市是人类文明最伟大的创造。城市传的写作必然是一次文化寻源、文明探索之旅。

苏州曾经的波澜壮阔，腥风血雨，帆樯排空，万商云集，珠摇翠晃，丝弦动地，酒旗临风……

苏州难忘的不动声色，温婉沁心，小桥流水，杏花春雨，诗吟词诵，渔歌互答，阶痕屐印，钟声灯影……

一直陪伴着我走过长亭更短亭，一程又一程，走向中国文化、江南文化的烟云深处。

正当我踌躇彷徨，莫知所终的时候，得悉中国集邮总公司政要将徐扬的《姑苏繁华图》印制成纪念邮票发行，作为永久纪念，并邀我撰文评析这一幅记录苏州高光时刻的历史长卷。遂不揣浅陋，欣然领命。今将“又见繁华”一文附上，作为《苏州传》一书的终结。

又见繁华

十七世纪中叶，改朝换代的“甲申之变”使中国历史从朱明王朝国祚颓丧、战火罹乱的昏暗天地转入了一个气象万千的明亮时代。这便是古代中国封建王朝最后一个繁华照眼、国脉蒸腾的时期——“康乾盛世”。在被西方称为“High Qing”的134年间，国家建设热隆，改革良多，社会稳定，经济繁荣，疆域辽阔，人口兴旺。清政府统一了蒙古、新疆、西藏、台湾，奠定了如今中国的版图，实现了近悦远来、中华一统的大国伟业。

时光荏苒，三百年转眼成梦。当今天我们展开徐扬绘制的这幅十二米高头长卷，面对自灵岩山起，由木渎镇东行，过横山，渡石湖，再穿葑门、盘门、阊门转入山塘街，至虎丘山止，苏州城姹紫嫣红和湖光山色，阡陌田园和“商贾辐辏，百货骈阗”全景式市井风情的《姑苏繁华图》（原名《盛世滋生图》），会真切地感受到天堂姑苏生活温热的脉动和又见繁华的欣喜。

《姑苏繁华图》是一部无声史诗，一张苏州亮丽名片，更是一篇永载史册的盛世宣言。是继宋代张择端《清明上河图》、明朝仇英《汉宫春晓图》等全景式历史画卷后的又一传世巨制。图中绘一万两千余人，近四百条船，五十余座桥，二百多家店铺，两千多栋房子。其视野开阔，内容繁复，笔墨工谨，士气逸放，皆超迈前人，独步丹青。《姑苏繁华图》自雍正十三年（1735）起笔至乾隆二十四年（1759）成图，费时24年。其工程之浩大，匠心之恒毅，笔墨之精良，实至名归为“古今第一长卷”。

《姑苏繁华图》由画家徐扬于乾隆第二次南巡时进献入宫，一直藏诸名山，隐身深宫（现庋藏于辽宁省博物馆）。今由中国集邮总公司印制成邮票发行，其意义远大于一位画家作为进身阶梯寄托的独唱和皇家庆祝的讴歌。《姑苏繁华图》经此鱼龙之变，化身为寄自遥远年代的深情，化身为贴在新时代明信片上的邮票和寄给祖国、寄给未来的永恒祝福。

壬辰三月记于放思楼

这一次真的要结束了，可内心终未踏实，难以搁笔。

回想近一年《苏州传》写作的日日夜夜，费尽心力，自不待言。笔到天机泄露处的了然心会；情到与古同悲的雪夜咳血；意到青山白浪后的日晖月华；梦到水拍碧波时的红绿晃荡；趣到杯盏停箸前的口齿留香……这真是一次艰辛备尝又奇妙无比的探幽之旅。个中既有先人指路又有友人帮扶，铭感五内，不复一一记之。毫无疑问，最应感恩的还是这座伟大而又美丽的城市——苏州。她的赫然存在，便是留给世界的一份考卷：何为苏州？这本《苏州传》聊算我的抢答，不知读者能否给一个及格的分数。比之古人“吟安一个字，拈断数茎须”的严谨，我这个“再造文本”的疏漏粗浅当不止一处，思之惴惴。而更令人惶恐的是书名中的“又见繁华”四字，不仅使人容易联想到自古以来文坛不屑的“颂圣”之风，也容易陷入因沾染上宏大叙事的时代通病而落进苏州概念非繁华不能言的窠臼。

康熙时人说：“东南财赋，姑苏最重；东南水利，姑苏最要；东南人士，姑苏最盛。”乾隆时人称：“诚宇宙间一大都会。”嘉庆时人谓：“繁而不华汉川口，华而不繁广陵阜，人间都会最繁华，除是京师吴下有。”今人在看了《姑苏繁华图》后仍在赞美苏州“士之事贤友仁者必于苏，商贾之籴贱贩贵者必于苏，百工杂技之流其售奇鬻异者必于苏”，极言繁华，无以复加！好话一旦说尽，难免执偏概全。况如梦之城，怎“繁华”二字可以道尽？

如何看苏州？留下的答案诚如英文谚语所云：

The end is the truely begining.

《苏州传》大事记

三山岛文化遗址发现于1984年，1985年发掘，1986年“三山岛旧石器时代古文化遗址及哺乳类动物化石出土处”被列入省保护单位。

三山岛旧石器时代古文化遗址的发现使人类在长江三角洲、特别是太湖地区的生活历史从七千年前的新石器时代推前至一万年以前的旧石器时代。岛上古哺乳类动物化石的出土为太湖地区成陆年代的考定和海岸线变迁提供了有力例证。

草鞋山遗址（约六千年）发现于1956年，文化堆积层厚11米，可分10层，从马家浜文化、崧泽文化、良渚文化到春秋吴越文化，整个序列几乎跨越太湖地区乃至长江下游一带新石器时代到先秦历史的全部编年，被中国考古界称为“江南史前文化标尺”。草鞋山遗址中6000年前的马家浜文化水稻田，是中国发现最早有灌溉系统的古稻田。出土的炭化稻为人工栽培稻。

商末，姬姓周氏族首领古公亶父之子太伯、仲雍奔吴。

周灭商，周武王封吴地君主仲雍玄孙周章为诸侯。“勾吴”成为诸侯国，纳入西周版图。

公元前 585 年（周简王元年），吴君寿梦继位称王，吴国始有确切纪年。寿梦在位 25 年，励精图治，使吴国由侯而王的霸业初成。

公元前 544 年，季札挂剑。

公元前 560 年（周灵王十二年），吴君诸樊南迁国都至今苏州城址。

公元前 522 年（周景王二十三年），楚平王杀伍子胥父兄，伍子胥奔吴复仇。

公元前 515 年（周敬王五年），专诸刺王僚。吴王僚死，公子光自立为吴王阖闾。

公元前 514 年（周敬王六年），阖闾继位，命大臣伍子胥在诸樊所筑城邑的基础上扩建大城，周长四十七里二百一十步二尺（约合今制 23.9 公里），名阖闾城。

公元前 506 年（周敬王十四年），吴伐楚，攻入郢都，楚昭王出逃，伍子胥掘楚平王墓，鞭尸报仇。

公元前 496 年（周敬王二十四年），吴王阖闾在槜李之战中负伤身死，安葬于虎丘山。

公元前 494 年（周敬王二十六年），吴王夫差征越之战，吴破越都会稽（今绍兴）。

公元前 482 年（周敬王三十八年），吴王夫差北上，于黄池之会与中原诸侯订立盟约。

公元前 473 年（周元王三年），越王勾践兴兵灭吴。

公元前 334 年（周显王三十五年），楚灭越，吴、越之地尽属楚。

公元前 262 年（楚考烈王元年），楚相春申君黄歇被封于江东，吴地遂成为春申君封地。

公元前 221 年（秦王政二十六年），秦统一中国，吴地属会稽郡，郡治在吴国故都（即今苏州城址），并以郡治所在地设吴县，吴县之得名自此始。

公元前 154 年（汉前元三年），吴王刘濞叛汉，爆发“七国之乱”。刘濞伏诛，废吴国，复为会稽郡，领县二十四，吴县仍为首邑。

公元 9 年（元延四年），王莽篡位建新朝，改吴县为泰德县。

公元 25 年（东汉建武元年），复改泰德县为吴县。

公元 129 年（东汉永建四年），析会稽郡东北部另置吴郡，领县十三，吴县为首邑，郡治在吴县；西南部仍为会稽郡，郡治山阴。

公元 195 年（东汉兴平二年），孙策部将朱治攻占吴郡，自此吴地属三国孙吴政权。领县十五，吴县为首邑。

公元 241 年（吴赤乌四年），孙权迎接西域康居国僧人性康，建“普济禅院”，后称“瑞光寺”。赤乌十年于寺中建舍利塔报母恩。

公元 280 年（太康元年），西晋灭吴统一全国，分天下为十九州，吴郡属扬州。

公元 326 年（东晋咸和元年），成帝封其弟司马岳为吴王，改吴郡为吴国。

公元 503 年（梁天监二年），建保圣寺。

公元 589 年（隋开皇九年），隋灭陈，改吴州为苏州，这是苏州得名之始。

公元 605 年（隋大业元年），复苏州为吴州。三年（607），吴州复称吴郡。

公元 621 年（唐武德四年），复吴郡为苏州。

公元 742 年（唐天宝元年），改苏州为吴郡。

公元 758 年（唐乾元元年），复称苏州，并改隶浙江西道，节度使署驻苏城。

公元 778 年（唐大历十三年），苏州被升为江南地区唯一的雄州。

公元 756 年（唐天宝十五年），张继作《枫桥夜泊》。

公元 820 年（唐元和十五年），宝带桥建成。

公元 825 年（唐宝历元年），苏州刺史白居易主持开凿山塘河，西起虎丘东至阊门，便利苏州水陆交通，形成“七里山塘”“五龙汇阊”胜景。

公元 898 年（唐光化元年），苏州成为吴越国的领地，改称中吴府。

公元 924 年（后唐同光二年），升中吴军。

公元 961 年（北宋建隆二年），虎丘塔（云岩寺塔）落成。

公元 978 年（北宋太平兴国三年），吴越纳土归宋，恢复苏州建置。

公元 989 年（北宋端拱二年），范仲淹出生。

公元 1004 年（北宋景德元年）至公元 1030 年（北宋天圣八年）间重建瑞光寺舍利塔。

公元 1035 年（北宋景祐二年），范仲淹于苏州捐宅兴学，奏建苏州府学。

公元 1045 年（北宋庆历五年），苏舜钦流寓苏州，购置府学东一弃地筑沧浪亭。

公元 1049 年（北宋皇祐元年），范仲淹于苏州设立义庄。

公元 1055 年（北宋至和二年），疏浚运河昆山塘，改名致和塘。

公元 1113 年（北宋政和三年），敕升苏州为平江府，属江南道浙西路，于是苏州又有平江之称。

公元 1229 年（南宋绍定二年），李寿朋刻绘《平江图》。

公元 1247 年（南宋淳祐七年），王致远刻黄裳所绘《天文图》《地理图》《帝王绍运图》《百官图》（已佚）。

公元 1275 年（元至元十二年），元设江淮行省，置浙西路军民宣抚司，次年改宣抚司为平江路。

公元1281年（元至元十八年），升平江路为达鲁花赤（蒙语长官之意）总管府。

公元1330年（元至顺元年），建周泾桥。

公元1334年（元元统二年），建皋桥。

公元1342年（元至正二年），天如禅师弟子出资修建狮子林寺。

公元1351年（元至正十一年），修筑盘门，后经明清修缮保存至今，与现存南宋《平江图》碑所绘方位、总体布局、建筑结构基本一致。

公元1356年（元至正十六年），张士诚入据平江，建大周政权，改平江为隆平府。次年张士诚接受元朝册封，复改为平江路。

公元1365年（元至正二十五年），张士诚与朱元璋决战，败。平江城遭严重破坏。

公元1367年（明太祖吴元年），改平江路为苏州府，隶江南行中书省。

明初，洪武赶散，40余万苏州人离乡北上。

公元1405年（明永乐三年）夏，郑和率舰队自太仓刘家港出发，开启“下西洋大航海”。

公元1421年（明永乐十九年），明朝迁都北京，苏州府属南直隶省。

公元1427年（明宣德二年），沈周出生。

公元1470年（明成化六年），文徵明、唐寅出生。

公元1498年（明弘治十一年），仇英出生。

公元1506年（明正德元年），王献臣建拙政园。

公元1531年（明嘉靖十年），建玉涵堂。

公元1534年（明嘉靖十三年），王锡爵出生。

公元1574年（明万历二年），冯梦龙出生。

公元1573—1620年（明万历年间），建世德桥、西津桥。

公元 1574 年（明万历二年），重建绿水桥。

公元 1582 年（明万历十年），计成出生。

公元 1585 年（明万历十三年），改建斟酌桥。

公元 1592 年（明万历二十年），王时敏出生。

公元 1593 年（明万历二十一年），留园始建。

公元 1602 年（明万历三十年），张溥出生。

公元 1611 年（明万历三十九年），陆世仪出生。

公元 1613 年（明万历四十一年），顾炎武出生。

公元 1623 年（明天启三年），陈圆圆、董小宛出生。

公元 1629 年（明崇祯二年），成立复社。

公元 1631 年（明崇祯四年），吴兆骞出生。

入清以后改南直隶为江南省，置左、右两布政使。苏州仍称府，属县不变，隶右布政使。

公元 1657 年（清顺治十四年），丁酉科场案。苏州人吴兆骞受此案牵累遣戍宁古塔 23 年，得挚友顾贞观竭力营救得归故里。顾贞观《金缕曲》二首为人传诵。

公元 1661 年（清顺治十八年），将右布政使自江宁移驻苏州。

公元 1712 年（清康熙五十一年），徐扬出生。

公元 1724 年（清雍正二年），升太仓州为直隶州。

公元 1725 年（清雍正三年），分江南省为安徽、江苏两省。江苏巡抚、江苏布政使、苏州府治和长、元、吴三县县治同驻苏州一城。

公元 1759 年（清乾隆二十四年），清代宫廷画家徐扬历时 24 年完成《姑苏繁华图》长卷。

公元 1763 年（清乾隆二十八年），沈复出生。

公元 1808 年（清嘉庆十三年），沈复著《浮生六记》。

公元 1860 年（清咸丰十年），太平天国李秀成进驻苏州，以苏州为省会，建苏福省，实行省、郡、县三级制。

公元 1863 年（清同治二年），清军攻陷苏州，恢复建置如旧。

公元 1867 年（清同治六年），重建枫桥。

公元 1874 年（清同治十三年），陈去病、金松岑出生。俞樾筑曲园。

公元 1887 年（清光绪十三年），柳亚子出生。

公元 1889 年（清光绪十五年），元和县令李超琼在金鸡湖上主持修筑长堤，即李公堤。

公元 1909 年（清宣统元年），柳亚子、高旭、陈去病创建南社。

公元 1911 年（清宣统三年），辛亥革命爆发。11 月 5 日，苏州宣布“独立”，实现“和平光复”。

公元 1932 年，暨南大学附中自沪迁苏。

公元 1938 年，杨荫榆遇难。

公元 1949 年 4 月 27 日，苏州解放日。

【附一】

《吴都赋》(节选)

左思

子独未闻大吴之巨丽乎？且有吴之开国也，造自太伯，宣于延陵。盖端委之所彰，高节之所兴。建至德以创洪业，世无得而显称。由克让以立风俗，轻脱屣于千乘。若率土而论都，则非列国之所觖望也。故其经略，上当星纪。拓土画疆，卓荦兼并。包括干越，跨蹑蛮荆。婺女寄其曜，翼轸寓其精。指衡岳以镇野，目龙川而带坰。

尔其山泽，则嵬嶷峣屼，嶾冥郁岪。溃渱泮汗，滇淼淼漫。或涌川而开渎，或吞江而纳汉。磈磈巍巍，滮滮涆涆。磁硿乎数州之间，灌注乎天下之半。百川派别，归海而会，控清引浊，混涛并濑。渍薄沸腾，寂寥长迈。濞焉汹汹，隐焉礚礚。出乎大荒之中，行乎东极之外。经扶桑之中林，包汤谷之滂沛。潮波汩起，回复万里。歊雾漨浡，云蒸昏昧。泓澄奫潫，澒溶沆瀁。莫测其深，莫究其广。澶湉漠而无涯，总有流而为长。环异之所丛育，鳞甲之所集往。

岛屿绵邈，洲渚冯隆。旷瞻迢递，回眺冥蒙。珍怪丽，奇隙充。径路绝，风云通。洪桃屈盘，丹桂灌丛。琼枝抗茎而敷蕊，珊瑚幽茂而玲珑。增冈重阻，列真之宇。玉堂对霤，石室相距。蔼蔼翠幄，袅袅素女。江斐于是往来，海童于是宴语。斯实神妙之响象，嗟难得而覼缕！

尔乃地势坱圠，卉木镺蔓。遭薮为圃，值林为苑。异荂蓲蘛，夏晔冬蒨。方志所辨，中州所羡。草则藿蒳豆蔻，姜汇非一。江蓠之属，海苔之类。纶组紫绛，食葛香茅。石帆水松，东风扶留。布濩皋泽，蝉联陵丘。夤缘山岳之岊，幂历江海之流。扤白蒂，衔朱蕤。郁兮莓茂，晔兮菲菲。光色炫晃，芬馥肸蠁。职贡纳其包匦，离骚咏其宿莽。木则枫柙櫲樟，栟榈枸桹。绵杬杶栌，文欀桢橿。平仲桾櫏，松梓古度。楠榴之木，相思之树。宗生高冈，族茂幽阜。擢本千寻，垂荫万亩。攒柯挐茎，重葩殗叶。轮囷虯蟠，埔壃鳞接。容色杂糅，绸缪缛绣。宵露霮䨴，旭日晻旿。与风飖扬，飂浏飕飗。鸣条律畅，飞音响亮。盖象琴筑并奏，笙竽俱唱。其上则猿父哀吟，貚子长啸。狖鼯猓然，腾趠飞超。争接悬垂，竞游远枝。惊透沸乱，牢落翚散。其下则有枭羊麡狼，猰貐貙象。乌菟之族，犀兕之党。钩爪锯牙，自成锋颖。精若燿星，声若震霆。名载于山经，形镂于夏鼎。

……

其荒陬谲诡，则有龙穴内蒸，云雨所储，陆鲤若兽，浮石若桴。双则比目，片则王馀。穷陆饮木，极沈水居。泉室潜织而卷绡，渊客慷慨而泣珠。开北户以向日，齐南冥于幽都。其四野则畛畷无数，膏腴兼倍。原隰殊品，窊隆异等。象耕鸟耘，此之自与。穱秀菰穗，于是乎在。煮海为盐，采山铸钱。国税再熟之稻，乡贡八蚕之绵。

徒观其郊隧之内奥，都邑之纲纪，霸王之所根柢，开国之所基趾。郛郭周帀，重城结隅。通门二八，水道陆衢。所以经始，用累千祀。宪紫宫以营室，廓广庭之漫漫，寒暑隔阂于邃宇，虹霓回带于云馆，所以跨跱，焕炳万里也。造姑苏之高台，临四远而特建；带朝夕之濬池，佩长洲之茂苑。窥东山之府，则环宝溢目；覸海陵之仓，则红粟流衍。起寝庙于武昌，作离宫于建业。阐阖闾之所营，采夫差之遗法。抗神龙之华殿，施荣楯而捷猎，崇临海之崔巍，饰赤乌之韡晔。东西胶葛，南北峥嵘。房栊对榥，连阁相经。阍闼谲诡，异出奇名。左称弯碕，右号临硎。雕栾镂楶，青琐丹楹，图以云气，画以仙灵。虽兹宅之夸丽，曾未足以少宁。思比屋于倾宫，毕结瑶而构琼。高闱有闶，洞门方轨。朱阙双立，驰道如砥。树以青槐，亘以绿水，玄荫耽耽，清流亹亹。列寺七里，侠栋阳路。屯营栉比，解署棊布。横塘查下，邑屋隆夸。长干延属，飞甍舛互。

其居则高门鼎贵，魁岸豪杰。虞魏之昆，顾陆之裔。歧嶷继体，老成弈世。跃马叠迹，朱轮累辙，陈兵而归，兰锜内设。冠盖云荫，闾阎阗噎。其邻则有任侠之靡，轻訬之客。缔交翩翩，傧从弈弈。出蹑珠履，动以千百。里宴巷饮，飞觞举白，翘关扛鼎。拚射壶博，鄱阳暴谑，中酒而作。

……

【附二】

《刑赏忠厚之至论》

苏轼

尧、舜、禹、汤、文、武、成、康之际，何其爱民之深，忧民之切，而待天下以君子长者之道也！有一善，从而赏之，又从而咏歌嗟叹之，所以乐其始而勉其终。有一不善，从而罚之，又从而哀矜惩创之，所以弃其旧而开其新。故其吁俞之声，欢忻惨戚，见于虞、夏、商、周之书。成、康既没，穆王立而周道始衰，然犹命其臣吕侯，而告之以祥刑。其言忧而不伤，威而不怒，慈爱而能断，恻然有哀怜无辜之心，故孔子犹有取焉。

《书》曰："赏疑从与，所以广恩也。罚疑从去，所以慎刑也。"当尧之时，皋陶为士，将杀人，皋陶曰杀之三，尧曰宥之三。故天下畏皋陶执法之坚，而乐尧用刑之宽。四岳曰"鲧可用。"尧曰"不可，鲧方命圮族。"既而曰"试之。"何尧之不听皋陶之杀人，而从四岳之用鲧也？然则圣人之意，盖亦可见矣。《书》曰："罪疑惟轻，功疑惟重。与其杀不辜，宁失不经。”呜呼！尽之矣。可以赏，可以无赏，赏之过乎仁；可以罚，可以无罚，罚之过乎义。过乎仁，不失为君子；过乎义，则流而入于忍人。故仁可过也，义不可过也。

古者赏不以爵禄，刑不以刀锯。赏之以爵禄，是赏之道行于爵禄之所加，而不行于爵禄之所不加也。刑以刀锯，是刑之威施于刀锯之所及，而不施于刀锯之所不及也。先王知天下之善不胜赏，而爵禄不足以劝也，知天下之恶不胜刑，而刀锯不足以裁也。是故疑则举而归之于仁，以君子长者之道待天下，使天下相率而归于君子长者之道。故曰忠厚之至也。

《诗》曰：“君子如祉，乱庶遄已。君子如怒，乱庶遄沮。”夫君子之已乱，岂有异术哉？制其喜怒，而无失乎仁而已矣。《春秋》之义：立法贵严而责人贵宽。因其褒贬之义以制赏罚，亦忠厚之至也。

参考书目

《苏州文化丛书》
《苏州园林》
《苏州文选》
《越绝书》
《左传》
《史记》
《三国志》
《苏州史纪》
《文化的江山》
《国语》
《吴越春秋》
《吴县志》
《吴地记》
《古文观止》
《三国演义》
《三国志》
《史通》
《士与中国文化》
《马可·波罗游记》
《元和县志》
《苏州城门城墙那些事》
《吴郡志》
《春秋》
《红楼梦》
《吴趋行》
《说文解字》
《南京传》
《周礼》
《左氏传记》
《春秋列国论》
《儒林外史》
《绪南笔谈》
《后汉书》
《老学庵笔记》

《诚斋诗话》
《上梅直讲书》
《楚辞》
《姑苏小志》
《美食家》
《晋书》
《世说新语》
《杜十娘怒沉百宝箱》
《东周列国志》
《智囊》
《浒墅关志》
《曲律》
《吹景集》
《论语》
《苏州的桥》
《拉奥孔——论诗与画的界限》
《耒耜经》
《中国科学技术史》
《中华帝国大航海：郑和下西洋》
《明史》
《古画微》
《中国建筑史》
《陈从周全集·苏州园林》
《水窗春呓》
《园冶》
《文化江南札记（增补版）》
《春在堂全书》
《春在堂随笔》
《苕溪渔隐丛话》
《周礼》
《砚史》
《四库全书提要》
《渔阳公石谱》
《宋史》
《水浒传》
《吴中旧事》
《吴风录》
《元代画家史料》
《明画录》
《苏州府志》
《影梅庵忆语》
《明史》
《桃花扇》
《浮生六记》
《考工记》
《苏州刺绣》
《琅環文集》
《易经》
《释名》
《元史》
《吴门画史》
《姑苏志》
《东京梦华录》
《吴歌小史》
《吕氏春秋》
《说苑·善说》

《述异记》
《汉书》
《中国俗文学史》
《十五贯》
《牡丹亭》
《常昭合志稿》
《消夏闲记摘抄》
《清稗类钞》
《两般秋雨庵随笔》
《具区志》
《三百丛书》
《绘事物语——刘传铭美术文集》

参考文献诗词篇目

蔡元培《吴越史地研究会成立开会词》
李白《结袜子》
杜甫《壮游》
白居易《题灵岩寺》
左思《吴都赋》
辛弃疾《南乡子·登京口北固亭有怀》
李端《听筝》
虞溥《江表传》
苏轼《念奴娇·赤壁怀古》
白居易《忠州刺史谢上表》
杜荀鹤《送人游吴》
皮日休《吴中苦雨因书一百韵寄鲁望》
韦应物《登重玄寺阁》
白居易《正月三日闲行》
白居易《小舫》
白居易《登阊门闲望》
白居易《九日宴集，醉题郡楼，兼呈周、殷二判官》

白居易《齐云楼晚望偶题十韵兼呈冯侍御，周、殷二协律》
刘禹锡《别苏州二首》
杜荀鹤《送人游吴》
钱公辅《义田记》
牟巘《义学记》
唐寅《阊门即事》
王锜《寓圃杂记》
陆机《吴趋行》
《诗经・无衣》
吴梅村《悲歌赠吴季子》
顾贞观《金缕曲》两首
梁鸿《五噫歌》
谭嗣同《狱中题壁》
白居易《登阊门闲望》
苏轼《醉落魄・苏州阊门留别》
袁学澜《续咏姑苏竹枝词》
梁简文帝《吴郡浮海石像铭》
苏轼《刑赏忠厚之至论》
苏轼《上梅直讲书》
鲁迅《纪念刘和珍君》
张继《枫桥夜泊》
杜牧《怀吴中冯秀才》
陆游《宿枫桥》
范成大《枫桥》
唐寅《寒山寺》
朱彝尊《枫桥夜泊》
张翰《秋风歌》
辛弃疾《水龙吟・登建康赏心亭》

薛兰英《苏台竹枝曲》
金松岑《宝带桥》
陈维崧《贺新郎·纤夫词》
张溥《五人墓碑记》
白居易《钱塘湖春行》
舒位《中秋夜独泛虎丘，绿水桥回棹有作》
任兆麟《过绿水桥》
白居易《忆江南》
孟棨《本事诗》
汪懋麟《斟酌桥口占》
陶潜《移居》
李士标《秋日偕卞润移棹虎丘》
姚承绪《斟酌桥》
文徵明《宫保白楼先生吴公传》
袁子才《峡江寺飞泉亭记》
俞樾《曲园杂纂》
赵佶《艮岳记》
钱学森《论建筑科学》
钱学森《论山水城市》
文徵明《王氏拙政园记》
唐寅《花下酌酒歌》
田家英《从侯方域说起》
吴梅村《题董白小像绝句八首》
姚希孟《梅花杂咏》
龚自珍《病梅馆记》
胡晓明《梅花楼》
俞平伯《题顾颉刚藏〈桐桥倚棹录〉兼怀吴下旧倧绝句十八首》
尤侗《〈百城烟水〉序》

王德森《昆山明贤画像传赞》
归庄《观梅日记》
林和靖《山园小梅》
王安石《梅花》
施位《虎丘竹枝词》
郭麐《虎丘五乐府》
朱彝尊《生查子》
董元恺《应天长》
袁宏道《迎春秋》
莫旦《苏州赋》
陆机《吴趋行》
李白《金陵酒肆留别》
刘禹锡《泰娘歌》
俞振飞《戏曲程式与表演》
范成大《渡太湖》
贺铸《青玉案·凌波不过横塘路》
赵允怀《横塘》
范成大《横塘》
止庵法师《与侄自京还横塘故居》